어린
심장
훈련

이서아 소설집

어린 심장 훈련

펴낸날   2024년 5월 10일

지은이   이서아
펴낸이   이광호
주간   이근혜
편집   이주이 유하은 김필균 허단 방원경 윤소진
마케팅   이가은 최지애 허황 남미리 맹정현
제작   강병석
펴낸곳   ㈜문학과지성사
등록번호   제1993-000098호
주소   04034 서울 마포구 잔다리로7길 18(서교동 377-20)
전화   02)338-7224
팩스   02)323-4180(편집) / 02)338-7221(영업)
대표메일   moonji@moonji.com
저작권 문의 copyright@moonji.com
홈페이지   www.moonji.com

ⓒ 이서아, 2024. Printed in Seoul, Korea
ISBN 978-89-320-4275-6 03810

*이 책은 서울특별시, 서울문화재단 '2022년 첫 책 발간 지원사업'의 지원을 받아 발간
되었습니다.

어린
심장
훈련

이서아 소설집

문학과지성사

차례

검은 말

지금 당장 검은 말 한 마리를 상상하시라. 그것도 맹렬히 달리는 놈으로.

그 총, 내가 아홉 살 때 고모의 집에서 발견한 그 검은 총은 말을 닮아 있었다.

말의 등허리는 육감적이다. 탄탄하고, 검게 빛나고, 산맥처럼 굴곡져 있다. 굴곡은 단단해 보이면서 동시에 호수의 표면처럼 일렁인다.

말은 울거나 웃거나 하는 등의 그 어떤 인간적인 표정을 짓지 않음으로써 차분하고 지적인 고등 생명체임을 드러낸다. 그 튼튼한 가죽 막 속에는 언제라도 요동칠 태세인, 방방 뛰는 심장이 있다.

나는 그 총에 완전히 매료되었던 것이다. 어느새 나는 피아노 건반을 처음 만지는 아이처럼 손끝을 들어 올려 총을 쓸어보고 있었다. 밀밭이 끝날 때까지 달려 나가는 말 한 마리를 떠올리며.

그때 나는 미국 사우스다코타에 있는 고모의 저택에 잠시 머물고 있었다. 고모는 내가 갓난아이일 때 혼자 미국으로 유학길에 올랐고, 그곳에서 지금의 남편을 만났다. 고모부는 친절한 사내였다. 그들은 번갈아 운전하며 지프차를 몰아 우리에게 이곳저곳을 보여주기도 했다. 으리으리한 산. 드넓은 황토색 땅에 잠기는 석양. 미국은 듣던 대로 광활한 나라였다. 그러나 나는 창백한 얼굴에 금빛 머리칼, 보석 같은 녹색 눈을 가진 고모부를 올려다볼 때마다 정체 모를 불길함을 느꼈다. 그의 초록은 풀이 아니라 지폐를 닮아 있었다.

고모는 나처럼 검은 눈과 검은 머리칼을 갖고 있었고, 그것은 묘한 친밀감을 불러일으켰다. 그러나 그녀도 불길하긴 매한가지였다. 가끔 그녀의 눈과 머리칼은 별 한 점 없는 사막의 밤하늘처럼 보이거나, 모든 색이 지워진 빈 터처럼 보이기도 했다. 물론 고모 역시 친절한 사람이었다. 영어에서는 '검은 눈'이 멍든 눈이나 악마의 눈을 뜻한다는 사실을 알려준 것도 그녀였다. 그러니 '짙은 갈색 눈'이라 부르라는 거였다. 나는 속으로 검은 눈이 훨씬 더 근사하다고 생각했다.

지금 생각해보면, 나는 그냥 그 저택을 싫어했던 것 같다. 서울의 아파트에서 나고 자란 내가 보기에 방이 여덟 개나 되는 고모의 저택은 나를 압도시키기에 충분했다. 땅덩어리가 크니까 모든 것이 크고 넓었다. 버려지는 쓰레기도 열 배는 되는 듯했다.

고모의 저택에서 총을 발견한 것은 미국에 온 지 열흘 정도 되었던 여행의 마지막 날, 내 부모와 고모네 부부가 보드카를 마시기 시작했을 때였다. 나에게는 붉은 홍차가 쥐여졌다. 나는 홍차를 식탁에 올려두고 얼굴이 벌겋게 익어가는 그들 몰래 부엌을 벗어났다. 그리고 계단을 올라 2층 복도 맨 끝에 있는 여섯번째 방에 들어갔다. 그 방에는 귀중품 같은 물건이 많았다. 거대한 지구본, 고전풍 액세서리함, 유리구슬을 닮은 스노글로브, 목재 미니 피아노. 그 전부가 매혹적이었다. 그러나 총만큼은 아니었다. 방에 있던 그 모든 아름다운 사물을 잊고, 나는 총을 바라보았다. 총은 방의 한쪽 벽에 전리품처럼 걸려 있었다.

나는 무언가에 홀린 사람처럼 총에 다가갔다. 걸을 때마다 여섯번째 방이 훌쩍 넓어졌다.

여섯번째 방은 이제 밀밭이다. 밀밭 사이사이 지구본, 액세서리함, 스노글로브, 미니 피아노가 놓여 있다. 나는 손끝으로 눈앞의 총을 아주 찬찬히 쓸어보기 시작했다. 허공에 놓여 있는, 그 기다랗고 검은 총을.

"혼자 여기서 뭐 하니?"

고모의 목소리가 들린 건 그때였다. 나는 소스라치게 놀라며 뒤를 돌아보았다. 총을 훔치려고 집에 기어 들어왔다가 발각된 어린 강도처럼.

"죄송해요." 나는 곧장 사과했다. 어른이 그런 식의 질문을 하면 아이는 재빨리 사죄해야 한다. 그럼 몽둥이질이나 회초리질은 피할 수 있다. 사랑의 매도.

"심심했구나. 들어가서 쉬어라." 붉은 얼굴의 고모가 미소 지으며 말했다. 나는 오도도도 달려 나가 고모 곁을 지나쳐 내 방으로 들어갔다. 그날 이후로 여섯번째 방은 잠겨 있었다.

사흘 후, 우리 가족은 공항에서 고모네 부부와 작별 인사를 했다. 고모부는 멀대 같았고, 고모와 아버지도 꽤 키가 컸다. 어머니와 나는 자그마했다.

나는 고모를 붙잡고 물었다. "그 총은 진짜인가요?"

고모는 나를 내려다보았다. 그녀는 두 눈이 푹 처져 있어서 무척 순한 인상이었다. 그녀는 가만히 나를 바라보더니, 눈이 휘어져라 웃으며 끄덕였다.

"그럼! 사람도 죽일 수 있지."

그 이후, 나는 단 한 번도 그렇게 아름다운 총을 본 적 없다. 아니, 아름다운 총은 물론이고 그 어떤 '진실된 총'도 본 적 없다. 진실된 총이란 정말로 사람을 쏠 수도 있고 죽일 수도 있는 총을 의미한다. 이때, 어떤 강박증 환자는 내게 다가와 말할 수도 있다: '진실되다'라는 말은 틀린 것이다. '진실하다'가 옳은 표현이고, '진실하다'의 피동형은 존재하지 않는다. 강박증 환자는 펜을 들어 긋는다.

~~진실된~~

~~검은 눈~~

고모네를 방문한 지 3년 후, 고모부가 죽었다는 소식을 들었다. 나는 그때 열두 살이 되어 있었고, 최근에 생리를 시작한 참이었다. 생리는 밑으로 피를 질질 싸는 일이다. 그래서 갓난애 기저귀 같은 것을 팬티에 붙이고 다녀야 한다.

고모부의 소식을 들은 것은 홍콩의 전통 음식점에서였다. 우리 가족들은 모두 함께 원형 식탁에 둘러앉아 있었다. 나는 아버지 곁에서 전화기 너머로 들려오는 비명 같은 고모의 울음소리를 듣고 쥐처럼 얼어붙었다. 울음소리 속에서, 나는 금발과 초록 눈의 사내를 떠올렸다. 왜인지 모르겠지만 그는 끝도 없이 이어지는 노란 밀밭 위에 서 있다. 나의 상상 속에서, 나는 고개를 돌린다. 그러자 그의 맞은편에 서 있는 고모가 보인다.

고모는 총을 들고 있다.

고모는 자신이 들기에는 지나치게 큰 총의 끝을 고모부에게 겨눈다.

검은 말처럼 새까맣고, 길고, 아름다운 총이다.

비명 같은 울음소리가 점점 크게 들려온다. 그러나 밀밭 속의 고모는 아주 정적이고 차분한 표정을 유지하고 있다.

바람을 맞아 밀밭의 밀들이 일제히 같은 방향으로 기울어진다. 밀은 고모의 무릎, 고모부의 정강이만큼 올라온다.

날카롭고 부드러운 연갈색 물결이다.

이러한 연상 작용—어떤 말도 안 되는 이미지가 내 머릿속에 불시에 치밀어드는 것—은 내가 홍역처럼 앓아온

하나의 증세다. 열두 살의 나는 내가 보통의 아이들과 조금 다른 면이 있다는 사실을 인식하기 시작했다. 그렇지만 내가 어떤 병에 걸린 것은 아니다. 모든 일상생활이 가능하기 때문이다.

그때 음식점 직원이 우리에게 다가왔다. 아버지는 휴대폰 스피커를 한 손으로 틀어막고 자리에서 일어나 어딘가로 걸어갔다. 그곳 음식점에는 각 나라에서 찾아온 다양한 인종의 사람들이 원형 식탁에 삼삼오오 둘러앉아 입속에 만두나 튀김 요리 같은 것을 집어넣고 있었다. 아버지는 동그란 식탁들의 사이사이를 피해 다니며 어딘가로 자꾸만 걸어갔다. 나는 아버지의 뒷모습을 바라보며 밀밭에서 완전히 빠져나왔다. 직원이 우리에게 다가와 무엇을 주문하겠느냐 물었고, 어머니는 서툰 영어로 대답했다. 직원이 떠났을 때 나는 그녀에게 물었다.

"고모가 고모부를 죽인 거예요?"

어머니는 경악하는 얼굴로 나를 보며 말했다.

"그 사람은 식도암이었어."

전화를 마치고 다시 돌아온 아버지는 아무 일도 일어나지 않았다는 듯이 금박 표지의 메뉴판을 열었다. 우리는 만두와 볶음밥, 기름이 잔뜩 둘러진 면 요리, 튀김 요리 같은 것을 주문해 먹어치웠다. 나는 딱 하나 남은 만두를 입에 욱여넣고 자리에서 일어났다. 어머니는 태연하게 관광 지도를 펼쳐 보며 나를 어딘가로 이끌었다.

우리는 새 시장에 도착했다. 나는 눈을 비볐다. 금빛과 은빛, 혹은 붉은빛의 새장에 금빛, 은빛, 혹은 붉은빛이거나 푸른빛, 심지어는 노란빛과 흰빛도 가지고 있는 작은 새들이 갇혀 있었다. 한낮 햇빛을 맞아 시장 전체가 반짝였다. 나는 그때쯤 고모부의 죽음 같은 건 잊어버리고 반쯤 흥분 상태가 되어 있었다. 그래서 이곳저곳을 돌아다니며 새장 안에 코를 박고 그 안에 갇힌 새들을 구경했다. 상인들은 대개 벌레를 쫓듯 손을 휘저으며 쫓아냈다.

그때 한 상인이 불쑥 튀어나와 내게 말했다.

"안녕?"

나는 뒷걸음질 치며 대답했다. "한국인이에요?"

그는 고개를 좌우로 저었다. "아니, 나는 홍콩 사람이지."

그의 한국어는 어딘가 독특했지만 이방인의 억양은 없었다. 그렇지만 내가 서울에서 익숙하게 들어온 한국어와는 어딘가 달랐다. 한마디로, 그의 한국어는 기묘했고 동시에 훌륭했다. "그런데 어떻게 그리 한국어를 잘해요?" 내가 물었을 때, 그는 넉살 좋게 웃으며 대답했다. "친구

16

가 알려줬단다. 북한 사람이거든."

나는 잠시 혼란스러워졌다.

"내가 한국인인 건 어떻게 알았어요?"

"새를 팔다 보면 알게 돼."

그는 내게 재차 물었다. "그래서, 새를 살 거야?"

내가 얼떨결에 그럴 거라고 대답하자 그가 물었다. "무슨 놈으로 원하지?"

"아주 하얀 몸에 노란색 꼬리가 달린 새면 좋겠어요."

그러자 그는 좋은 놈이 있다며 안으로 들어갔다. 그곳에서 그는 은색 새장 안에 든, 비단결같이 아름다운 흰 털을 가진 새를 하나 가져왔다. 꼬리는 황금처럼 노란색으로 빛났다. 나는 목에 걸어둔 병아리 지갑에서 얼마인지도 모르는 비상금을 한가득 꺼냈다.

"그거면 충분해."

나는 새장을 받아 들며 그에게 물었다.

"아저씨는 새를 어디서 잡아 와요?"

그는 웃으면서 말했다.

"라오스의 숲에서. 등대처럼 키가 커다란 나무들이 한가득한 숲에서 잡아 오지. 원숭이 한 마리를 풀어놓으면 그놈이 기가 막히게 낚아채 오거든. 언제나 산 채로 잡아

와야 한다고 누누이 말해두었지. 말하자면 그는 내 충직한 조수인 셈이야."

"그렇군요. 그 원숭이의 이름을 알려줄 수 있어요?"

그는 짐짓 무언가를 고민하는 것 같더니, 흔쾌히 입을 열었다.

"치로. 치로라고 불러."

라오스의 숲이다. 치로라는 이름의 조수 원숭이가 길쭉한 팔과 다리를 곧게 뻗으며, 구불거리는 꼬리를 활처럼 흔든다. 빽빽한 나무들을 넘나든다. 노란 새와 푸른 새 그리고 붉은 새가 원을 그리며 치로 주변으로 날아든다. 새들은 세 겹의 타원형 궤도를 형성하고, 치로는 그 안에 있다. 치로는 나무에 걸터앉은 채 한 마리, 한 마리씩 신중을 가해 손을 뻗는다. 잠시 후, 사냥에 성공한 치로는 통통하고 허연 엉덩이를 자랑하며 나무에서 내려온다.

"너, 무섭지 않아?"

나는 치로에게 묻는다.

"전혀!"

그때 어디선가 나를 찾는 부모의 다급한 목소리가 들렸다. 나는 라오스 숲에서 빠져나오며 소리가 들린 곳으로 갔다. 한 손에는 새장을 든 채. 나는 이미 새의 이름을 지어두었다.

어머니는 내게서 새장을 빼앗아 들었다.

"너 미쳤구나. 이걸 어디서 샀어?"

나는 기억을 더듬으며 새를 샀던 가게를 향해 걷기 시작했다. 어머니와 아버지는 한동안 나를 따라 다녔다. 그러나 왼쪽으로 두 번 꺾고, 오른쪽으로 세 번 꺾고, 곧장 직진해 블록 다섯 개를 건너는 동안 내가 새를 샀던 곳은 이상하게도 도통 나타나지 않았다.

"한국으로 데려가면 되잖아요?"

어머니와 아버지는 고개를 좌우로 저었다. 그건 불가능하다고 했다. 결국 아버지는 돈을 한 푼도 돌려받지 못하고 다른 가게에 새를 그냥 건네주었다. 나는 몹시 울적했다.

우리는 다시 시장을 돌아다니기 시작했다. 그때 아버지가 어딘가를 가리키며 물었다. 어떤 가게의 천막 아래였다. 가게 주인이 잠시 자리를 비운 것 같았다.

"저기에 서봐. 사진이 잘 나올 거 같다."

아버지가 내 등을 떠밀었다. 나는 천막 아래에 선 채 부모를 향해 뒤를 돌았다.

어머니가 셔터를 누르는 순간, 내 앞으로 새장을 세 개나 들고 있는 어떤 젊은 여자가 황급히 지나갔다. 여자에

이어 커다란 새장을 자전거 짐칸에 노끈으로 묶어놓은 채 페달을 밟는 젊은 남자가 지나갔다. 그 거대한 새장에서 길고 곧은 손이 빠져나와 내 소매를 붙잡았다. 나는 밑을 내려다보았다. 새장 안에는 눈알이 크고 동공이 유난히 작은, 어린 원숭이가 나를 올려다보고 있었다. 나는 깜짝 놀라 원숭이의 손을 뿌리쳤다.

자전거가 완전히 지나갔을 때, 어머니와 아버지가 보이지 않았다.

"엄마! 아빠!"

그러자 옆에서 아버지가 내 소매를 잡아끌었다.

"조심해. 사람이 갑자기 많아졌어."

"방금 봤어요? 원숭이가 있었잖아요."

"원숭이? 원숭이가 있었다고? 언제?" 어머니가 의아해했다.

"방금요. 방금 있었어요. 제가 봤어요." 내가 흥분해 말했다.

"대체 무슨 소리를 하는 거니? 이곳에서는 원숭이를 팔지 않아. 홍콩에서는 원숭이들이 산을 뛰어다니며 자유롭게 산다고." 어머니가 미간을 찌푸리며 조곤조곤 나를 가르쳤다.

"원숭이를 따라가면 제가 새를 샀던 곳을 알 수 있을 거예요." 나는 어머니의 말을 무시하고 원숭이가 사라진 곳을 손가락으로 가리켰다.

"대체 무슨 소리를 하는 거야? 따라오기나 해." 아버지가 강경하게 말했다. 어머니와 아버지가 동시에 나를 잡아끌었지만, 나는 자꾸만 뒤를 돌아보았다. 그때 아버지가 우레 같은 힘으로 내 한쪽 어깨를 콱 쥐었다. 그의 눈빛은 피로함과 지침, 분노로 얼룩진 채로 나를 향하고 있었다. "홍콩 시장에 팔아버리기 전에 말 들어." 그가 이를 악물고 경고했다.

나는 순순히 아버지를 따라갔다. 우리는 새 시장을 빠져나왔다.

우리는 그 이후로 유명한 백화점을 들르거나 야간 시장에 닭 요리를 먹으러 가는 등 즐거운 시간을 보냈다. 홍콩은 작은 폭죽 같은 불빛이 가득한 곳이었다. 그래서 지나치게 아름다웠다. 나는 미국의 저택을 싫어했듯 홍콩을 괴로워했다. 그렇다고 내가 서울을 그리워했던 건 아니다. 단 한 번도 서울을 사랑한 적 없었다.

한국을 사랑한 적은 더 없었다. 입막음과 군기와 손가락질이 가득한 나라. 빌어먹을 침묵의 땅.

이틀 후 우리는 한국행 비행기에 올랐다. 내가 창가 쪽 자리에, 아버지가 가운데에, 어머니가 복도 쪽 자리에 앉았다.

"고모는 어떻게 되셨어요?"

내가 물었다. 그러자 아버지가 내 팔을 꼬집으며 경고했다.

"조용히 해."

나는 입을 다물었다.

비행기가 완전히 떠오르기 시작할 때, 나는 갑자기 왼쪽 두개골이 깨질 것처럼 아파오는 것을 느꼈다. 어머니가 서둘러 승무원을 불러서 진통제를 얻어냈다. 그러면서 그녀는 두 손으로 양쪽 귀를 막고 침을 삼키라고 말했다. 나는 귀를 중심으로 귀의 주변부, 그리고 뒤통수 직전까지 왼쪽 두개골 전체가 미친 듯이 아려오는 것을 느꼈다.

"엄마! 저 내리고 싶어요. 비행기를 멈춰주세요."

어머니와 아버지는 눈을 감고, 나를 바라보지도 않았다.

비행기가 조금씩, 더 떠오를 때마다 내가 언성을 높여 말했다.

"아빠, 저 머리가 깨질 것 같아요."

비행기가 조금씩 더, 더 떠오르고 있었다. 나는 두 손으로 머리를 감싸 쥔 채 괴로워했다.

"엄마, 저 진통제를 더 먹고 싶어요."

엄마는 눈도 뜨지 않고 내 말을 무시했다.

"아빠, 제발 비행기를 멈춰주세요."

그 말을 내뱉고서야 나는 내 목소리가 지나치게 크다는 사실을 알았다. 내 말이 끝나기 무섭게 아버지가 한쪽 손을 뻗었다. 그 손은 내 입을 틀어막았다. 그의 팔뚝에 힘줄이 돋아나 있었다. 그가 내 입을 막으면 막을수록 통증이 왼쪽 두개골 주변에서 확장되어 두 눈까지 퍼졌다. 아니, 그 무엇보다, 나는 숨이 막혔다.

"그러다 애를 죽이겠어."

어머니가 혼잣말을 하듯 아버지에게 말했다.

승무원이 와인, 오렌지주스, 물과 커피가 들어 있는 수레를 끌고 우리 쪽으로 다가오자 아버지는 팔에 힘을 풀고 기계처럼 앞을 바라보았다. 나는 숨죽여 눈물을 줄줄 흘렸다. 한심하게도 나는 배웠던 사실을 자꾸 잊는다. 비행기는 한번 뜨면 멈출 수 없다. 비행기의 모든 손님은 날아가는 새처럼 침묵해야 한다.

가만히 있으라.

한국에 도착하고 일주일 후 우리는 사우스다코타로 출발했다. 이번에 나는 비행기에 타자마자 서울의 정신과 의사에게 처방받은 수면제를 집어삼켰다. 아주 독한 약이었다. 애틀랜타에서 경유할 때조차 나는 곯아떨어진 채로 아버지에게 업혀 있었다.

고모부의 장례식은 저택에서 그다지 멀리 떨어지지 않은 건물에서 진행되었다. 회색 벽에 푸른 지붕이 덮인 건물이었다. 아버지가 렌트한 차 안에서 그것은 동사무소나 강당처럼 보였다.

건물 안에 들어서자 고모부의 관이 놓여 있었다. 관 위로 청동 십자가가 벽에 걸려 있었고, 관 왼쪽으로는 거대한 성조기가, 오른쪽으로는 정체 모를 문양을 한 깃발이—마찬가지로 거대했다—늠름하게 세워져 있었다. 숭고한 십자가와 성조기와 깃발 사이에서 관은 볼품없는 수납함 같았다. 피아노 뚜껑을 열듯이 저 관을 열면 죽은 고모부가 누워 있다는 게 몹시 괴이했다. 그는 이전보다 더 창백해졌을 것이다.

관 앞에, 벨벳 같은 검은 정장을 입은 고모가 모든 것을 체념한 얼굴로 서 있었다. 고모는 침울하고도 담담한 얼굴로 사람들 사이를 헤쳐 우리에게 다가왔다. 장례식장에

는 우리 말고도 동아시아인 한 명, 히스패닉계 두 명, 백
인 세 명이 있었다.

"홍콩에서 온 거야?"

고모가 아버지에게 물었다.

"아니, 한국에 들렀다 왔어."

아버지가 대답했다.

"그렇군. 미안해. 내가 여행을 망쳐놨지?"

"괜찮아. 누나가 훨씬 힘들었잖아."

"계속 걱정을 했어요. 마음이 아팠어요."

어머니가 합류했다.

"맞아. 더 일찍 오지 못해서 미안해."

아무튼 내 부모는 열심히 추모를 했다. 슬픔을 표현하
고 예의를 갖추었다.

해가 질 무렵 우리는 고모의 저택으로 갔다. 고모부가
떠난 저택은 이전보다도 더 위협적으로 보였다. 고모는
우리를 위해 닭 요리를 해두었다. 어머니와 아버지가 그
녀를 말렸지만 그녀는 요지부동이었다. 조리된 닭은 군침
이 돌 만큼 통통하고 윤기가 났다. 기름기의 풍미에 향신
료의 은근한 향이 더해져서 기가 막혔다. 우리는 게걸스
럽게 닭을 먹어치웠다. 그들이 레드와인을 마시기 시작했

을 무렵, 나는 계단을 오르기 시작했다. 쥐처럼 살금살금.

그러나 여섯번째 방문은 굳게 잠겨 있었다.

"들어가고 싶니?"

나는 화들짝 놀라 뒤를 돌아보았다. 고모였다.

"죄송해요."

"사과할 거 없어. 심심하겠지. 들어가서 잠이나 자라."

나는 도망치듯 복도를 뛰어가서 계단과 가장 가까운 방으로 갔다. 그게 내 방이었다.

다음 날 고모는 아침을 모두 차려둔 후 우리 식구들을 깨웠다. 어머니와 아버지는 이 모든 친절이 불편하고 죄스럽다는 사실을 표정으로 드러냈다. 식탁 위에는 콩과 고기, 채소를 볶은 요리가 두 접시, 고모가 직접 탄 원두커피가 두 잔 놓여 있었다. 고모는 요리의 대가로 나를 반나절만 빌려달라고 말했다. 어머니와 아버지는 흔쾌히 내 등을 떠밀었다.

나와 고모는 차고로 갔다.

나는 조수석에 앉아 그녀를 몰래 훔쳐보았다. 그녀는 흰색 반팔 티셔츠를 입고 통이 큰 군청색 청바지를 입고 있었다. 그녀는 여전히 눈이 처져 있었고 순한 인상이었다.

"내게 하고 싶은 말이 있니?"

고모가 고모부를 죽인 거예요?라고 나는 묻고 싶었다.

"슬프지 않으세요?"

나름대로 돌려 말한 결과였다. 고모가 차의 시동을 걸다 말고 나를 바라보았다. 그녀는 웃을 듯 말 듯 한 얼굴로 말했다.

"그럼! 슬프고말고."

차고의 문이 열리며 햇빛이 물결처럼 들어왔다. 나는 눈을 감았다. 비명 같았던 그녀의 울음소리가 떠올랐다. 그러자 내가 한 마리 쥐가 된 기분이 들었다.

저택을 빠져나온 지프차는 구불구불 이어지는 길을 달리더니 곧 동네를 벗어났다. 험하고 좁은 도로를 몇 번 지나자 짐승이 아가리를 벌리는 것처럼 도로가 넓어졌다. 그녀의 지프차는 멈추지 않고 나아갔다. 시간이 지나자 건물은 보이지 않고 낮고 무른 풀밭만 연달아 이어졌다. 그 풀밭 속에 몇 그루의 나무들이 껑충껑충 세워져 있었고, 사람이 사는지 알 수 없는 작고 낡은 집들도 조금씩 눈에 보였다.

"홍콩은 좋았니?"

"네, 좋았어요."

"뭐가 제일 좋았지?"

그녀의 질문을 듣자마자 홍콩에 두고 온 나의 작은 새가 떠올랐다. 나를 바라보던 새들의 순진하고 동그란 눈망울도 떠올랐다. 그들은 예민한 성정으로 높은 옥타브의 목소리를 내며 나를 증오하는 노래를 불렀다. 한 번쯤 나는 새장 안으로 손가락을 집어넣었던 것도 같으며, 새장을 통째로 흔들었던 것 같기도 하다.

그러자 새장 안에서 기다란 손이 불시에 튀어나온다. 온몸이 희고 꼬리가 노란 새인데, 주먹만큼 조그마한 새의 몸에 달린 것이라곤 믿기지 않을 만큼 건강하고 튼튼한, 마치 사람의 것 같은 원숭이의 팔이 달려 있다. 그것이 새장 틈을 벌려 바깥으로 길게 뻗어 나와 내 멱살을 잡는다.

"어디서 왔니?"

그것의 주인이 묻고, 나는 정체 모를 불안과 두려움에 진지하게 사로잡힌다. 나는 더욱 위축되어 소심하게 대답한다. 이전보다 더. 이전보다 지금이 더 무섭다.

"한국. 한국에서 왔어."

"한국? 그거 참 보잘것없는 나라에서 왔구나."

원숭이 팔 새가 재잘재잘 웃는다.

"네가 나를 살 거야?"

나는 용기를 내어 묻는다.

그러자 원숭이 팔 새가 넌더리를 치며 대답한다.

"으악! 내가 미쳤니? 난 인간이라면 끔찍해!"

원숭이 팔 새가 사라지자 눈앞에 총과 밀밭이 펼쳐진다.

이번에 고모는 자신의 몸짓보다 큰 총을 어깨에 짊어지고, 새장의 철제 울타리 안에 들어 있는 원숭이 팔 새를 향해 겨누고 있다. 그녀의 표정은 익살맞아 보인다.

그때 그녀가 차를 세웠다. 총구는 사라졌다.

그녀가 멈춘 곳은 아담한 집이었다. 나이 지긋한 아랍계 부부가 앞치마를 두르고 그녀를 맞이하러 나왔다. 그들은 동시에 그녀를 껴안았고, 그녀의 등을 두드려주었다. 나는 그들이 도통 무슨 말을 하는지 하나도 알아들을 수 없었다. 분명 영어는 아닌 것 같았다. 그들은 내게도 포옹을 했다. 나는 가만히, 목석처럼 서 있었다. 그들은 나를 내려다보며 동시에 웃음을 터뜨렸다. 나와 고모는 곧 식탁에 앉았다.

"나를 이곳에 내다 팔 생각이에요? 부모님이 시켰나요?"

내가 고모에게 묻자, 그녀는 나를 바라보며 이번에도 눈이 휘어져라 웃었다.

"그럼! 용케도 알아차렸구나."

노부부는 나와 그녀를 위해 사과파이를 구워 주었다. 동그란 사과파이는 여러 개의 사각형으로 구성되어 있었다. 아니, 사각형이 아닌 도형도 있었다. 그때 히잡을 쓴 노부인이 큼직한 식칼을 가져와 피자를 자르듯이 사과파이를 8등분해주었다. 우리는 두 조각씩 먹었다. 그것은 기가 막히게 달콤하고 맛있었다.

"아까 저 사람들과 무슨 이야기를 했어요?"

"고모부 이야기. 애도한대."

나는 끄덕이며 내 몫의 파이 조각을 모두 삼켜버렸다. 곧 노부부는 자기들 몫의 파이를 접시에 덜어서 거실 소파로 걸어갔다. 그들은 TV를 켜고 우리는 안중에도 없이 자기들의 시간을 보냈다. 그러자 고모는 식탁의 가장자리에 놓여 있던 수첩과 볼펜을 만지며 노부부에게 뭐라 뭐라 말했다. 그들은 TV를 보며 끄덕였다. 나는 고모와 노부부를 힐끔거렸다.

"내가 그 이야기 해주었나?"

그녀가 수첩을 펼치며 말했다. 나는 고개를 좌우로 저었다.

"고모랑 저는 이야기를 해본 적이 별로 없는데요."

"나는 열여덟 살 때 소년원에 간 적이 있어. 내가 묵었던 방의 도면을 그려줄게."

고모는 그림을 그리면서 아이처럼 실실 웃었다. 사과파이 때문에 방심을 하고 있었는데 나는 순간적으로 두려움을 느꼈다.

"왜 가셨는데요?"

"그건 비밀이야."

그녀는 도면을 그리면서 말했다. "처음에는 감별소에 송치되었고, 그다음에는 소년원으로 갔지."

그녀의 그림이 완성되었다.

그때 노부부가 텔레비전을 보며 웃음을 터뜨렸다. 살집 두둑한 백인 남성이 마이크를 잡고 무어라고 외치고 있었다. 그는 머리카락이 한 가닥도 없었고 얼굴이 자꾸만 벌게졌다. 어쨌든 노부부는 그의 말솜씨가 마음에 드는 것 같았다. 그때 그들의 소파 뒤쪽으로 드넓게 나 있는 창에서 햇살이 쨍하게 들어왔다. 구름이 지나간 모양이었다. 햇살의 밀도가 대단해서 노부부는 그림자에 뒤덮였다.

고모는 아랑곳 않고 말을 이어갔다.

고모의 말에 의하면, 신입 기간이 끝나고 그녀는 본방을 배정받았다. 본방은 생활관에 있었는데, 복도 왼쪽으로 일곱 개의 방이, 오른쪽으로 여덟 개의 방이 나 있었다. 왼쪽 방들 끝에는 관리 감독하는 선생들이 지내는 것으로 추측되었지만, 정확한 사실은 그녀도 알 수 없었다. 그녀의 방에는 총 여덟 명의 아이들이 함께 묵었다.

나는 그녀의 도면이 그럭저럭 훌륭하다고 생각했는데 한 가지 궁금한 점이 있었다.

"이것은 무엇인가요?"

그녀의 말에 의하면, 소년원의 모든 방에는 순찰을 도는 감독관들이 내부를 볼 수 있도록 방마다 널찍한 창이 나 있었다고 한다. 창에는 유리가 없고 검은 쇠창살이 달려 있을 뿐이었다. 아이들은 이 가냘픈 지우개를 좋아하지 않았다. 정확히 말해 그것은 창이 아니라 구멍이었기 때문이다. 모든 비밀을 누설하고 사각지대를 소거함으로써 숨통을 죄어오는 빈터 말이다.

구멍은 화장실에도 나 있었다. 화장실을 가려놓은 목재 칸막이 상단에 큼직하게 창이 나 있었던 것이다. 작은 사각형의 방에 돋아난 더 작은 사각형의 공간. 그곳에도 사각지대는 존재하지 않았다. 그녀는 그 모든 구멍을 위와 같은 기호로 표시했다.

그녀의 도면이 정확한지 나는 잘 모르지만, 가장 정확하지 않은 것이 무엇인지는 안다. 바로 이 기호다. 그러니까 이 기호는 틀린 기호이며 동시에 실패한 기호다.

심지어 이 기호는 바코드를 닮아 있어서, 유일한 기호가 되는 것에도 실패한다. 그렇다고 진짜 바코드처럼 스캐너에 읽히지도 못하므로, 유용해지는 것에도 실패한다. 아무튼 그녀는 내게 말했다. 멀리서 들려오는 울음과 비명, 금 간 둑에서 흘러 나가는 물처럼 누설되는 비밀들, 기록되지 못한 암호, 그 모든 것이 구멍에 담겨 있었다고.

슬픈 그녀의 실패한 기호. 그녀의 이야기를 들은 이후로, 나는 세상의 모든 바코드를 볼 때마다 비명을 듣게 된다.

"왜 소년원에 가게 되었는지 궁금하니?"

나는 그녀를 바라보았다. 그녀도 나를 바라보았다. 나는 약간 망설이며 끄덕였다.

"보기를 줄게. 맞혀봐."

1. 물건을 훔침

2. 사람을 때림

3. 사람을 죽임

나는 2번과 3번을 고를 용기가 없어서 1번을 골랐다. 그러자 그녀는 다른 보기를 줬다.

"내가 무엇을 훔쳤을까?"

1. 케이크

2. 라디오

3. 아이폰

        4. 고양이

        5. 호랑이

　　나는 5번을 골랐다. 그녀는 짐짓 심각한 얼굴로 내 얼굴을 들여다보았다. 나도 그녀처럼 비장한 얼굴로 그녀를 바라보았다.

　　"틀렸어."

　　나는 시무룩해졌다.

　　"다시 기회를 주지."

　　고모가 말했다. 이번에 나는 4번을 골랐다.

　　"맞아!"

　　그녀가 활짝 웃으며 말했을 때, 나는 함박웃음을 지었다.

　　"그 고양이의 이름은 뭐였죠?"

　　내가 물었을 때, 그녀는 어깨를 으쓱했다.

　　"그런 건 없었는데."

　　그래서 이번에는 내가 그녀에게 보기를 주었다.

　　"둘 중에 하나로 해요."

        1. 치로

        2. 도랑

"그럼 치로가 좋겠다. 나는 '랑'이라는 글자를 싫어해. 이유는 없어."

나는 라오스 숲을 누비는 치로의 모습을 떠올렸다. 조수 원숭이 치로의 길고 구불거리는 팔이 아름다웠다. 나는 내 새가 무척 그리웠다.

"그건 안 되겠어요. 사실 두 이름에는 주인이 있어요."

"뭐야? 둘 중 하나로 하라며?"

"그럼 보기를 다시 줄게요."

1. 치랑

2. 도로

"흠, 그렇다면 치랑으로 해야겠다. 작고 예쁜 고양이에게 도로라는 이름을 줄 순 없어. 그건 너무 위험한 일이거든."

"좋아요."

나는 그녀가 훔쳤다는 작고 예쁜 고양이 한 마리 치랑을 떠올렸다. 내가 떠올리자마자 치랑은 고급 카펫처럼 빛나는 검정 꼬리를 물음표 모양으로 말며 내게 다가온다. 치랑의 몸은 어찌나 아름답고 새까만지 마치 흑요석 같다.

"너도 날 안고 싶어?"

치랑이 묻는다.

"응."

나는 솔직하게 대답한다.

"그건 안 돼. 난 너 같은 어린애는 질색이야."

나는 진지하게 슬퍼진다.

그런데 갑자기 고모가 "거짓말이야. 죄다 거짓말!"이라고 외치며 왁자하게 웃음을 터뜨렸다. 그녀는 거의 울 것처럼 웃고 있었다. 나는 당혹스러웠다.

"너 정말 순진하구나."

그녀는 기껏 그린 수첩의 도면을 찢어서 쪽지처럼 접어 바지 주머니에 넣었다.

"소년원에 가셨었다는 이야기도요?"

"그럼! 다 거짓말이지. 나는 재미없고 평범한 인생을 살았어."

"그거 아쉽네요."

사과파이를 다 먹은 후, 나와 그녀는 노부부에게 인사를 하고 저택을 빠져나왔다. 우리는 다시 차에 올라탔다.

차는 달려왔던 길을 되돌아갔다.

"다음에 미국에 올 때는 버킷리스트를 적어 와. 그곳에 하고 싶은 걸 다 쓰는 거야." 그녀가 운전하며 말했다.

고모는 부모와 그날 밤 일찍 곯아떨어졌다. 나는 독방을 썼지만 저택 전체가 쥐 죽은 듯 고요해졌기 때문에 알 수 있었다. 다음 날 우리는 고모와 공항에서 작별 인사를 했다. 그녀가 우리를 공항까지 차로 데려다주었다. 나는 불쑥 그녀에게 물었다.

"저, 그 그림을 갖고 싶어요."

그러자 그녀는 웃으면서 되물었다.

"그림?"

"네. 어제 그렸던 그 도면이요."

"아, 그건…… 어제 집에 돌아오자마자 벽난로에 불을 지펴서 그 안에 던져버렸어."

나는 어젯밤 벽난로에 불이 붙었는지, 혹은 붙지 않았는지 정확히 기억할 수 없었으므로 입을 다물었다. "둘이 무슨 말을 하는 거야?" 아버지가 물었을 때, 그녀는 고개를 좌우로 저으며 답했다. "우리만의 비밀이야." 그녀는 곧 지프차를 몰고 떠나버렸다. 부모가 공항 안으로 들어가며 내 이름을 큰 소리로 외쳤다. 나는 부모를 향해 걸어갔다.

나는 죽어도 서울로 돌아가고 싶지 않았다. 내가 울적해하거나 말거나 부모는 빠르게 체크인을 하고, 스크린을 확인하고, 지정된 게이트 앞에 줄을 섰다. 동양인들이 우글우글했다. 그들은 대부분 새까만 머리를 가졌고 능숙한 한국어를 구사했다. 그중 절반은 형광색 패딩을 입은 채 목청껏 이야기했고, 나머지는 옷차림이 세련되었으며 고상한 척 굴었다.

어느새 우리는 야외에 있었고, 눈앞에 거대한 비행기가 보였다.

나는 줄에서 이탈해 달려가기 시작했다. 내 목표는 공항 부지를 벗어나는 것이었다. 뒤에서 부모가 비명을 지르는 것이 들렸다. 그들은 절망적으로 외쳤다. "이리 와! 이 망할 것아!" 나는 부리나케 달렸다. 무한한 아스팔트 트랙을. 거대한 비행기 땅을. 사방이 탁 트여 있어 달리는 맛이 났다. 활주로는 둥글게 굽이지거나 기다랗게 질주했다. 비행기들은 죽은 것처럼 고요했지만 때가 되면 무서운 속도로 달리기 시작할 것이었다. 육중한 몸을 마술적으로 일으키며 하늘로 날아갈 것이었다. 어느새 해가 지고 있었고, 하늘이 두 겹 세 겹으로 갈라졌다. 주홍빛 해무가 낀 것처럼 땅과 하늘 사이에 또 다른 층이 보였다. 그때 비행기 하나가 출발했다. 거대한 바퀴가 굴러갔다. 저 멀리서 안전 요원들이 영어로 꽥꽥 소리를 지르며 나를 쫓아왔다. 그 시간 그 부지에는 한국행 비행기와 벨기에행 비행기가 있었고, 각각 일렬로 줄을 선 흑발의 사람들과 금발의 사람들이 좋은 구경을 한다는 듯 나를 바라보았다.

그날 우리는 경찰 조사를 받느라 출국하지 못했다. 경찰들은 아주 많은 가능성을 두고 우릴 조사했다. 그들은 무시무시했지만 나쁜 사람들 같진 않았다. 거구였던 한 흑인 경찰은 내게 분홍색 크림이 발린 도넛을 하나 쥐여주기도 했다. 물론 그건 맛이 끝내줬다. 설탕을 듬뿍듬뿍 뿌려서 만든 도넛이었다.

몇 시간 후 고모가 공항에 도착했다. 그녀는 탁월한 영어 실력으로 경찰들과 이야기했다. 그녀의 영어는 이방인의 것 같기는 했지만 결코 무시당할 정도는 아니었다. 오히려 그 점이, 그녀가 원어민은 아니라는 점이 그녀를 더욱 경이롭게 만들었다. 그러니까 그녀의 영어는 태어나자마자 자동으로 학습된 것이 아니었다. 아주 기나긴 시간 동안, 홀로 책에 몰두하고 전념하거나 쌀쌀맞은 사람들과 뻔뻔하게 대화하며 그녀가 직접 쟁취해낸 것이었다.

나는 그녀를 다시 만났다는 게 믿기지 않을 만큼 기뻤다. 종종 그녀는 경찰들과 함께 나를 바라보기도 했다. 그들은 나에 대해 말하고 있는 것이 틀림없었다. 조금 다른 애, 조금 문제가 있는 애, 조금…… 뭐 그런 이야기를 하는 것 같았다.

그날 저녁 고모의 집에서 어머니는 울부짖었다. 가슴 시릴 정도로 서럽게 울고 또 울었다. 고모의 품에 안기기까지 했다. 아버지는 마당의 벤치에 앉아 들어오질 않았다. 그는 줄담배를 피웠다. 나는 죄인처럼 소파에 앉아 있었다. 줄담배를 다 피우고 들어온 아버지가 다짜고짜 내게 화를 내기 시작했다. 내가 돌처럼 입을 다물고 앉아 있자 그는 한쪽 손을 들어 올렸다. 고모가 아버지에게 고함을 쳐서 그는 손을 내렸다. 잠시 후 그는 어머니와 함께 참담한 얼굴로 대화를 나누기 시작했다. 땅바닥에 내동댕이쳐진 세 명분의 비행기표 가격, 다 망가져버린 추후 일정, 회사 동료들의 분노, 오늘 같은 사건들이 앞으로도 영원히 벌어지리라는 두려움, 앞으로 내 상태가 점점 더 나빠지리라는 공포, 미친 아이를 키우는 부모의 슬픔에 대해. 그들은 내가 미쳤다고 확신하고 있었다.

그러나 내 생각에, 미친 건 내가 아니다.

"쟤는 총에 맞아 죽을 거야! 차에 깔려 죽든지!"

어머니가 엉엉 울면서 외쳤다. 나는 두 손을 들어 귀를 막고 싶었다. 그러나 정말로 귀를 막았다간 아버지가 돌아버릴 게 분명했다. 돌아버린 그는 고모가 고함을 치든지 말든지 나를 두들겨 팰 것이었다. 주먹으로 내 얼굴을 갈기거나 발로 내 배를 걷어찰 것이었다. 그 순간, 어쩌면 그게 좋을지도 모르겠다는 생각이 들었다. 아버지가 발로 내 배를 걷어차는 것을 목격한다면 고모가 총을 가져올 것이다. 그녀가 아버지의 머리통이나 심장을 쏴서 그를 죽여줄 것이고, 어쩌면 나를 거둬줄지도 모른다. 그러자 저택 거실 한복판에 머리통과 심장에서 동시에 피를 흘리는 아버지의 사체가 보인다. 피는 졸졸 흐르는 게 아니라 분수의 물줄기처럼 콸콸 터져 나온다. 아버지의 얼굴은 창백하고 눈빛은 공허하다. 어머니는 무릎을 꿇고 앉아 짐승처럼 비명을 지른다.

나는 매우 울적해진다. 어머니의 절망도 아버지의 종말도 내가 정말로 원하는 건 아닌 것 같다. 나는 비극적인 거실 장면에서 빠져나온다.

"이왕 이렇게 된 거 미국이나 즐기고 가요. 내가 근사한 와인바를 알려줄게요."

고모가 어머니를 깊이깊이 안아주며 말했다. 아버지는 이제 나와 눈을 마주치려고 하지도 않았다. 꼴도 보기 싫은 눈치였다. 고모조차 나와 대화를 나누려고 하지 않았다. 나는 당혹스러웠다. 그녀가 나를 반가워하며 한 번쯤은 안아줄 거라고 믿었기에.

해가 지자마자 모두 잠에 들었다. 몹시 피곤한 하루였다.

다음 날 잠에서 깨어나자 온 저택이 적막했다. 나는 1층 부엌으로 내려갔다.

"네 엄마 아빠는 데이트하러 갔다."

식탁에 앉아 있던 고모가 말했다. 나는 그녀에게 조르르 달려가 얌전히 그녀의 맞은편에 앉았다. 그녀는 커피를 한잔하고 있었다. 그녀는 뜻을 알 수 없는 얼굴로 나를 지그시 바라보았다. 그녀의 얼굴은 참 기묘했다. 아주 늙어 보이기도 했고 아주 어려 보이기도 했다. 어쨌든 그녀는 지독하게 매력적이었다. 백숙처럼 허여멀겠던 피부를 바싹 태운 구릿빛 피부, 그 총기, 어딘가 불만스러워 보이는 태도, 나의 눈처럼 검은—아니, 짙은 갈색의—눈.

그 모든 것이.

"나가고 싶지?"

커피를 다 마신 그녀가 내게 물었다. 나는 세차게 고개를 끄덕였다.

"어서 준비해라."

나는 계단을 뛰어 올라갔다. 그녀가 하얀 민소매와 군청색의 길고 펑퍼짐한 바지를 입고 있었기 때문에, 나도 하얀 티셔츠와 카키색의 호박 모양 반바지로 갈아입었다.

우리는 차고로 갔다. 조수석 쪽 차 문을 열자 새빨간 손가방이 놓여 있었다. 그건 마치 심장 같았다. 이미 운전석에 앉아 벨트까지 채운 그녀가 손가방을 들어 올려 뒷좌석에 놓았다. 나는 자랑스럽게 조수석에 올라탔다. 지프차는 곧 출발했다.

해가 하늘 높이 떠 있었다. 창밖 풍경은 맑고, 아름답고, 푸르렀다. 나는 한국이 아닌 사우스다코타에서 그녀와 함께 있다는 것이 황홀했다. 그녀와 함께 어딘가로 가고 있다는 것도. 어쩌면 그녀는 불쌍한 나를 거두기로 결정했는지도 모른다. 우리는 지금 도주하고 있는 것이다. 아무도 우리를 모르는 곳으로. 그러나 그녀의 얼굴은 어딘가 침울해 보였다. 나는 내가 그녀를 우울하게 만들었다고 생각했고, 그건 몹시 슬픈 일이었다.

어느 길목에서 고모는 부드럽게 차를 꺾었다. 그러자 폐가처럼 생긴 주유소가 나왔다.

"넌 여기 가만히 있어."

고모가 말했고, 그래서 나는 내리지 않고 차에 얌전히 앉아 있었다. 그녀는 직접 주유기를 뽑아 차에 꽂았다. 그것은 꼭 총처럼 보였다. 그러나 말처럼 아름다운 총은 아니었다. 그것은 뱀처럼 교활하고 온몸이 기다란 총이었다. 나는 비명을 지르고 싶은 마음으로 창문 밖으로 고개를 내밀었다.

"저도 나가고 싶어요. 나가게 해주세요."

그녀는 고개를 좌우로 저었다.

"곧 다시 출발할 거야."

그러더니 그녀는 주머니에서 담배를 꺼내 입에 한 개비를 물었다. 그녀가 라이터로 담뱃불을 붙일 때 나는 정말로 비명을 지르기 시작했다. 차가 폭발할지도 몰랐다.

결국 나도 차에서 빠져나왔다. 나는 기름이 들어가고 있는 차에서 멀리 떨어져 섰다.

"밀실 공포증이라도 있니?"

고모가 실실 웃으며 내게 다가와 물었다. 여전히 담배를 피우면서.

"저는 자동차, 배, 비행기, 지하철, 기차가 싫어요."

"그래? 그거 재미있구나."

새 기름을 먹은 지프차는 전보다 더 빠르게 달려가는 것 같았다. 그녀는 클래식 음악을 틀어 볼륨을 높여놓고, 피아노 페달을 밟듯 속도를 높였다. 그녀가 명랑하게 콧노래를 흥얼거리기 시작했을 때, 나는 창밖으로 펼쳐지는 해바라기밭 풍경에 홀려 있었다.

얼마 후 차가 멈춘 곳은 밀밭이었다. 그녀는 칠흑 같은 도로 한복판에서 차를 세웠다. 그녀는 뒷좌석에 손을 뻗더니 심장을 닮은 손가방을 집어 자기 무릎 위에 올렸다. 그리고 가방 안에 손을 넣어 새까맣고 자그마한 물건을 꺼냈다.

그건 권총이었다. 까맣고 작은 총. 흑요석 같은 총. 그녀의 길쭉한 장총이 돌이 되었다. 돌처럼 작은 총이 되어 있었다.

총을 보자마자 심장이 방망이질하듯 뛰기 시작했다. 방방 뛰는 심장 소리는 나를 순식간에 밀밭에 세운다. 황금빛 밀밭에 우뚝 솟은 그녀의 얼굴은 숨이 막힐 정도로 차갑다. 그녀의 총은 이제 조막만 한 권총이다. 그녀는 길쭉하게 손을 뻗는다.

그녀가 나를 겨냥한다.

그렇다. 그녀도 나를 미워하기로 한 것이다. 그녀도 나를 두들겨 패고 싶고 나 때문에 돌아버릴 것 같고 결국에는 나를 죽이고 싶어진 것이다. 그녀가 이제 내 머리통을 박살 낼 것이다. 내 머리통은 붉은 핏덩이가 될 것이다. 그녀는 죽은 나를 공주님처럼 들어 올려 산을 오를 것이다. 인적 드문 곳에서 새까만 삽으로 땅을 팔 것이다. 내 시체를 그곳에 묻을 것이다. 붉은 머리통이 내 목에 달려 있을 것이다.

보라.

죽은 내가 구덩이로 추락한다.

"내리자." 그녀가 말했다. 내 시체는 사라졌다. 이번에 나는 차에서 내리고 싶지 않다고 고집을 부렸다. 그러자 그녀는 권총을 한 손에 쥔 채 차에서 내렸다. 그리고 혼자 밀밭으로 걸어갔다. 나는 뒤따라 차에서 내려 밀밭으로 갔다. 밀은 그녀의 무릎까지, 나의 허벅지까지 올라왔다. 그녀는 밀을 헤쳐 걸어서 나로부터 멀찍이 떨어진 다음, 밀밭 한가운데에 멈춰 섰다. 그리고 담배를 하나 물었다. 흰 연기를 내쉬며, 그녀는 하모니카를 다루듯 총을 살폈다. 나는 쥐처럼 얼어붙었다.

그녀가 입에 물었던 담배를 투, 뱉어 밀밭에 버린 뒤 짓이겨 밟으며 물었다. "내가 왜 소년원에 가게 되었는지 궁금하니?"

나는 답하지 않았다. 그녀는 총을 쥐고 있었다.

그녀가 다시 한번 물었다. 언성을 높여서. "내가 왜 소년원에 가게 되었는지 궁금하니?"

나도 언성을 높여서 답했다. "그건 이미 풀었던 문제인데요." 목소리가 떨리고 있었다.

"그럼 다시 풀어."

1. **물건을 훔침**

2. **사람을 때림**

3. **사람을 죽임**

"싫어요. 그냥 안 풀래요."

"저기 보이니?"

그녀가 손가락으로 어딘가를 가리켰다. 그곳에 울창한 나무 한 그루가 서 있었다. 나무 주변으로 새들이 빙빙 날아다녔다. 검은빛을 띠는 머리통과 날개 쪽을 제외하고는 온몸이 샛노란 새들이었다. 나는 정체 모를 두려움에 질식할 것 같았다.

"새를 쏘지 마세요."

나는 참담한 심정으로 그녀에게 외쳤다. 그녀가 총을 매만지며 말했다. "그럴까?" 그녀는 여유롭게 웃고 있었다. 내 표정은 굉장했을 것이다. "제발요." 그러나 그녀는 나를 보지도 않고 부드럽게 총을 들어 올렸다. 아름다운 포즈를 취하며 어떤 새를, 너무나도 불쌍한 어떤 새를 겨냥했다. 순진한 새들은 무슨 일이 벌어지는지도 모르고 짹짹거렸다.

"제발요. 고모, 제발요."

눈물이 흘러내렸다. 온몸이 두려움과 슬픔으로 바들바들 떨렸다. "제발요. 제발요. 제발요. 제발요. 제발요제발요제발요제발요제발요제발요제발요."

나는 이제 온몸으로 울고 있었다. 손끝 발끝이 떨리기 시작했다. 그녀는 나를 돌아보지도 않고 권총을 조준하고 있었다. 나는 오줌을 질질 싸며 울었다. 무엇이 그리 두려웠는지는 나도 모른다. 무엇이 그리 나를 슬프게 했는지도. 눈물 때문에 얼굴이 다 축축했다. 오줌 때문에 밑도 축축했다.

그녀가 외쳤다. "공항에서 달리면 안 돼. **그런 곳**에서는 절대 루트를 이탈하거나 제멋대로 달리면 안 돼. 얌전히 비행기를 타야 해. **그런 곳**에서는."

그런 곳,이라고 말할 때 그녀는 비장해 보였다. 그녀는 부모의 얼굴을 하고 있었다.

"영원히, 영원히 그러면 안 돼."

나는 비탄에 차서 외쳤다. "네, 알겠어요. 정말 알겠어요."

"그래? 맹세해?"

그녀는 내게 눈길 한 번 주지 않은 채, 어떤 새를 조준한 채로 물었다.

"네, 맹세해요. 맹세해요. 정말 맹세해요."

"좋아."

그제야 그녀가 총을 든 손을 내렸고, 고개를 돌려 나를 똑바로 바라봤다. 그녀의 얼굴은 여전히 부모의 얼굴이었다. 그러나 어딘가 기이한 부모의 얼굴이었다. 그녀는 아버지와 다른 방식으로, 그보다 더 끔찍하고 더 우아한 모습으로 돌아버릴 것 같았다.

"다시는 그런 짓을 하면 안 돼. 다음에 또 그런 짓을 해서 내 집에 돌아오면 저 나무에 있는 새들을 모조리 쏴 죽일 거야. 네 눈앞에서 다 산 채로 쏴버릴 거야. 알아들었니?"

그녀는 조금 진정된 것 같아 보였고, 나는 꺽꺽 울면서 끄덕였다. 그러자 그녀가 갑자기 돌변하더니 눈을 시퍼렇게 뜨고 소리를 지르기 시작했다.

"네가 한 번만 더 그런 짓을 하면, 저 불쌍한 새들이 총에 맞아 죽을 거야! 새들의 심장이 총알에 맞아 터질 거야! 어린 새가 비참하게 죽을 거야! 제대로 날아보지도 못하고! 한번 살아보지도 못하고! 아, 불쌍한 것!"

그녀가 한쪽 손에 총을 든 채 길길이 날뛰고 있었다. 오발탄이 두렵지도 않은가? 그녀는 광기의 연극을 하는 것 같기도 했고 정말로 미쳐버린 사람 같기도 했다. 동시에 그녀는 놀라우리만치 이성적이었다. 그래서 더 무시무시했다.

나는 부들부들 떨며 말했다. "알겠어요, 알겠어요, 알겠어요, 알겠어요. 잘못했어요. 정말로 잘못했어요. 다시는 절대로 안 그럴게요. 맹세해요. 맹세해요. 맹세한다고요."

"좋아." 그녀가 말했다. 몹시 차분하게.

활활 타오르는 불에 차디찬 물을 들이부은 듯이.

그때 어디선가 바람이 불어왔다. 밀밭이 출렁이고 저 멀리 나뭇잎이 흔들렸다. 새들이 한 몸처럼 동시에 날아갔다. 떠나가는 새들. 나는 하늘에서 시선을 거둬 고모를 훔쳐봤다. 그녀도 슬픈 눈으로 하늘을 바라보고 있었다.

"집에 가자." 그녀가 말했다.

지프차에 올라타기 전, 그녀가 트렁크에서 목이 다 늘어진 갈색 티셔츠를 하나 꺼냈다. 그녀는 티셔츠를 내게 던져주며 밑을 닦으라고 말했다. 나는 바지와 팬티를 벗고 순순히 그렇게 했다. 그러자 이번에는 그녀가 내게 벗은 옷들을 밀밭으로 멀리 던져버리라고 명했다. 나는 그렇게 했다. 노란 밀밭 속에서 진한 갈색 옷은 불길한 얼룩 같기도 했고, 영역 표시용 깃발 같기도 했다.

그렇다면, 이제 노랑의 주인은 누구일까?

"차에 타." 그녀가 한 번 더 명했다.

나는 조수석에, 그녀는 운전석에 앉았다. "이것을 깔고 앉아라." 그녀가 청바지와 가죽 재킷을 건네며 말했다. 사이즈로 보아 죽은 고모부의 옷이 분명했다. 나는 조수석에서 맨엉덩이로 그의 유품을 깔고 앉았다. 그건 지독히도 괴로운 일이었다. 그때 그녀가 차를 출발시켰다.

어머니 아버지는 그날 밤늦게야 돌아왔다. 그들은 흠뻑 술에 취해 있었고 바짝 꾸민 탓에 평소보다 젊어 보였다. 그러고 보면 그들은 나쁘지 않은 외모를 갖고 있었다. 아버지는 훤칠했고 어머니는 인형 같았다. 그들은 고모와 대화하며 내게 눈길도 주지 않았고, 마치 단 한 번도 아이를 낳아본 적 없는 사람들처럼 굴었다. 만약 내가 그들에게 말을 걸면 그들은 눈을 동그랗게 뜨고 이렇게 말할 것 같았다. "어머, 부모님을 잃어버렸니?" 그러나 그건 이미 알고 있던 사실이었다. 그들은 나를 낳지 않았으면 훨씬 더 행복했을 것이다.

며칠 후 우리는 서울로 돌아왔다. 어머니 아버지는 각자의 근무지에서 밀린 일을 처리하느라 집에 잘 들어오지 않았다. 그들은 점점 더 감각적인 옷을 입고 외출했으며 술에 진탕 취해 귀가하기 시작했다. 팔짱을 끼고 함께 귀가하던 그들은 어느 날을 기점으로 따로 외출하고 따로 돌아왔다. 그들은 젊어지고 있었다. 그들은 달콤했던 연애 시절로 돌아가다 못해 그 이전으로, 서로에게 사랑에 빠지기 전으로 돌아가고 있었다.

그렇게 몇 달이 흘렀다. 나는 지독하리만치 외로웠다. 그러던 어느 날 집으로 봉투 하나가—국제우편이—도착했다. 우편에는 고모의 도면이 들어 있었다.

그렇다. 도면은 불타지 않았던 것이다. 고모의 도면을 보자 밀밭에서의 공포가 되살아났다. 그리고 그녀를 향한 나의 경외심이 되살아났다.

종이 뒷면에는 문제가 하나 적혀 있었다.

아래의 검은 줄은 무엇일까?

━━━━━━━━━━━━━━━━━━━━

※ 보기 중에서 답을 고르고

그렇게 생각한 이유를 함께 작성하시오.

1. 검은 총

2. 기지개를 켜는 고양이

3. 날아가는 새

4. 곯아떨어진 소년원 아이

5. 여기에 정답이 없다

고모가 보낸 종이에 적혀 있는 건 문제뿐만이 아니었
다. 문제의 오른쪽에 짧은 편지가 함께 쓰여 있었던 것이
다. 문제보다 약간 작은 글씨로.

벌써 겨울이구나.

한국에도 첫눈이 내렸니?

겨울의 사우스다코타는 무지하게 춥고

흰 눈이 우레같이 내린다.

그래서 나는 지금 쿠바에 있어.

눈보라가 치지 않는 나라.

너의 답장을 기다리마.

천 장을 써도 좋아.

단, 지루하면 안 된다.

고모는 지루한 거 엄청 싫어해.

고모의 편지에서는 담배와 화약 냄새가 났다. 그리고
스노글로브처럼 눈이 내리다가 뚝 그쳤다. 그 기묘한 냄
새를 들이마시며 나는 밀밭에 우뚝 선다. 흰 눈 쌓인 밀밭
이다—아니, 황금빛 밀밭이다—아니, 검은 밀밭이다—

아니, 무한한 밀밭이다.

그러고 보면 그녀는 언제나 나를 흥분시키는 재주가 있었다. 나는 흥분하면 상상을 관둘 수가 없고 두려움에 벌벌 떨며 끝까지 간다. 그날 나는 잔뜩 흥분한 채, 정체를 알 수 없는 미지의 것에 흠뻑 매료된 채 그녀에게 보낼 답장을 쓰기 시작했다.

그렇다. 그녀가 신호총처럼 나를 출발시켰고, 나는 썼다.

그것이 내 최초의 이야기였다.

서울 장미 배달

그건 내 생애 최초의 서커스였다.

붉은 천막 안으로 들어가니 오직 어둠이었다. 칠흑 같은 천장의 정가운데에 동그란 은빛 링이 둥둥 떠올랐고, 그 안에 어린 원숭이가 링을 밧줄 삼아 붙잡고 있었다. 그 녀석은 자기 꼴이 어떤지도 모르고 링을 붙잡은 채 길쭉한 팔과 꼬리를 흔들었다.

원숭이가 그네 타는 아이처럼 뒤집어지듯 자빠졌을 때, 그러나 추락하지는 않고 보란 듯이 링 안에 우뚝 섰을 때, 사람들은 탄성을 질렀다. 불행한 꼭두각시 원숭이. 저 녀석은 평생 저곳에서 춤을 춰야 한다. 골동품 창고에 처박힌 괘종시계 추처럼 언제나. 혹은 번쩍 금이 간 오르골 안의 공주라고 말할 수도 있겠다. 똑같은 리듬, 안무, 제스처의 춤.

그렇다. 나는 슬픈 관객이었다.

하지만 어머니, 서커스에서 개기일식이 일어난다고 말해준 적은 없잖아요. 그 감옥 같은 보름달 안에서 작은 동물이 춤을 춘다고 알려준 적도 없고요.

그래서 나는 비명을 지르듯 울음을 터뜨렸다. 그러니까 입장권이 암암리에 60만 원으로 거래되었던 그 서커스에서, 어머니가 날 위한답시고 티켓을 얻으려 몇 주를 고생한 그 쇼에서 나는 비명을 지르며 울었던 것이다. 다행히 공연장에는 비트가 끝내주는 음악이 울려 퍼지고 있었기에, 내 주위에 있던 몇몇 사람들을 제외한 대부분의 관객은 누군가 울음을 터뜨렸다는 사실도 눈치채지 못했다. 그러나 나는 보았다, 링 속에서 춤을 추던 원숭이가 동그란 눈으로 나를 바라보던 것을.

너는 내 불행이 보이니?

─라고, 그놈이 말하는 것 같았지.

내가 울음을 그치지 않았기 때문에 결국 나와 어머니는 죄인처럼 서커스장에서 쫓겨났다. 서커스장 바깥에서 어머니는 모욕이라도 받은 얼굴로 비참하게 울었다.

그날 어머니 몰래 가져왔던 팸플릿에 의하면 그 원숭이의 이름은 망고였다. 망고는 예정된 공연 일정이 끝나자마자 고향으로 떠나버렸고, 그날 이후로 나는 종종 망고를 떠올리며 생각했다: 망고는 겨울마다 눈 폭탄에 파묻힐까? 망고는 어떤 집에 살까?

망고는 지금 행복할까?

아주 나중에 시간이 흘러 망고에 대해 어머니에게 이야기를 꺼냈을 때, 어머니는 고개를 갸우뚱하며 반문했다. "그 서커스에 원숭이가 등장한 적은 단 한 번도 없었어. 너는 왜 자꾸 원숭이 이야기를 하는 거니?" 그렇지만 나는 분명 원숭이를 **보았다.** 어쩌면 그날 그 서커스에서 본 원숭이가 내가 본 최초의 원숭이였을 수도 있다고 나는 생각한다.

서커스 사건은 내가 열 살 때 일어난 일이었고, 어머니는 원숭이 이야기를 들은 지 며칠 후부터 나를 이런저런 상담에 데리고 다니기 시작했다. 네번째 상담소에 간 날, 어머니는 머리부터 발끝까지 새까만 정장을 입고 있었다.

그녀는 마치 금방이라도 장례식에 다녀온 것처럼 보였다. "여기서 잠깐 기다려." 그녀는 깃털 달린 새까만 장갑을 벗어 내게 쥐여주었다. 나는 누군가의 죽음 냄새가 나는 검은 장갑을 받아 들었다. 그건 마치 어린 개를 붙잡아두는 마법 고삐 같았다.

나는 검은 장갑을 의자에 내려두고 자리에서 일어났다. 데스크의 비쩍 마른 남자 간호사가 자그마한 기계에 지배되어 있었기 때문에 상담소 탈출은 어렵지 않았다. 문제는 상담소 출입구 입간판에 적혀 있던 **기행을 일삼는 아이 때문에 고민이 많으신가요?**라는 문구였다. 어떤 글자, 인쇄물, 문구는 폭발음처럼 요란하다. 그건 평면에서 튀어나와 광견병 걸린 개처럼 내 귀에 대고 짖는다.

그때 어디선가 피아노 음악이 들려왔다. 그것은 소음 청소기처럼 개 짖는 소리를 깨끗하게 치워주더니 나를 완전히 매료시켰다. 나는 소리가 들리는 곳을 향해 계단을 내려갔다.

그러자 온 벽지와 바닥이 매끄러운 은빛 대리석으로 이루어진 아래층이 나타났다. 그 새하얀 복도에는 발레 학원뿐이었다. 피아노 음악은 바로 그 전면이 유리창으로 이루어진 발레 학원에서 들려오고 있었다. 나는 리드미컬

한 발걸음으로 학원 유리창에 가까이 다가갔다. 손때 하나 없이 투명한 유리창을 통해 연분홍빛 발레복을 입은 여자아이들이 정갈하게 줄을 맞추어 서 있는 모습이 보였다. 그들은 모두 똑같이 흰색 타이츠를 신고 피아노 음악에 따라 팔다리를 움직였다.

그건 꽤 멋져 보였다.

"여기 처음이야?"

목소리가 들려온 쪽을 향해 고개를 돌리자 나보다 세 살은 많아 보이는 여자애가 어느새 내 옆에 서 있었다. 아이는 팔뚝이 둥글게 부풀어 오른 초록 드레스 차림에 가슴께까지 오는 새까만 머리를 가지런히 빗어 노란 머리띠를 차고 있었다. 아이가 한쪽 손에 쥔 작은 보라색 가방 안에 발레복이 들어 있는 것 같았다.

"너는 누군데?"

나는 언니, 오빠, 선생님과 같은 호칭을 극도로 싫어한다.

"나는 리혜. 나는 여기 다녀."

리혜는 내가 '너'라고 불러도 화를 내지 않은 유일한 첫 인간이었다. 나는 연분홍색 발레복과 흰색 타이츠를 입고 리혜와 함께 발레를 하는 상상을 했다. 우리는 사랑스럽고 앙증맞은 분홍 백조들이 되어 무대 위를 신명나게 누빌 것이다. 어머니 장갑에서 검은 깃털을 훔쳐 엉덩이에 포인트를 줄까?

그때였다. 어머니가 저 멀리서 놀란 표정으로 나를 향해 걸어왔다. 그녀는 금방이라도 울음을 터뜨릴 것 같은 얼굴이었다.

"이 미친것아. 잠깐만 기다리라고 했잖아."

어머니가 뭐라고 더 말하려는 순간, 하나, 둘, 셋. 유리창 안에서 소리가 들려왔다. 어머니는 나를 혼내던 것을 그만두고 학원의 아이들을 바라보았다.

어머니는 요술 물약을 마신 사람처럼 숨죽인 채 유리창 안에 홀린 듯 시선을 고정했다. 발레를 추고 있는 상냥한 여자아이들을 바라보는 어머니의 표정은 숨이 막힐 만큼 고요했고, 동시에, 참담해 보였다.

어머니는 그 상냥해 보였던 여자아이들 같은 딸아이를 상상하며 열 달을 인내했을 것이다.

내가 그때 어머니를 바라보는 표정이 꽤 굉장했던 모양이다. 왜냐하면 리혜가 슬픈 얼굴로 나를 바라보고 있었기 때문이다.

내가 발레 학원에 다니게 해달라고 조르던 어느 날, 어머니는 방문을 걸어 잠그고 죽음을 기도했다.

　그때 나는 놀이터에서 혼자 놀고 있었다. 낡은 아파트 건물로 칭칭 둘러싸인, 음침하고 울적한 서울의 놀이터였다. 나는 정글짐에 매달려서 어떻게 하면 좀더 빠른 시간 안에 남서쪽에서 북동쪽으로 올라갈 수 있을지 연구하고 있었다. 멀리서 한 경비원 할아버지가 다가오는 게 보였다. "너는 왜 혼자 놀고 있니?"

　그는 동태눈을 하고 있었다. 나는 본능적으로 경계하며 정글짐 가장 깊숙한 쪽으로 더욱 들어갔다. 그러자 동태눈이 정글짐 코앞까지 다가왔다. 유리창을 들여다보듯이.

　"저기요, 애 좀 내버려두쇼." 그때였다. 다른 경비원 할아버지가 멀리서 성큼성큼 걸어오며 말했다. 그는 동태눈을 하고 있진 않았고, 그냥 심신이 지쳐 보였다. 동태눈 할아버지는 인상을 쓰며 자리를 떴다.

　심신이 지친 경비원은 내게 말했다. "해가 지기 전에 돌아가라. 아니면 다음에는 어른들을 데려와." 나는 그가 내게 명령을 하고 있다고 생각했고, 뚱한 표정을 지었다.

그러자 저 멀리서 아버지의 차가 달려오는 것이 보였다. 차가 급정거한 뒤 문이 거칠게 열리더니 아버지가 달려왔다. 그는 심신이 지친 경비원을 한 대 칠 듯이 노려보다가 나를 쳐다보았다. "당장 거기서 나와라." 나는 정글짐을 빠져나왔고, 아버지는 내 손목을 콱 붙잡고 질질 끌어 데려갔다. 나는 질질 끌려가며 뒤를 돌아보았다. 심신이 지친 경비원은 화가 나 보이지 않았고—차라리 그랬더라면 좋았을 것이다—무덤덤하고 무기력한 눈빛으로 자리를 뜨고 있었다. 그날 내 손목에는 붉은 자국이 남았다.

어머니가 죽음을 기도한 후, 아버지는 병원에서 어머니를 간병하느라 집에 오지 못했다. 대신 아버지의 어머니가 나를 돌보러 왔다. 아버지의 아버지는 나를 꼴도 보기 싫어했다.

나는 죽도록 심심했고, 결국 리혜를 보러 갔다.

리혜는 개인 레슨을 받고 있었다. 포니테일로 머리를 묶은 리혜가 바닥을 사뿐사뿐 뛰어다녔다. 내 눈에 리혜는 정말 멋지고 예뻤다. 바닥에 발끝을 대기 무섭게 폴짝 뛰어오르며 핑그르르 돌고, 양손을 공중에 들어 동그랗게 원을 그리고, 토끼처럼 콩 콩 뛰어다니는 리혜는 정말 진기해 보였다. 그때 리혜를 가르치던 선생이 나를 발견하고 문을 열며 고개를 내밀었다.

"얘, 무슨 일이니?"

"그 애는 저의 사촌 동생이에요. 레슨이 끝나고 저희 집에 가서 함께 놀기로 했어요." 리혜가 춤을 추다 말고 우뚝 서서 말했다.

레슨 시간이 끝나고 나는 리혜와 함께 건물을 내려갔다.

리혜의 집은 주택단지에 있었다. 평생 아파트 단지에서 자고 나란 내가 보기에 그곳은 진짜 마을 같았다. 그곳에는 어린이용 고급 놀이터(알록달록 정말 멋졌다. 언젠가 리혜와 함께 아침 일찍부터 밤늦게까지 그곳에서 놀 수 있으면 끝내주겠다는 생각이 들었다), 동네 도서관, 벽돌로 지어진 주택들과 낮은 지붕의 베이커리 가게가 있었다.

마을 안쪽에 있던 주홍색 대문의 집이 리혜가 사는 곳이었다. 리혜가 대문을 열고 집 안으로 들어가자 마당에 있던 노란 개가 우리를 바라보며 왕왕 짖었다. 햇빛을 받아 개의 노란 털들이 금빛으로 빛났다. 그 개는 골든 리트리버를 닮았지만, 정확히 그 종은 아닌 것 같았다. 왜냐하면 골든 리트리버보다는 픽 자그마했기 때문이다─그렇다고 아주 작은 건 아니었다.

나중에 알게 되길 그 개는 시골에 떠돌던 '그냥 개'라고 했다. 원래 그 그냥 개는 시골 사람들과 보호소 사람들에게 유독 짖고 공격적으로 굴어서 안락사될 예정이었으나, 리혜의 가족에게 입양된 후로 전처럼 짖거나 물지 않는다고 했다.

"내가 코코였어도 공격적으로 굴었을 거야."

"이름이 코코야?" 나는 히히 웃으며 물었다. 귀여웠기 때문이다.

코코는 우리를 향해 달려들고 싶어 안달이었다. 붉은 목줄이 팽팽해질 정도로. 그러자 리혜가 코코에게 달려가 한가득 코코를 껴안고, 온몸 구석구석 만지고, 서로의 살을 비볐다. "이제 그만." 리혜가 말하자 코코가 뒤로 물러서며 있는 힘껏 꼬리를 흔들었다.

그때 나는 한 가지 사실을 깨달았다: 개는 온 얼굴로 행복해하고 온 얼굴로 슬퍼한다. 방방 뛰고 짖고 부르르 떨면서 자기 마음을 다 보여준다. 개는 그래도 된다.

"나도 한 번만 만져봐도 돼?"

내가 용기를 내어 묻자 리혜는 믿을 수 없을 정도로 선뜻 이렇게 답했다. "당연하지."

나는 방방 뛰는 가슴을 느끼며 코코에게 손을 뻗었다.

그러자 개가 온몸을 부르르 떨면서 내 손에 자신의 얼굴을 비볐다. 나는 너무 기분이 좋아서 그 자리에서 폴짝 뛰어올랐다.

"오늘은 부모님이 없으니까 코코가 집에 들어와도 돼."

리혜가 코코를 끌며 현관문으로 걸어갔다. 나는 리혜를 따라가며 물었다. "코코는 원래 마당에 살아?"

"응. 부모님이 집 안에서 키우는 건 안 된대."

나는 무척 슬퍼졌다.

집 안에 들어온 리혜는 내게 화장실에서 손을 씻으라고 시키고, 젖은 수건으로 코코의 네 발을 닦아주었다. 그리고 우리는 계단을 올라 2층으로 갔다. 2층으로 오르는 원목 계단과 손잡이는 먼지 한 톨 없이 깨끗했다. 계단 쪽 벽에는 유럽 화가의 그림들과—하나하나 국적을 말하기도 귀찮다—리혜의 부모로 추정되는 사진 그리고 리혜를 쏙 빼닮은 소년의 사진이 걸려 있었다. 내가 소년의 얼굴을 빤히 바라보자 리혜가 불쑥 끼어들며 말했다.

"내 오빠야. 자살했어."

그 어린 남자아이의 얼굴은 아주 기묘한 기분을 불러일으켰다. 이상할 정도로 그가 친숙하게 느껴졌기 때문이다.

"언니 사진은 어디 있어?"

나는 언니, 오빠, 선생님과 같은 호칭을 극도로 싫어하지만, 리혜에게 만큼은 언니라고 부르고 싶어졌다.

"없어. 우리 집은 아들만을 원했어. 나는 원한 적 없던 자식이야."

나는 소년의 얼굴을 더 보고 싶었지만, 리혜가 내 손목을 꽉 잡고 이끌었다. "사진 볼 것 없어. 이제 죽은 사람이야."

"여기가 내 방이야." 리혜가 문을 열자 온통 분홍 벽지와 분홍 침대, 흰 가구들로 가득한 방이 나타났다. 흰 책상 한쪽에는 빛나는 은빛 드레스를 입고 금발 머리를 한 인형과 개와 같은 색깔의 털을 가진 곰 인형이 놓여 있었다. 그러나 그 모든 것보다도 가장 눈에 띄었던 것은 침대 앞에 놓여 있는 커다란 분홍색 집이었다. 내가 분홍 집에 다가가자 리혜가 방을 빠져나가며 물었다. "마시고 싶은 거 있어?"

"없는데."

"나는 따뜻한 코코아, 차가운 레모네이드, 미지근한 녹차를 엄청 맛있게 만들 수 있어."

"그럼 따뜻한 코코아 마시고 싶어."

잠시 후 리혜는 따뜻한 코코아와 차가운 레모네이드를

만들어서 방으로 돌아왔다. 하얀 마시멜로 하나가 녹고 있던 코코아 위로 연기가 폴폴 올라왔다. 그건 아주 달콤하고 맛있어 보였다. 나는 코코아를 벌컥 들이켰고, 그 순간 입천장이 다 타버린 것을 느꼈다.

리혜는 내 코코아와 자신의 레모네이드를 바꿔주었다.

"발레 재밌어?"

내가 빨대로 레모네이드를 마시며 리혜에게 말했을 때, 리혜는 뜻을 알 수 없는 기묘한 얼굴로 나를 바라보며 답했다.

"응. 처음에는 재밌었어."

잠시 정적이 감돌았다.

"너 유럽 가본 적 있니?" 리혜가 주제를 바꾸었다.

"유럽? 유럽은 가본 적 없는데. 거기 좋아?"

"음, 난 별로였어. 거리에서 만난 어떤 남자는 우리를 보며 원숭이 흉내를 내더라니까. 엄마 아빠가 걔를 보고 저놈, 약을 한 것 같아, 조심해야겠어,라고 말했어."

"원숭이 흉내를 내면 안 좋은 거야?"

"나쁜 거지! 엄청나게! 동양인이라고 무시하는 거야. 우리가 원숭이처럼 생겼다고 말하는 거라고."

"그래? 그럼 프랑스어로 욕해주지 그랬어?"

"나는 프랑스어 잘 못해. 음, 이탈리아어는 조금 해."

어머니가 춤을 추던 음악도 프랑스 음악인가? 아니면 이탈리아 음악? 나는 궁금해졌다.

"아무튼 파리는 별로였어. 지하철에서 쥐도 보고, 똥도 보고, 침을 연속해서 뱉는 미친 사람도 봤어."

"그렇구나."

"그래도 누군가 파리에 대해 물어본다면 엄마가 이렇게 대답하라고 했어: 아, 루브르박물관은 멋지더라. 그 박물관으로 가는 길도 멋있었어. 호수가 막 반짝이는데……" 리혜의 말투는 묘하게 연기를 하는 사람 같았다.

나도 박물관은 가보고 싶었다. 반짝이는 파리 호수도 보고 싶었다. 그렇지만 리혜와 주구장창 유럽 이야기나 하면서 시간을 보내고 싶진 않았다. 그래서 어서 빨리 화제를 바꾸기 위해 거대한 분홍 집을 가리키며 물었다. "이건 뭐야?"

"인형의 집."

리혜는 다소 무관심하게, 그 물건이 자기 것이 아니라는 듯이 대답하면서, 양손으로 인형의 집을 반으로 갈라 보였다. 그러자 세 인형이 각각 식탁 의자와 침대에 앉아 있거나 거실 소파에 누워 있는 모습이 보였다.

"너무 멋지다."

내가 말하자 리혜가 물었다. "이게 멋져?"

"응."

그러니까 내가 멋지다고 말한 것은 반으로 갈라지던 집, 살아 움직이듯이 모습을 바꾸는 그 건물이었다. 나는 지금까지 태어나서 그런 건물을 본 적이 없다.

이 세상의 모든 건물은 무시무시하고 흉측한 직사각형 감옥으로, 한번 들어가면 쉽게 나올 수 없다. 그중에서도 가장 무서운 건물은 대형 백화점, 종합병원, 연극이나 뮤지컬 같은 것이 오르는 공연장 그리고 학교다. 그런 곳에서는 울음을 한번 터뜨리면 주변에 있는 모든 인간이 당장이라도 야구방망이를 들고 와 내 몸을 흠씬 두들겨 팰 것처럼 나를 바라본다. 혹은 깔깔거리고 손가락질하면서 막 비웃는다.

코코는 이제 천진난만한 얼굴로 우리를 구경 중이었다. 잠깐 동안 무언가를 곰곰이 생각하던 리혜는 나처럼 몸을 숙이고 창문을 바라보며 이렇게 말했다. 약간 들뜬 얼굴로.

"밤에는 애들이 살아 움직여. 안에서 춤도 추고 노래도 불러. 너만 알고 있어야 해."

인형의 집 창문은 유리도 없이 뻥 뚫려 있는 구조였다.

"굉장해."

"이모가 사줬어. 내 방을 분홍색으로 꾸며준 것도 이모야. 이모는 한국이 싫어서 프랑스에서 살아."

"나도 그런 친척이 있는데. 그 여자는 미국에 살아."

"이것도 이모가 사준 거야." 리혜가 말하면서 옷장 문을 열어 온 사방에 프릴이 잔뜩 달린 노란 미니 드레스를 보여주었다.

"멋진데." 나는 진심으로 감탄했다.

"입어볼래?"

"응."

그러자 리혜가 옷 갈아입는 것을 도와준 다음 방 밖으로 나가 초록색 체크무늬 파우치를 들고 돌아왔다.

"내가 화장해줄까?"

"응."

리혜는 내 얼굴을 이젤 삼아 분홍색과 베이지색 아이섀도를 매우 신중하게 발라주기 시작했다. 나는 무대를 준비하는 무용수가 된 기분이 들었다.

"울면 안 돼. 아이섀도가 번지잖아."

"응."

나도 내가 왜 갑자기 눈물을 흘렸는지는 알지 못했다.

버튼을 쿡 누르면 물이 나오는 정수기처럼 잠깐 울었을 뿐이다. 리혜가 갑 티슈에서 휴지 몇 장을 꺼내 내 얼굴을 닦아준 다음 다시 아이섀도를 발라주기 시작했다. 리혜는 보들보들한 붓으로 볼터치도 해주었다. 그리고 손거울을 들어 나를 비춰주었다.

"히히." 나는 웃었다.

"너도 나한테 화장해줘." 리혜가 말했고, 나는 리혜보다 더욱 거침없는 손놀림으로 리혜에게 화장을 해주기 시작했다.

화장이 다 끝났을 때 리혜는 어디론가 나가더니, 목부터 발끝까지 온통 반짝이는 기다란 붉은 드레스를 입고 등장했다. 머리에는 공작새 같은 모자와 함께였다. 그 독특한 차림새로 리혜는 생전 처음 보는 춤을 추기 시작했다. 그건 발레도 무엇도 아니었다.

나는 깔깔 웃다가 리혜를 따라 춤을 추기 시작했다. 우리가 이곳저곳을 폴짝거리자 코코도 흥분해서 꼬리를 막 흔들며 방을 돌아다니기 시작했다. 꼬리가 헬리콥터 같았다. 우리는 정말이지 정신없이 추고, 노래하고, 무지하게 많이 웃었다.

까르르 까르르 하고.

그때 어딘가에서 전화 벨 소리가 울렸다. 리혜는 방을 떠났다. 코코는 이번에도 나와 함께 방에 남아 방금 전의 흥분을 가라앉히며 천진한 표정으로 나를 관찰하고 있었다.

"너희 아버지가 이곳으로 오신대." 리혜가 말했다. 우리는 잠시 슬픔에 잠겨 침묵했다. "빨리 닦아야 해." 리혜는 나를 개처럼 어딘가로 끌고 갔다.

화장실 세면대 앞에서 리혜는 나의 머리카락을 한 손으로 모아 쥐고 다른 한 손으로는 내 얼굴을 박박 닦아주기 시작했다. "눈을 꽉 감고 입을 딱 다물어야 해. 그러지 않으면 클렌징폼 거품이 들어갈 거야."

"언니는 왜 안 닦아?"

"입 다물라니까."

"아파. 아파." 내가 징징거리기 시작할 때쯤 집 밖에서 경적 소리가 울렸다. 리혜는 엄청나게 부들부들한 수건—그렇게 부들부들한 수건은 호텔에서나 써보았다고 혼자 생각했다—으로 내 얼굴의 물기를 닦아주었다. 우리가 얼굴을 씻는 동안 화장실 밖에서 코코가 끙끙거리며 우리를 바라보고 있었다.

1층으로 내려가는 계단 앞에서, 리혜가 내 손목을 꽉 붙잡고 말했다.

"5월 5일 어린이날 5시에 학원에 놀러 와. 장미 꽃다발을 들고. 그때 발표회를 하거든."

나는 끄덕였다. 그리고 황급히 계단 밑으로 내려갔다. 리혜 앞에서 아버지에게 혼이 나는 꼴을 보여주고 싶진 않았다. 그러면 죽도록 수치스러울 것 같았기 때문이다.

"뭘 하고 있었니?" 차 안에서 그가 물었을 때 나는 노란 개, 분홍 방, 인형의 집 이야기를 했다. 발표회 이야기는 비밀로 했다.

"무슨 일이 생긴 줄은 아니? 그리고 저 애랑 놀지 마라. 발레 학원 선생한테 다 들었다."

그가 절망적인 말투로 말했다. 그리고 듣기 괴로울 정도로 긴 한숨을 내쉬었다. 침묵 속에서, 길고 지루한 서울 풍경이 창밖으로 펼쳐졌다. 빽빽하게 늘어선 회색 건물들. 사람 하나를 죽이는 건 예삿일도 아니라는 듯이 짐승처럼 달리는 오토바이들, 자동차들, 트럭들.

어머니의 어머니는 아예 내 집에서 지내게 됐다. 아버

지는 출장을 가버렸다. 어머니의 외국어 실력이 아버지에게 결코 뒤지지 않았는데 이상하게 항상 외국에 가는 건 아버지였다.

어머니의 어머니가 장을 보러 집을 비웠을 때면 나는 어머니의 애장품인 원목 턴테이블과 LP판을 돌보았다. 부드럽고 매끈한 손수건으로 밤새 쌓인 먼지를 털고, 흠집을 닦고, 한 번씩 턴테이블 위에 LP판을 올려서 음악이 잘 흘러나오는지 점검했다. 나는 너희가 정말 좋아.

나의 고백에 응답하듯 LP판이 작동되기 시작하고 턴테이블이 핑그르르 돌아갈 때, 나는 곧장 안방에 달려가 화장대를 뒤지고 수납장을 죄다 열어본 다음 붉은 립스틱을 직직 발랐다. 그리고 립스틱처럼 붉은 원피스를 꺼내 입고 거실에 나와 춤을 추기 시작했다. 원피스 끝자락이 바닥에 질질 끌렸다. 댄스 파트너는 원숭이 망고. 우리는 검은 하늘을 무대 삼아 은빛 굴렁쇠를 양쪽에서 붙잡고 춤을 출 것이다. 위태롭고 매혹적인 공중그네. 우리는 뒤로 자빠질지언정 추락하진 않는단다.

그때 아버지가 도어록 비밀번호를 누르는 소리―삑, 삑, 삑, 삑 하는 그 무시무시한 경고음―가 들렸다. 그건 분명 아버지였다. 그가 예상보다 더 일찍 돌아온 것이다.

나는 소스라치게 놀라며 춤추는 것을 관둔 다음 턴테이블 작동을 멈추려고 했다. 그러나 기계들은 꼭 결정적인 순간에 뜻대로 굴어주지 않는다. 심장 없이 살아 있기라도 한 것처럼. 그래서 나는 억지로 LP판을 빼내었다. 유리가 긁히는 소음과 함께 그가 집 안에 들어왔다. 소중한 피아노 음악이 담긴 LP판에는 대각선 모양의 불길한 빗금이 새겨졌다.

그날 아버지는 내 눈앞에서 그 LP판을 깨뜨렸다. 그마저도 분이 풀리지 않는지 턴테이블을 원목 의자로 내려쳐서 박살 냈다. 나는 LP판과 턴테이블이 목숨을 잃는 동안 죄를 지은 사람처럼 무릎을 꿇고 앉아 바들바들 떨었다. 그들은 내 유일한 친구였는데.

그다음 날 어머니의 어머니는 짐을 싸서 떠났다. 아버지는 안방 문을 열어둔 채 자신의 아버지와 오랜 통화를 나누었다. "네, 맞아요. 굿이라도 해야 할까 싶습니다." 말을 끝마치기 무섭게 그가 덧붙였다. "그래요. 무당이라도 만나야 할 것 같아요."

무당—그 단어를 듣자마자 곧장 내 머릿속에서는 날렵한 칼 위를 맨발로 걸어 다니는 사람의 모습이 떠올랐다. 무당은 붉은 옷을 입고 붉은 립스틱을 칠한 채 붉은 불덩이 한가운데에서 양손에 칼을 들고 한판 춤을 춘다. 그 모습은 붉은 구두를 신고 가시덤불 위에서 춤을 추는 여자와도 닮아 있다. 발등에 불이 붙어 있고, 그 불이 온몸을 활활 태우기라도 하는 것처럼 춤을 추는 여자들. 그들은 전신에 불붙은 인간들처럼 양팔을 흔들고 두 다리를 쉴 새 없이 움직이며 춤을 춘다.

나는 두려움에 떨며 안방으로 달려가 문을 벌컥 열고 아버지에게 말했다.

"저도 칼 위를 걸어야 해요?"

아버지는 전화를 하다 말고 고개를 돌려 충격적인 얼굴로 나를 바라보았다. 그리고 엄중한 얼굴로 다가와 나를 밀친 뒤 문을 닫고 잠갔다.

"아닙니다, 아버지. 잘못 들으신 겁니다. 죄송합니다. 이만 들어가세요." 방 안에서 아버지가 자신의 아버지에게 사과하는 소리가 들렸다. 그리고 정적.

잠시 후 아버지가 숨죽여 우는 소리가 들렸다.

나는 어떠한 말로 설명할 수 없을 만큼 절망적인 기분으로 아버지의 우는 소리를 들었다.

내 부모는 아주 많은 순간에 나를 수치스러워했다. 그리고 적극적으로 수치심을 연기했다. 서울의 사람들은 공공장소에서 울음을 터뜨리는 내가 당장이라도 죽기를—
이 세상에서 사라지기를—기원하듯이 나와 부모를 노려
보았고, 그럴 때마다 부모는 성심성의껏 수치심을 공표했
다. *저도 제 아이가 부끄럽습니다. 이런 아이를 낳아서 죽
도록 죄송합니다.*

그러면 사람들이 내 부모를 조금 용서했다. 나는 그 모
든 걸 나와 무관한 연극을 감상하듯이 지켜보아야 했다.

아버지의 울음소리를 들은 날로부터 얼마 되지 않아 아
버지는 나를 데리고 자신의 부모를 만나러 갔다. 조부모
의 집은 우리 집과 그다지 멀지 않은 곳에 있었고, 걸어서
도 도착할 수 있는 위치였다.

아버지는 나를 그곳에 두고 떠났다.

아버지의 어머니, 나의 할머니는 그래도 나를 조금 예뻐
해주었다. 할머니는 내게 맛있는 밥상을 차려주고 반 묶음
머리를 해주기도 했다. 가느다랗게 묶인 한 줄기 머리카락
은 벼 모양으로 예쁘게 땋아져 있었다(나는 화장실 거울 앞
에서 손거울을 머리 쪽에 들고 머리 모양을 구경했었다).

아주 가끔이지만 할머니는 고양이 이름표처럼 수건이 삼각형 모양이 되도록 내 목에 둘러 묶어준 다음 "얼굴은 이렇게 닦는 거야"라고 말하면서 세수를 시켜주기도 했다. 할머니는 눈곱도 다 떼주고 이마와 두 볼도 박박 닦아주었다. 나는 직접 수건을 삼각형 모양이 되도록 목에 둘러 묶은 다음 거실 소파에 앉아 할머니에게 발견되기를 기다리기도 했지만 할머니가 나를 찾아주는 일은 많지 않았다.

아버지의 아버지, 나의 할아버지는 별정직 공무원이었고, 국회에서 일했고, 대단히 높은 직급은 아니었고, 느지막이 정치를 하겠다는 꿈을 꾸고 있었다. 나는 그게 무슨 소리인지 전혀 이해하지 못하면서 다 듣고 다 기억하고 있었다. 어른들의 이야기는 흥미로운 구석이 있었다. 그들은 태어나서 처음 듣는 단어들을 엄숙하고 무시무시한 얼굴로 줄줄이 읊었다.

어느 날 밤 나는 가위에 눌렸고, 겨우겨우 가위에서 깬 후에는 어린 짐승처럼 소리를 지르며 침대에서 울었다. 나 덕분에 새벽에 잠에서 깬 할아버지는 쿵쾅쿵쾅 달려와 방문을 열어젖힌 다음 내 뺨을, 아니, 내 얼굴 한쪽 전체를 짝 때렸다. 그리고 험악한 말을 중얼거리며 방에서 나갔다.

깜짝 놀란 나는 누에고치처럼 이불로 온몸을 돌돌 감싸 말았다. 그 작은 동굴 속에서 온몸을 옹송그린 채 두 눈을 끔벅끔벅 감았다 떴다. 어찌나 놀랐는지 눈물은 한 방울도 나지 않았다. 나는 얌전해졌고, 색색 잠에 들었다.

꿈에서 나는 어느 먼 타국의 대저택 안이었다. 저택은 아주 드높았고, 천장 한가운데에 팽이 모양 샹들리에가 달려 있었다. 샹들리에는 수천 가지 보석들로 이루어져 있었는데, 보석들은 모두 투명한 물방울 모양이었다. 나는 바로 그 샹들리에 끝에 매달려 있었다. 샹들리에의 검정 뼈대를 생명줄처럼 붙잡은 채.

저택의 기둥들은 놀라울 정도로 높고 단단해 보였으며, 이는 창문 역시 마찬가지였다. 그것들은 모두 길쭉한 직사각형 모양이었다. 저택의 모든 구조가 수직을 그리고 있었기에 마치 저택 전체가 계속해서 위로 자라나고 있는 것 같기도 했다. 그 광경은 꽤 기이하고 아름다웠다.

그제야 내 밑에 앉아 있는 무수히 많은 관객이 보였다. 그들은 죄다 검은 양복을 입고 있었다. 그런 검정은 내가 사랑하지 않는 검정이었다. 그때 어딘가에서 우렁찬 목소리가 들렸다.

"자, 여기 한국 원숭이입니다!"

그러자 우레 같은 박수 소리가 들렸다. 검정 옷을 입은 사람들은 무뚝뚝한 표정으로 박수를 쳤다. 짝 짝 짝 짝 짝 짝 짝 짝 짝.

박수 소리가 어찌나 거대한지 귀가 터질 것 같았다. 박수 소리가 끝나기 무섭게 우레 같은 음악 소리가 들렸다. 관객들은 박수를 멈추지 않았다.

짝 짝 짝 짝 짝 짝 짝 짝 짝.

나는 금방이라도 울음을 터뜨릴 것 같았다.

"아, 한국 원숭이가 울려고 하네요!"

그 순간 차가운 얼굴의 청중들이 발작하듯 웃음을 터뜨리더니, 급기야 바닥에 발을 구르며 웃어대기 시작했다. 몇몇은 아예 자리에서 일어나 펄쩍펄쩍 뛰어다녔다. 울보 원숭이! 울보 원숭이! 울보 원숭이! 관객들이 주먹을 휘두르며 내게 외쳤다.

이제 무리에 있던 대부분의 사람이 자리에서 일어나 미처 날뛰고, 발을 구르고, 강강술래를 하고, 함성을 지르듯 외쳐댔다. 그들은 서로 팔짱을 끼기도 하고 서로를 뒤에 업어주기도 하고 심지어는 서로에게 목마를 태워주면서 러시아 저택을 신나게 뛰어다녔다. 울보 원숭이! 정신병자 원숭이! 맛이 간 원숭이! 울보 원숭이! 정신병자 원숭이! 맛이 간 원숭이! 울보 원숭이! 정신병자 원숭이! 맛이 간 원숭이! 울보 원숭이! 정신병자 원숭이! 맛이 간 원숭이! 울보 원숭이! 정신병자 원숭이! 맛이 간 원숭이! 울보 원숭이! 정신병자 원숭이! 맛이 간 원숭이! 울보 원숭이! 정신병자 원숭이! 맛이 간 원숭이! 울보 원숭이! 정신병자 원숭이! 맛이 간 원숭이! 울보 원숭이! 정신병자 원숭이! 맛이 간 원숭이!

그때쯤 나는 샹들리에 끝에서 눈물을 줄줄 흘리며 매달려 있었다. 온몸이 슬픔과 분노와 두려움으로 부들부들 떨렸다.

떨어지면 영락없이 죽는다고 생각하는 순간, 검은 정장 사람들이 동시에 비명을 지르며 흩어지기 시작했다. 그들의 비명은 까마귀 울음소리처럼 옥타브가 높고, 어딘가 찢어지는 것 같은 소리였다. 그들이 모두 멀리멀리 도망가면서 같은 방향을 돌아보았기에, 나는 고개를 돌려 그곳, 그들이 두려워하는 존재가 있는 그곳을 바라봤다.

드높은 저택의 창문 한쪽에 거대한 인간의 한쪽 눈이 보였다. 그 사람은 정말이지 거대했다. 처음에 나는 그 거인이 리혜라고 생각했다. 그래서 거인이 창문 안에 손을 집어넣어 나를 구조해줄 거라고 기대했다. 그러나 거인은 리혜가 아니었다.

거인은 무심한 눈빛으로 나를 관망할 뿐이었다. 나는 눈물을 줄줄 흘리며 처형대에 매달린 채 그 거인을 바라보았다.

나는 번쩍 잠에서 깨어났다. 오줌을 싼 것 같았다.

할머니는 내 이불을 정리하며 자기 신세를 한탄하는 말을 중얼거리다가 내 얼굴을 보고 헉 놀라며 더 이상 뭐라고 하지 않았다. 거울을 보자 한쪽 얼굴에 보라색 멍이 얼룩덜룩하게 들어 있었다. 나는 발뒤꿈치까지 들고 거울에 얼굴을 가까이 들이민 채 멍을 빤히 관찰하다가 발뒤꿈치를 가만히 내려놓고 거울 속 나의 모습을 바라보았다.

괴물 같아. 나는 생각했다.

명절날이 되자 그의 친구들이 집에 놀러 왔다. 내 얼굴은 어느새 멀쩡해져 있었다. 그날 할머니는 나를 한껏 꾸며주었다. 어디서 가져왔는지 모를 분홍색 꽃무늬 원피스와 색동 한복을 잠옷 차림의 내게 대면서 한참 동안 진지한 얼굴로 고민하던 할머니는 결국 색동 한복을 선택했다. 이번에 할머니는 내 머리를 가지런히 빗어 하나로 묶은 다음 굵게 땋아 댕기 머리를 해주었다.

나는 너무너무 행복했다.

그리고 할아버지의 친구들이 하나둘 찾아왔다. 그들은 나를 귀여워했고, 용돈을 주었다. 사실 그들은 어린 내게 친절했다. 내 진짜 할아버지보다도 더 나의 할아버지 같았다. 그들 중 가장 인상이 좋아 보였던 한 할아버지는 준비해 온 곰 인형 선물을 내게 주면서 이렇게 말했다. "많이 상심해하지 마라."

상심, 나는 그 말이 대략적으로 무슨 뜻인지 유추할 수 있었다.

무엇을요? 내가 되물으려고 할 때, 내 진짜 할아버지가 말했다. "선물 다 받았으면 들어가라."

나는 울적한 집고양이나 집개처럼 고개를 푹 숙이고 방 안으로 들어갔다.

그 할아버지들이 거실에 있던 널찍한 좌식 테이블에 둘러앉아 숭고하고 진지한 토론을 하는 동안 내 할머니는 부지런하게 부엌과 거실을 오가며 요리를 대접하고 배달했다. 하인 같았다.

하나둘씩 우리 집을 떠나고 단 한 명의 할아버지만 남았을 때, 할아버지는 그와 바둑을 두었다. 그는 장교였고, 내게 곰 인형을 선물한 할아버지는 아니었고, 나의 할아버지와 마찬가지로 대단히 높은 직급은 아니었다. 그들이 바둑에 열중하고 있었던 덕분에 나는 두 손에 곰 인형을 쥔 채 슬그머니 방에서 빠져나왔고, 그들로부터 적당히 멀리 떨어져 앉아 그들의 이야기를 엿들으며 바둑 경기를 힐끔힐끔 구경했다.

그때 나는 바둑에 대한 두 가지 사실을 알게 되었다:

1. 바둑의 한 수 한 수가 결과적으로 어떤 역할을 맡을지는 아무도 확신할 수 없다.

2. 바둑판은 아주 작은 방 하나이자 우주보다 더 거대한 세계다.

나도 바둑을 두고 싶었다. 나는 정체 모를 질투심에 사로잡혔고, 그들의 바둑판에 우뚝 선 채 춤을 추고 싶었다. 현란한 발놀림으로 그들이 정교하게 쌓아놓은 아름다운 판을 산산이 망가뜨리고 바둑돌을 여기저기 내팽개치고 싶었다. 그러나 나는 한 번 더 뺨을 얻어맞고 싶지는 않았다.

나는 바둑판에 올라서서 춤을 추는 대신 멀찍이 앉아서 두 눈을 동그랗게 뜨고 돌들을 바라보았다. 품속에 곰 인형을 꼭 안은 채.

곰 인형의 양손을 조물거리면서, 아무것도 듣지 않고 아무것도 보지 않으며 그 어떠한 생각도 하지 않는 집고양이나 집개처럼, 화초처럼, 괘종시계처럼, 나는 돌들을 바라보았다.

검은 돌

흰 돌

검은 돌

흰 돌

검은 돌

흰 돌

●

○

●

○

●

○

무한 반복.

그들의 바둑에서, 종종 어떤 돌은 거대한 뜻을 위해서 희생되었다. 돌 하나 정도야 잡아먹히는 건 판 전체를 두고 보았을 때 큰 손해가 아니었다.

그러나 바둑은 스포츠였고 전쟁은 스포츠가 아니었다. 나는 불현듯이 바둑판에서 눈을 떼며 늙은 남자를 물끄러미 올려다보았다. 그러자 할아버지가 인상을 팍 쓰며 고개를 들어 할머니를 불렀다. "애 좀 데려가." 할아버지는 그날 바둑 경기에서 거하게 밀리고 있었고, 아마 그 탓을 내게 돌리고 싶어 했던 것 같다. 할머니는 두 남자를 위해 과일을 깎느라 물기가 묻은 손을 앞치마에 툴툴 묻히면서 부리나케 달려왔다. 그리고 방석 하나를 치우듯이 내 손목을 콱 쥐고 일으켜 세웠다.

"아파요. 아파요."

나는 할머니에 의해 질질 퇴장당하면서 내게 눈길조차 주지 않는 할아버지를 바라보았다. 그리고 서커스 무대 중앙에 망고 대신 저 놈을 매달아두어야 한다고 생각했다. 그러나 왜 항상 매달리는 건 꼬까옷을 입은 어린 것들뿐인가.

☻ 검은 돌

☺ 흰 돌

우리는 노란 돌? 아니면 죽은 돌?

매달린 김에 어떤 재밌는 놀이를 해볼까? 시원하게 질질 짜기? 악쓰며 울기? 광대처럼 춤추기? 즉흥 노래 부르기? 자지러지듯 한바탕 웃기?

☻ 검은 돌

☺ 흰 돌

우리는 노란 돌? 아니면 죽은 돌?

그날 밤 꿈에서 나는 할아버지의 장례식에 도착했다. 그는 정치에 대한 꿈을 조금도 이루지 못하고 친구 중 한 명에게 사기당해 집의 재산을 크게 날려먹은 뒤 시름시름 잔병치레를 하다가 병을 얻어 급하게 세상을 떴다. 그 재산에는 내 부모의 돈도 포함되어 있었고, 우리는 서울을 떠나 경기도로 이사를 가야 했다. 나중에 알게 된 것이지만 그건 예지몽이었다.

미래에서, 아니, 그날 밤 꿈에서 나는 그의 장례식에서 흰 저고리에 검은 한복 치마를 입은 뒤 머리통 한쪽에 리본 달린 똑딱이 핀을 달고 서 있었다. 그의 장례식에는 친구들이 아주 조금 왔고, 그들끼리 다 같이 모여 육개장을 먹었고, 어머니는 그 무리에게 나를 끌고 가 인사시켰다. (아, 어머니를 만나는 건 무척 반가운 일이었다) 나는 그들을 지그시 바라보다가 요조숙녀처럼 인사드렸다. 이 중에서 어느 놈이 사기꾼인가? 궁금해하며.

리본 달린 똑딱이 핀은 무척 마음에 들었다. 그건 훌륭한 무대 액세서리였다.

나는 아주 어렸지만 누구나 사기꾼이 될 수 있다는 사

실을 본능적으로 알고 있었다. 곰 인형을 선물해준 이와 장교 모두 사기꾼 후보였다. 그러나 그곳에서 사기꾼이 가장 나쁜 죄인인지는 또 다른 문제였다.

나는 그들 앞에서 양손으로 치마 춤을 부풀리듯 잡은 다음 온몸을 살랑살랑 흔들며 노래를 부르고 싶었다.

😀 검은 돌

😊 흰 돌

우리는 노란 돌? 아니면 죽은 돌?

너희는 노란 돌? 아니면 죽은 돌?

5월 5일이 되었다.

운 좋게도 그날 조부모는 외출해 있었다. 나는 부리나케 할아버지의 방을 뒤져 돈을 훔쳤다. 그리고 깨끗이 샤워를 했다. 세수도 꼼꼼히 했다. 색동 한복은 고름을 매는 법이 너무 어려워서 붉은 원피스를 입었다.

치마를 나풀나풀거리며, 나는 발레 학원을 향해 출발했다.

가는 길에 장미 꽃다발을 하나 샀다. 나는 엄마 심부름이라고 거짓말을 했고, 꽃집의 여자는 사람 좋게 웃어 보였다.

발레 학원으로 가는 동안 나는 장미 꽃다발이 혹시 망가질까 봐 두 손으로 종이 포장지를 꼬옥 쥔 채 종종종종 걸었다. 꽃다발의 장미들은 모두 새빨간 색이었고, 그 모습의 나는 예쁨받았다. 서울의 사람들이 그렇게 다정한 표정으로 아이를 바라볼 줄도 안다는 것을 그때 처음 알았다.

"에고, 귀여워."

"선물 받은 거야? 아니면 주는 거? 혼자 어딜 가는 거야?"

그들은 어린 고양이나 강아지에게 말을 걸듯이 내게 말을 걸어오기도 했다.

"친구의 발레 발표회요"라고 내가 대답하면 사람들이 더욱 좋아했다.

나는 무시하고 종종걸음을 치기도 했지만, 그들은 나를 미워하지 않았다. "수줍은가 봐." "귀여워." 얌전하게 군다는 건 이런 거였다. 그러나 나는 그들에게 예쁨받기 위해서 그 모든 옷을 챙겨 입고 몸단장을 한 게 아니었다. 무엇보다 그들의 사랑에는 권위적인 것이 있었다. 그들은 내가 서커스를 볼 때처럼 울음을 터뜨리거나, 후줄근한 티셔츠 차림으로 옷을 갈아입거나, 이상한 말을 하는 등 조금이라도 튀는 행동을 하면 금방이라도 꽃다발을 빼앗아 그걸로 나를 후려칠 것만 같았다.

나는 슬퍼지지 않기 위해 장미 꽃다발을 바라봤다.

학원 건물에 도착하자 아이들이 평소에 입는 연습복과는 다른—더 예쁘고 더 화려한 발레복을—입고 우르르 모여 발레를 추고 있었다.

리혜는 없었다.

발표회가 끝날 무렵 일찍 공연을 마친 아이 한 명이 다가왔다. 분홍빛 발레복을 입은 여자아이였다.

"네가 찾는 그 애는 떠났어. 멀리멀리." 그 아이가 말했다.

"거짓말하지 마." 나는 성을 냈다.

"내가 왜 거짓말을 하겠니? 나는 널 도와주려고 하는 거야." 그 아이는 새침하게 자신의 부모에게 돌아갔다.

나는 학원 바깥으로 갔다. 그리고 리혜의 집으로 가기 시작했다. 장미 다발에서 꽃잎 몇 개가 떨어져 나갔다.

리혜의 집에 도착했을 때는 해가 져 있었다. 분홍빛 노을이 온 동네를 휘감고 있었고, 그 모습은 퍽 아름다웠다. 보랏빛과 주홍빛이 은은하게 섞인 분홍빛이었다.

집의 대문은 꽉 잠겨 있었지만 안을 들여다보지 않아

도 빈집이라는 사실을 알 수 있었다. 코코의 소리가 들리지 않았고, 기묘할 정도로 고요했던 데다, 커튼 하나 없이 휑해진 창문 안으로 가구가 하나도 보이지 않았기 때문이다.

나는 한참 동안 장미 다발을 들고 동네를 돌아다녔다. 내가 동네를 걷는 동안 영겁의 시간이 흘러가는 것만 같았다. 노을은 여전히 분홍빛이었다.

얼마나 걸었을까?

저 멀리 놀이터가 보였다. 알록달록한, 그 멋진 놀이터.

나는 한 손에 장미 다발을 쥔 채 그네 앞으로 갔다. 그 놀이터는 그네도 알록달록했다. 앉는 부분이 주황색과 초록색이었던 것이다. 나는 초록색 그네에 앉았고, 길게 떨어지는 한쪽 손잡이를 그러쥐며 다발의 포장지 부분을 뭉개듯 움켜쥐었다.

나는 있는 힘껏 발을 굴려 가장 높은 곳까지 올라갔다가 내려오길 반복했다.

분홍빛, 주홍빛, 보랏빛.

한 손에 움켜쥔 장미 다발의 꽃잎들이, 새빨간 꽃잎들이 우수수 떨어져 내렸다.

그 묵묵하고 절망적인 기분의 정체가 무엇이었는지를

알게 된 것은 아주 기나긴 시간이 지난 후였다.

아니, 모르겠다.

어쩌면 어린 나는 다 알고 있었던 것 같기도 하다—왜냐하면 나는 사람들 말마따나 유난스럽고 특이한 아이였으니까.

그렇지 않고서야 무슨 이유로 새까만 밤이 오도록 혼자서 그네만을 탔겠는가. 그 어린 여자애가 칠흑 같은 밤이 올 때까지 그것만을, 사방에 장미 꽃잎이 가득해지고 다발은 만신창이가 될 때까지 오직 그 놀이기구만을.

눈물 한 방울 흘리지도 않고, 그렇다고 웃지도 않으면서, 오직 그 짓만을.

그 순간 그네가 아주 높은 곳까지 올라갔다가 가장 낮은 곳까지 빠르게 내려왔고, 나는 실수로 줄을 쥐고 있던 손을 놓는 바람에 붕 날아올랐다가 온몸으로 모래를 쓸며 추락했다.

그러고 보면, 나는 언제나 유난스럽고 특이한 아이였지만 그만큼 운이 따르는 편이기도 했다. 어딜 가든 훈련사와 조력자를 만났고 얼렁뚱땅 어떻게든 내 생의 탈출구를 찾아냈던 것이다. 그날도 나는 온몸이 쓸려 나갔지만 치명상을 입지는 않았다.

높이 올랐다가 둥글게 내려오는 그네에서 떨어지는 일. 그건 가슴이 아찔할 만큼 무서운 사고였고, 기이한 희열을 심장에 남기는 금기의 놀이였다.

나는 욱신거리는 온몸을 일으켜 세우며 그네를 바라보았다. 빈 그네가 아이 없이 혼자 철컹철컹 움직이고 있었다. 그곳부터 내가 있는 곳까지 온몸으로 쓸어 만든 자국이 보였다. 내 체구만큼 자그마한 붓질이었다.

뭐,

어찌 됐든 이건 내 무대였다.

나는 까르르 웃었다.

악단

나는 학교에 불을 지르기로 결심했다.

이 같은 결심을 한 것에는 여러 가지 합리적인 이유가 있는데 **첫째**, 학교의 선생들이 잘 다듬은 나뭇가지로 아이들의 종아리를 후려치기 때문이다. 하지만 나무는 그러라고 자라는 것이 아니었다. 초록 나무, 들개, 이슬비에 축 젖은 풀, 작은 참새. 그것들은 체벌을 위해 태어난 게 아니었다.

그렇다고 내가 처음부터 불을 지르기로 결심한 것도 아니었다. 일말의 협의점도 없이 자신들의 방식을 강요한 건 내가 아니라 그들, 선생들이었다!

그리하여 **둘째**, 선생들이 나를 풀어주는 것을 거부하기 때문이다. 며칠 전 나는 스물세번째 탈출 시도에 실패했다.

그날도 나는 두 발로 벽돌담을 넘어 어린 짐승처럼 산을 내달리고 있었다. 붉은 태양이 저만치서 땅으로 곤두박질치고, 주홍빛 노을이 초록 산을 집어삼켰다. 이대로 산을 내려간 다음 덜컹거리는 마을버스에 몸을 실으리라. 기차역으로 향해 첫번째 열차에 올라타리라. 그렇게 이곳을 영영 떠나리라. 심장이 쿵쿵 뛰었다.

붉은색, 심장은 붉은색이어야만 한다. 특히 덜 자란 아이의 심장이라면, 그건 아주 깨끗하고 고고한 붉은색일 것이다. 그것도 강렬한 빨강, 맑은 빨강, 그 어떤 빨강보다 새빨간 빨강이어야 한다. 산을 타고 내려갈수록 이상한 희열감이 불처럼 온몸을 달아오르게 했고, 젠장, 머저리처럼 잡초에 걸려버리고 말았다. 나는 데굴데굴 구르며 산을 내려갔다.

초록 풀들로 얼룩진 채 고개를 들어 올렸을 때, 어른 여자 한 명과 남자 한 명이 나를 내려다보고 있었다. 여자는 칼단발머리 도라 선생, 남자는 포마드머리 강 선생이었다. 그들은 오토바이를 몰아 풀밭이 아닌 매끈한 길을 따라 내려왔을 것이다.

그리하여 그들은 나를 폭발 직전의 소포 취급하며 학교

로 다시 배달했다. 그날 저녁 강 선생은 회초리로 내 종아리를 때렸다. 추측하건대 학교의 선생들은 통제 불가능한 여자아이였던 나를 지배할 수 있다고 굳게 믿었던 모양이다. 그래서 몇 번이고 나를 붙잡아 그놈들의 학교에—그런 것을 학교라고 부를 수 있다면—눌러앉혔던 것이다. 사찰도 아니고 진짜 학교도 아니었던 그 정체불명의 한옥 건물, 이름하여 '민간 예절 학교'에.

체벌을 받은 이후, 내 종아리에는 총 열다섯 겹의 붉은 줄이 생겼다.

아 이 는 엉 엉 울 음 개 는 멍 멍 짖 음

숲 은 조 용 하 고 요 새 들 은 세 상 을 떠 나

요—

내가 열다섯 겹의 붉은 줄을 어루만지는 동안 마당에서 아이들 노랫소리가 들려왔다. 그중 나보다 조금 어린 자영의 목소리가 가장 컸다. 자영은 학교에서 가장 칠칠치 못한 아이다.

아이들의 노래를 지은이는 미경 선생이었다. 미경 선생은 학교의 대장 선생으로, 그녀의 납빛 얼굴에는 무늬처럼 점이 가득했다. 그녀는 말수가 극도로 적은 대신 악보를 썼다. 학교의 아이들을 위해 손수 노래를 지었던 것이다.

이곳에는 나 같은 아이들이 아주 많았다. 학교를 다녀야 하지만 세상의 그 어떤 학교도 받아주지 않는 아이들. 그런 아이들이 이곳에 버려졌다. 이곳의 아이들은 명령에 불복종했다. 규율과 질서와 체벌에 불복종했다. 어떤 아이는 유령처럼 학교를 다니다가 선생의 목을 조른 전적이 있었다. 어떤 아이는 착실한 모범생처럼 굴다가 학교의 옥상에서 자살 소동을 벌였다고 했다. 이 학교의 모든 인간은 머리카락이 칠흑처럼 새까맸다.

학교는 얼핏 보면 사찰이라고 오해할 수 있을 만큼 예쁘장한 한옥 건물이었다. 학교에는 넓적한 방이 네 개 있었는데 하나는 수업을 하는 곳이자 강 선생이 잠드는 곳이었고, 다른 하나는 도라 선생과 미경 선생의 방이었고, 나머지 두 개는 각각 여자 학생들과 남자 학생들이 사용하는 곳이었다.

나는 이곳이 줄곧 '자연이 금지된 자연' 같다고 느꼈다. 아름다운 것들로만 몽땅 이루어졌고, 또 다른 아름다운 것들로 죄다 둘러싸여 있었지만, 결국 내게 허락되는 것은 단 한 가지도 없었기 때문이다. 이곳은 어떤 사무실의 고급스러운 금붕어 어항처럼 숨결조차 조작된 곳이었다. 금붕어는 아가미로 슬퍼한다. 아가미로 운다. 아무 생각도 하지 않는 것 같은 맹한 얼굴로, 온 세상 슬픔을 다 느낀다.

마당에서 아이들 웃음소리와 노랫소리, 미경 선생의 목소리, 슬픈 나무들의 목소리가 들려왔다.

학교에 불을 지르기 위해서는 가장 먼저 공범을 구해야 했다.

첫번째 후보는 가을이었다.

해가 지자 미경 선생이 목탁을 두드렸다. 잠자리에 들 시간이라는 뜻이었다. 그날 밤 나는 몰래 이불에서 기어 나와 가을이 누워 있는 자리로 갔다. 나는 가을의 어깨를 흔들었다.

"너 또 탈출에 실패했니?"

가을이 눈을 번쩍 뜨더니 다짜고짜 말했다. 그러고는

흐흐, 하고 기분 나쁜 웃음소릴 냈다. 가을은 열일곱 살이었고, 기다란 생머리가 등까지 내려왔으며, 나보다 키가 훌쩍 컸다. 길쭉한 가을이 사뿐사뿐 걸을 때마다, 특히 장난스럽게 춤을 출 때마다 검은 뒷머리가 그녀의 등에서 찰랑거리곤 했다.

소문에 의하면, 이 학교에 오기 전 가을은 한 무용 교습소의 에이스였다고 한다. 그녀는 특출난 무용 유망주였으나 어느 날 스무 개나 되던 무대의 조명 불빛 때문에 미쳐버렸다고 한다. 그러나 어떤 이들은 그녀가 날라리 중학생이었다고, 어떤 이들은 그녀가 집 안의 금품을 훔쳐 달아난 도둑이었다고 떠들었다. 어느 날부터인가 그녀는 자신의 소문을 직접 부풀리고 왜곡해서 아이들에게 떠들어대기 시작했다. 가을은 자신이 천애 고아 무용수였다고, 혹은 짧은 교복 치마의 독재자였다고, 혹은 물담배 상인이었다고 떠들어댔다. 아이들은 그 말을 죄다 믿었다. 그녀는 세상을 증오했고 아이들을 우습게 여겼다.

"응, 실패했어. 나는 오토바이보다 빠를 수 없어."

나는 가을에게 대답했다. 그리고 내 계획을 설명해줬다.

"학교에 불을 지르려고 해."

"불을 지른다고?"

가을이 내게 물었다. 우리는 다른 아이들을 깨우지 않기 위해 속닥거리며 대화하고 있었고, 그래서 우리의 목소리는 마치 귀신들의 목소리 같았다. "응. 날 좀 도와줘." 내가 말하자 가을은 기분 나쁜 목소리로 웃어댔다. 그러더니 갑자기 내 팔을 낚아채듯 잡아당겼다. 나는 신음했다. 내 귓가에 바싹 다가온 그녀가 물었다.

"사람을 죽일 거야?"

"그게 무슨 소리야?"

"불을 지르자며. 사람을 죽일 거야?"

불빛 한 점 없이 어두컴컴한 방 안에서, 가을이 내게 묻고 있었다.

"아니…… 그런 건 생각 안 해봤는데."

"그럼 지금 생각해."

"음……"

나는 생각했다.

"아니야, 사람은 안 죽일래."

내가 답하자 가을은 끄덕였다.

며칠 후, 가을은 라이터를 구해 왔다. 가을의 얼굴은 붉게 상기되어 있었다. 그건 가을이 들떠 있다는 신호였다.

붉은 얼굴의 가을이 주머니에서 검정 라이터를 꺼내더니, 딸각 소리를 내며 켰다. 그러자 작고 푸른 불이 솟아올랐다. 가을이 불을 끄고 내게 라이터를 건네며 말했다.

"편의점이 줬어."

편의점은 편의점 알바를 지칭하는 말이다. 그 사람은 파랗게 머리를 염색했고, 열아홉 살 남자애고, 가을에게 홀딱 빠졌다. 사실상 가을의 종이나 다름없었다.

가을은 학교에서 가장 오래 묵은 아이로서 지위가 보통 아이들보다 높았다. 나이도 많고 키까지 컸기 때문에 종종 선생처럼 굴기도 했다. 심지어 가을은 자유롭게 외출도 할 수 있었다.

선생들은 가을에게 삶의 의욕이 없다는 걸 알고 있었다. 그녀는 나처럼 달려 나가지 않을 것이다. 겉으로 보기에 가을은 집을 결코 떠나지 않는 충성심 가득한 개, 혹은 애교 많은 고양이 같았지만, 마음속은 텅 비어 있었다. 충성도 애교도 없이, 사랑도 온기도 없이.

"편의점이 주유소에서 기름을 가져올 거야."

가을이 총기 가득한 두 눈을 반짝이며 말했다.

그때 방문이 벌컥 열렸다. 미경 선생이었다.

"얼른 가자, 얘들아."

나는 주먹 안에 몰래 라이터를 쥐고 있었다. 라이터는 영롱한 조약돌처럼 나를 안심시켰다. 우리는 나무 바닥에 내려뒀던 천 가방을 들어 올렸다. 외출 시간이었다.

미경 선생이 선두에 섰다. 대열의 마지막에 강 선생이 따라왔다. 도라 선생은 몇몇 아이와 함께 학교에 남았다. 학교를 빠져나오자 듣기 괴로울 정도로 서러운 울음소리가 들려왔다. 아마 자영의 울음소리였을 것이다. 그 녀석은 외출 시간마다 요란하게 울어젖히지만 선생들은 자영을 잘 데리고 가지 않는다. 자영 녀석에게는 혼자 이탈해 숲속에서 길을 잃어버린 전적이 있기 때문이다.

우리는 마을 밑으로 내려갔다. 풀들이 아무렇게나 자란 길이 아닌 매끈한 흙길을 따라 걸었다. 우리는 산을 내려가 호수로 향할 것이다. 아이들은 모두 열두 명이었다.

그중엔 희종도 있었다. 그가 두번째 후보였다.

곱슬머리 희종은 아직 열여섯 살밖에 되지 않았지만 뼈대 자체가 남다른 남자애였다. 어깨는 직각 모양이고 무엇보다 널찍했다. 뒷목에서 등까지 이어지는 선은 몹시 단단했다. 키도 큰 편에 속했다. 아직 다 크지 않았지만 앞으로 한참을 더 클 것이었다. 자신이 체격이 좋은 아이라는 사실을 희종 역시 본능적으로 알고 있었다. 그래서 희종은 포악했다. 그는 투견 같았다.

하지만 어린 투견이었다. 아직 희종은 학교 선생들 중에서 가장 체구가 큰 강 선생보다 키도, 체구도 작은 어린 사내애였다. 사내애들은 잘만 자라나면 늠름한 투견이 된다. 그들은 군인이 될 수도 있다. 군인이 된 강아지들은 전쟁 통에 팔다리를 잃는다. 진실을 불편해하는 사람들 덕분에 군인들은 영웅 취급받는다. 하지만 끔찍한 비명을 지르는 영웅도 다 있단 말인가?

학교의 아이들은 희종이 소년원 출신이라고 떠들어댔다. 혹은 뒷골목의 소매치기라고 떠들어댔다. 나는 희종이 어떤 출신인지는 관심 없었다. 그가 건강한 투견이 될 재목이란 게 중요했다.

희종은 자신의 천 가방 안에서 새빨간 사과를 하나 꺼냈다. 나는 희종이 백설공주 역할인지 마녀 역할인지 궁금했다. 가을은 희종을 보면서 흐흐 웃었다. "쟤 또 시작이야."

"음식은 호수에 도착하면 먹는다."

강 선생이 대열의 맨 뒤에서 으르렁거리자 희종은 뒤를 돌아보았다.

희종은 입이 큰 편이었는데, 웃을 때는 그 입을 쫙 찢어

웃었다. 그러면 삐뚤삐뚤한 치열이 드러나고 양 볼에 세로로 길쭉한 보조개들이 푹 파였다. 그건 마치 흉터 같아서 나는 눈살을 찌푸렸다. "저 오빠는 불길하게 생겼어." 내가 말하자 가을이 큰 소리로 깔깔 웃었다. "너는 어떻고?" 나는 여전히 양 갈래로 머리를 묶었다. 외출을 하는 날이면 신나서 매듭까지 지었다. 잘 꼬아놓은 양갈래는 정말 예뻤다. 그러나 가을은 내 머리통에 밧줄이 달렸다고 놀려댔다. 그 밧줄이 언젠가 내 목을 조를 거라고 놀려댔다. "너는 더 이상 갓난애가 아니야. 그러니 밧줄을 조심해라." 가을이 장난기를 싹 거두고 나를 빤히 쳐다보며 말했다.

그때 아삭, 소리를 내며 희종이 붉은 사과를 한입 먹었다. 희종이 씩 웃자 삐뚤삐뚤한 치열에 구석구석 긴 사과 찌꺼기가 보였다. 강 선생은 눈을 시퍼렇게 뜨고 우리 대열을 침범했다. 대열의 중간까지 뚜벅뚜벅 걸어와 희종의 멱살을 잡았다. "넌 내 말이 말 같지 않지?"

그러자 희종이 입안에 있던 사과 찌꺼기를 혓바닥으로 모아서 강 선생에게 투 뱉었다. 그건 정확히 강 선생의 턱 끝에 달라붙었다. 얼뜨기 같은 아이들이 감탄이라도 하는 것처럼 허어, 하는 탄성을 질렀다. 가을은 신나 죽겠다는 듯이 실실 웃고 있었다.

미경 선생은 저만치서 이 모든 일과 전혀 상관없는 사람이라는 듯이 서 있었다. 그녀는 가끔 나처럼 이 학교를 도망쳐 나가고 싶은 사람처럼 보였다. 사과 찌꺼기 총알을 맞은 강 선생은 순식간에 얼굴이 새빨갛게 익었다. "이 개새끼." 강 선생이 중얼거리며 희종의 멱살을 잡았던 손으로 희종의 뺨을 때렸다.

몇몇 아이들이 울음을 터뜨렸다.

희종은 뺨을 맞고도 복수를 하지 않았다. 어린 투견은 함부로 타인에게 덤비지 않는다. 그는 자신이 다 자라서 완전히 상대를 물어뜯을 수 있을 때까지 기다린다. 희종은 한쪽 뺨이 새빨갛게 부풀어 오른 채 씩 웃었다. 강 선생은 인상을 찌푸리더니, 혼자 펄쩍펄쩍 뛰면서 소리를 지르기 시작했다. "이 개새끼가 진짜 나를 우습게 여기는구나!"

강 선생은 대열에서 벗어나 길 끝에 세워져 있던 나무들에게 달려갔다. 줄을 맞춰 걸어가던 아이들은 이제 모두 멈춰 서서 한 판의 연극이라도 보듯이 그를 바라보았다. 그는 나무 밑에 있던 바위 위로 기어 올라간 다음, 손을 뻗어 나뭇가지의 팔뚝을 쥐었다. 그건 꽤 굵었기 때문에 한동안 그는 나뭇가지와 씨름을 했다. 엉엉 울던 아이들은 이제 조용히 키득거리고 있었다. 나는 웃지도 울지도 않았다. 졸지에 팔 하나를 잃게 생긴 나무가 너무나 불쌍했다.

잠시 후, 뼈가 부러지는 소리와 함께 그가 나뭇가지의 팔을 잘라냈다. 그는 흥분한 얼굴로 바위에서 뛰어내리더니 제자리에서 펄쩍 뛰었다. "얘들아, 봐라, 내가 해냈다!" 그의 얼굴은 어찌나 붉었는지 금방이라도 터질 것 같았다. 그 순간 희종이 큰 소리로 웃음을 터뜨렸고, 그것은 강 선생을 미치게 만들기에 충분했다.

강 선생은 희종에게 달려들었다. 그는 모터 달린 오토바이 같기도 했고 광견병 걸린 개 같기도 했다. 그는 거칠거칠한 나뭇가지로 희종을 후려치기 시작했다. "이 버릇없는 새끼야, 내가 오늘 네 버릇을 고쳐주마. 이 개새끼야."

결국 희종이 눈물을 질질 흘리고서야 상황은 종결되었다. 연극과 매질 때문에 지쳐버린 건 강 선생도 마찬가지였다. 그는 점점 뒤처지더니 대열의 맨 뒤에서 비척비척 걸었다.

그 후 우린 침묵 속에서 호수를 향해 걸어갔다. 산을 내려가서 왼쪽으로 꺾은 다음 논과 밭 사이에 난 흙길을 따라 쭉 걸으면 호수와 호수를 둘러싼 들판이 나타났다. 대열은 약간 흐트러지고 서로 간의 격차는 조금 더 벌어졌다. 울음을 터뜨렸던 아이들은 다시 신이 나서 노래를 부르고 있었다.

아이는 멍멍 짖음 개는 엉엉 울음
숲은 조용하고요 새들은 하늘을 사랑
해—

아이들은 종종 가사를 틀리게 불렀다. 그리고 저들끼리 신이 나서 키득거렸다. 나와 가을은 대열이 흐트러진 틈을 타 희종에게 다가갔다. 우리는 희종의 양옆에 섰다. "뭐야?" 희종이 앞을 보며 혼잣말을 하듯 중얼거렸다.

"학교를 불태우려고 해."

가을이 말했다. 희종은 가을을 흘깃 쳐다본 다음 다시 앞으로 시선을 고정했다.

114

"애들은?" 희종이 물었다.

"애들은 대피시키고."

"누가 불을 지를 건데?"

("내가.")

내가 잠깐 끼어들었다. 희종은 가을의 답을 기다렸다. 가을이 나를 손가락으로 가리켰다.

"얘가."

"얘가 어떻게?"

희종이 의문을 표했다.

("내가 라이터를 가져왔어.")

"내가 라이터를 줬어."

그들은 내 말을 듣지 않았다.

"그 형이 줬지?"

편의점과 희종은 친구 사이다.

"맞아. 학교에 불을 붙인 다음 불이 산에 옮겨붙지 않도록 119에 신고를 할 거야. 학교가 다 불탈 즈음엔 119가 도착해 있겠지."

가을이 나와 희종을 번갈아 바라보며 말했다.

("그럼 산은 무사해.")

"왜?"

희종이 의문을 가졌다.

"산은 죄가 없어."

내가 한 번 더 끼어들자, 가을과 희종이 나를 똑바로 바라보았다. 드디어 그들이 내 말을 들어줬다. 119를 불러야 한다는 건 내 아이디어였고, 가을은 처음에 비웃었지만 내가 강력하게 주장하자 받아들였다. 가을은 편의점에게 휴대폰을 빌려 올 거였다.

그러나 희종은 같잖다는 듯이 얼굴을 일그러뜨리며 웃었다. 웃는 건 가을도 마찬가지였다. 나는 얼굴을 붉혔다.

"그럼 그렇게 해."

희종이 답하자, 저 앞에서 미경 선생이 우리를 돌아보았다. 미경 선생의 눈빛은 가끔 모든 걸 다 꿰뚫는 것처럼 보였지만, 우리의 이야기를 듣기에 그녀는 너무나 멀리 있었다.

"너희 떨어져라."

맨 뒤에서 강 선생이 말했다. 나는 빠른 걸음으로 앞으로 걸어갔다. 그러나 뒤에서 가을이 희종에게 말하는 소리가 들렸다. 그들은 내가 알아들을 수 없을 만큼 조용히 나를 제외하고 오랫동안 대화하다가 강 선생의 명령을 듣고 아예 끝과 끝으로 흩어졌다.

우리는 곧 호수에 도착했다. 초록 들판이 호수를 둘러싸고 넓게 펼쳐졌다. 호수 너머는 빽빽한 숲이었다. 숲은 마치 장벽 같았다. 우리에게 호수 안쪽까지의 땅만을 허락하는 장벽.

참 아름다운 곳이다. 증오 없이는.

사람들의 발길이 드문 만큼 호수와 숲은 아름다웠고, 그만큼 거칠었다.

선생들은 우리가 호수에 지나치게 가까이 다가가는 것을 금했다. 호수는 관상용이었다. 미경 선생과 강 선생이 호수 근처에, 그러나 지나치게 가까운 위치는 아닌 곳에 큼직한 돗자리를 네 개 펼쳤다. 나는 가을과 미경 선생, 그리고 나와 비슷한 나이대의 아이들 몇 명과 함께 앉았고, 희종은 저만치서 자기보다 한참은 어린아이들과 함께 모여 앉았다. 우리 돗자리와 희종의 돗자리는 그리 멀리 떨어져 있지 않아서 그들의 대화와 우리의 대화가 다 섞였다.

희종은 호수를 바라보다가 천 가방에서 새로운 사과를 꺼냈다. 이번엔 초록색 사과였다. 그가 입을 크게 벌려 한 입 깨물자 과즙이 흘러나왔다. "너도 하나 줄까?" 내가 빤히 쳐다보는 것을 느낀 희종이 말했다. 나는 고개를 좌우로 저었다. 개와는 같은 음식을 먹고 싶지 않다. 그럼 둘

중 하나가 매우 위험해진다.

희종은 내 말을 무시한 채 천 가방에 깊숙이 손을 넣어 붉은 사과를 하나 꺼냈다. 그 순간 강 선생이 붉은 사과를 낚아채 갔다. 나와 희종은 강 선생을 올려다봤다. 강 선생은 붉은 사과를 집어 든 채 호수의 코앞까지 걸어갔다. 이제 모두가 그의 뒷모습을 바라보고 있었다. 강 선생은 팔을 넓게 휘저어 붉은 사과를 호수로 던졌다. 우리는 그 붉은 사과가 동그랗고 매끈한 야구공이 되어 호수에 풍덩 빠지는 것을 지켜보았다. 정중앙보다는 끝에 가깝고, 아주 끝이라기엔 안쪽이었다.

"어때? 죽이지, 애들아!"

강 선생이 외쳤고, 우리는 그를 지켜보았다.

"스트라이크, 스트라이크야!"

강 선생이 신나서 외쳤다. 나는 고개를 돌려 희종을 바라보았다. 예상 외로 희종의 표정에는 별다른 변화가 없었다. 희종은 평온하게 호수를 응시하고 있었다. 이전의 사건 때문에 너무 큰 충격을 받은 걸까? 강 선생은 희종의 반응에 드디어 그가 복종하고 있다고 여기는 모양이었고, 그래서 기뻐 보였다.

나는 붉은 사과가 잠긴 호수를 가만히 바라보았다.

"호수에서 수영해도 되나요?"

나는 미경 선생을 향해 고개를 돌리고 물었다.

"왜?"

"물을 좋아해서요."

"안 돼."

"왜요?"

"위험하니까."

미경 선생이 나를 빤히 바라보며 말했다.

"얼마나 위험한데요?"

"물은 아주 위험한 거야. 물은 아이를 잡아먹는단다."

그녀가 주문을 걸듯 속삭였다. 미경 선생은 마치 물과 불이 본인인 것이라도 되는 듯이 떠들었다.

"알겠어요."

"대신 재밌는 놀이를 하자."

그렇게 말하며 미경 선생이 자신의 가방에서 종이 뭉치를 꺼냈다. 그녀는 종이 몇 장을 팔락팔락 넘기더니 아홉번째 장에서 멈추었다. 그리고 뜻을 알 수 없는 미소를 지어 보이며 종이 뭉치에서 아홉번째 장을 빼내 내 앞에 펼쳤다. 그건 그녀가 지었고 아이들이 따라 부르는 노래였다. 내가 악보를 보는 순간, 옆에서 아이들이 노래를 부르

기 시작했다. 나는 그 속으로 빨려 들어갈 듯 눈을 동그랗
게 뜨고 악보를 들여다봤다.

그러자 옆에서 우리의 대화를 엿듣고 있던 가을이 미
경 선생과 나의 사이로 고개를 내밀어 악보를 들여다봤
다. 여전히 우리 곁에서 아이들이 노래를 부르고 있었다.
아이들의 합창이 끝났을 때, 가을이 어설픈 실력으로 노
래를 부르기 시작했다. 가을의 노래는 기묘하게 자기만의
스타일을 가지고 있었고, 나는 그녀의 노래도 나쁘지 않
다고 생각했다. 그러자 미경 선생이 다시 종이 뭉치를 뒤
지더니 악보 하나를 더 보여주었다.

"가을이 부른 노래는 이것 같구나."

난 이전의 악보가 무엇을 의미하고, 이후의 악보가 무엇을 의미하는지 모른다. 하지만 이전의 악보와 달리 이후의 악보는 높은음자리표 옆에 세 개의 플랫 표시가 있었다는 것은 분명히 기억한다. 가을의 노래는 그런대로 매력적이었지만 어딘가 불길한 면이 있었다. 맑은 목소리로 노래를 부르던 아이들은 가을이 끼어들자 혼란스러워했다. 그들은 음을 잃어버렸다.

그때 오토바이가 달려오는 소리가 들렸다. 모두 소리가 들려온 곳을 향해 고개를 돌렸다. 도라 선생이었다. 그녀는 우리 앞에 오토바이를 세우며 외쳤다. "자영이가 없어졌어!" 도라 선생은 어찌나 놀랐는지 울음을 터뜨릴 지경이었다.

사실 이곳은 오토바이를 타고 들어오면 안 되는 길이었

다. 바퀴 달린 기계를 끌고 오지 않기로 모두 함께 암묵적인 합의를 마친 곳이었다.

왜냐하면 풀, 꽃, 작은 동물, 곤충이 죽으니까. 바퀴에 고문당해 죽으니까.

미경 선생이 종이 뭉치를 내려놓으며 자리에서 일어났다. 그녀의 단단한 종아리도 납빛이었다.

"없어지다니?"

"아니, 납치를 당한 것 같아…… 어떤 애, 어떤 애가 왔었는데……"

강 선생이 부리나케 도라 선생과 미경 선생을 향해 달려왔다.

"저기 옷이 있어요!"

그때 가을이 어딘가를 가리키며 외쳤다. 그녀가 가리킨 곳은 숲의 입구였다. 한 나무의 가느다란 나뭇가지 끝에 몹시 새까만 천이 묶여 있었다. 그 검은 천은 깃발처럼 펄럭였다.

"자영의 옷이에요!" 가을이 외쳤다. 그건 자영의 죽음을 알리는 신호탄 같았다.

도라 선생이 비명을 지르며 숲을 향해 오토바이를 몰고 했다. 미경 선생이 황급히 도라 선생에게 물었다. "납치를 당했다니?"

"웬 놈이 학교에 왔었어요. 파란색 머리를 가진 애였는데, 다짜고짜 학교 안으로 들어오기에 안채에 들어가서 경찰을 부르려고 했죠. 그때 자영이가 사라진 거예요!"

이 산골 마을에서 파란 머리를 가진 인간은 편의점뿐이다. 나는 가을을 바라보았다. 가을이 차분한 얼굴로 그들을 바라보고 있었다.

강 선생은 혼란스러워했다. "그럼 혼자 숲으로 들어간 거야, 납치를 당했다는 거야?" 강 선생이 물었다. "일단 아이를 찾아야 돼." 도라 선생은 다시 오토바이를 몰려고 했다.

이제 아이들은 전부 울고 있었다. 나, 가을, 희종을 제외한 채.

"선생님은 아이들을 데리고 학교로 돌아가세요."

도라 선생이 미경 선생에게 말하자, 미경 선생은 창백한 얼굴로 도라 선생에게 물었다.

"숲으로 들어갈 거야?"

그러나 도라 선생은 이미 오토바이를 몰아 숲속으로 들어가고 있었다. 풀, 꽃, 작은 동물, 곤충을 죽이려고. 고문시켜 죽이려고.

도라 선생이 숲 입구에서 안쪽으로 들어가자 나무 그림

자가 그녀를 집어삼켰다. 바람이 불자 나무 그림자는 검은 동물 떼처럼 음산하게 일렁였다. 바글바글한 그림자들, 나무들, 슬픔들.

바람 때문에 미경 선생의 악보들이 공중으로 흩날렸다. 나는 본능적으로 몇 장을 집었다.

내가 잡지 못한 종이 악보들이 바람을 따라 호수로 날아갔다. 가을이 내 손을 붙잡았다. 그녀는 내가 악보들을 따라 호수까지 달려갈지도 모른다고 생각했던 것 같다. 미경 선생이 아이들에게 돗자리를 접으라고 시켰을 때 "희종이가 없어졌어요!"라고 가을이 외쳤다. "이 빌어먹을 자식은 또 어딜 간 거야!" 강 선생이 붉은 얼굴로 두리번거렸다.

"숲으로 간 것 같아요. 자영을 찾으려고."

가을이 기이한 확신에 차서 말했다. 아이들이 웅성거렸다. 그러자 가을이 내 손을 힘주어 쥐고 나를 어디론가 잡아끌기 시작했다. "저희가 희종이를 찾아올게요." 가을이 달려가며 외쳤다. 우리는 숲으로 향하고 있었다. "안 돼, 너희는 이리 와!" 멀리서 강 선생이 외쳤다. 가을은 나를 잡아끈 채로 뜀박질을 멈추지 않았다. 그러자 저 뒤에서 강 선생이 우리를 따라 달려왔다. 미경 선생은 죽은 사람처럼 고요한 얼굴로 우리를 바라보고 있었다. 그녀는 결코 달리거나 춤추지 않는다.

숲속으로 들어옴과 동시에 나무 그림자가 우리를 집어삼켰다. 나무 그림자 속에서 우리는 숲의 깊숙한 곳까지 달려갔다. 그때 어디선가 강 선생이 비명을 지르는 소리가 들려왔다. 그의 목소리는 고통스럽게 들렸다. 우리를 찾고 있는 걸까? 아니면 숲의 괴물에게 당한 걸까?

혹은 숲의 괴물이 아니라 숲 전체에게 당했는지도 모른다.

빽빽한 숲이 그를 벌하고 있는 것이다. 그가 땅에서 잠들어 있던 나뭇가지들—나무의 죽은 팔들—을 신나서 줍거나, 심지어는 아직 죽지 않은 팔들을 꺾었기 때문에. 그가 불쌍한 나뭇가지들을 칼로 깎거나 직접 다듬어서 회초리로 만들었기 때문에.

그의 회초리에는 나무의 분노가 담겨 있었다. 그는 아이들을 벌해선 안 됐다. 그 죄 때문에 그는 숲의 증오를 산 것이다. 그는 이제 미로 같은 장벽 속에서 영영 벗어나지 못할 것이다.

그 순간 가을이 내 손을 뿌리치고 숨을 몰아쉬었다. 그제야 나는 우리가 숲의 가장 깊숙한 곳, 숲의 정중앙에 도달했음을 깨달았다. 그곳은 숲 전체에서 가장 어둑했고, 가장 고요했으며, 가장 불길한 장소였기 때문이다. 그곳에서는 작은 새들조차 신중하게 지저귀었다. 주먹만 한 청설모조차 몹시 조용히, 방정맞지 않은 발걸음으로 나무 밑을 돌아다녔다. 잠시 후 그녀는 척추를 곧게 세우고 고개를 들어 올리더니 숲의 어딘가를 바라보았다. 아무도 없다는 것을 확인한 그녀는—그러니까 나와 새들, 청설모들, 숨죽인 사슴들, 풀들, 나무들, 숲의 동물들을 제외하고 그곳에는 아무도 없었다—깊게 숨을 들이켰다가 아주 오랫동안 내쉬었다.

"나를 어디로 데려온 거야?"

나는 용기를 내어 가을에게 물었다.

가을은 숨을 쉴 뿐 내 질문에 답하지 않았다.

"왜 달렸던 거야?"

나는 한 번 더 용기를 내어 가을에게 물었다.

그러자—그때서야—가을이 나를 내려다보더니 씩 웃으며 이렇게 답했다. "너는 사람을 죽이고 싶지 않다고 했잖아."

그게 무슨 말이야?라고 되물을 틈도 없이, 가을은 다시 내 손을 꽉 붙잡고 어딘가로 달려가기 시작했다.

그제야 나는 우리가 달리는 길을 따라 나뭇가지에 붉은 천이 묶여 있다는 것을 깨달았다. 그건 일종의 표지판 같았다. 어떤 천은 매우 높이 묶여 있었고, 어떤 천은 나뭇잎 안쪽에 비밀스럽게 묶여 있었으며, 어떤 천은 아주 낮은 곳에 묶여 있었다. 가을은 그 붉은 천을 따라 달리고 있었다. 우리는 숲에서 길을 잃지 않을 것이다.

그때 가을이 내 손을 쥐고 오른쪽으로 꺾어 달려가기 시작했다. 그 U자 모양 길을 따라서도 붉은 천이 묶여 있었다. 나는 턱을 젖혀 드높은 나무들의 머리끝을 올려다봤다. 그것들은 둥글게 굽이지며 나를 내려다보고 있었다.

"언니, 나를 어디로 데려가는 거야?"

나는 헐떡이며 물었다. 가을은 내 질문에 대답하지 않았다.

그 순간 우리는 숲을 빠져나왔다. 우리를 집어삼켰던 나무 그림자가 순식간에 우리의 몸에서 벗겨져 나갔다.

눈앞에 호수가 보였다. 풀밭에 종이 악보들이 여기저기 놓여 있었다. 몇 장은 호수 끝에 떨어져서 반쯤 젖은 채였다. 미경 선생과 아이들은 보이지 않았다. 그때 호수의 표면 위로 한 인간이 뒤집힌 채 반듯하게 떠올랐다. 정중앙에 가까운 호수의 안쪽이었다. 나는 비명을 질렀다.

그건 강 선생이었다. 그에게서 붉은 피가 새어 나왔다.

나는 울음을 터뜨렸다. 그런 끔찍한 광경을 원한 적은 없었기 때문이다.

"스트라이크야, 희종아!"

가을이 공중에 대고 외쳤다. 나는 점점 더 큰 소리로 울었다. 그러자 가을이 전보다 더 힘주어 내 손을 잡은 채 어딘가로 달리기 시작했다. 가을은 일직선으로 달려 나갔다. 마을을 향해.

그 순간 높은 산 어딘가에서, 정확히는 학교 부근에서 매캐한 연기가 피어나는 게 보였다. 그것은 아주 새빨간 불이었다. 아니, 그것은 새까만 불이었다. 거대한 불은 새까만 색을 띤다. 그것은 살아 있는 검은 괴물 같았다.

산이 곧 죽을 것이다. 새까맣게 타들어간 다음 바싹 마른 잿더미가 될 것이다.

"누가 불을 질렀어!"

나는 숨에 차서 외쳤다.

"편의점 짓이야? 언니가 시킨 거야?"

가을은 내 모든 질문에 답하지 않고 침묵한 채 달렸다. 나는 정말로 심장이 터질 것 같았다.

"희종 오빠는 어디로 간 거야?"

그녀는 침묵했다.

그녀의 등에서 찰랑이는 길고 검은 머리를 바라보면서 나는 그제야, 그녀가 내 이야기를 훔쳐 갔음을 알았다. 나는 사람이 죽는 이야기도, 산이 다치는 이야기도 원하지 않았다. 그녀는 내 이야기를 훔치고, 내 죄까지 훔쳐 갔다.

마을 입구에서 가을이 멈추었다. 가을이 나를 돌아보았을 때 그녀의 새까만 머리카락들이 흠뻑 땀에 젖어 온통 얼굴에 들러붙어 있는 것이 보였다. 우리는 함께 숨을 헐떡였다.

"편의점에게 가."

가을이 말했을 때, 나는 말없이 그녀를 올려다봤다.

"그곳에서 자영이랑 맛있는 아이스크림을 먹어."

"그곳에 자영이가 있어?"

"응. 아주 잘."

가을은 심호흡을 하더니 내 등을 밀었다. 저 멀리 산에서 검은 불이 일렁이는 게 보였다. 불이 점점 더 번지고 있었다. 풀, 꽃, 작은 동물, 곤충뿐이랴? 나무, 맑은 공기, 큰 동물 들이 죄 죽고 있었다. 나는 또 한 번 울음을 터뜨렸다. "언니는?" 그러자 가을이 내게 얼굴을 가까이 들이밀며 경고했다.

"너는 아무것도 모르는 거야."

나는 여전히 울고 있었다. 죄를 지은 아이는 이야기 밖으로 나올 수 없다. 이야기 안에 영영 갇혀 소리 소문 없이 사라져버린다. 나는 어쩌면 언니를 다시 만나지 못할지도 모른다.

가을은 내 등을 밀며 말했다.

"편의점한테 가. 내가 시켰다고 해. 암호는 '목걸이'야. 가을 언니가 '목걸이'라고 말했다고 하면 널 보살펴줄 거야."

나는 계속 울면서 발걸음을 떼지 못했다.

"시간이 없어, 빨리 가! 안 그러면 내 손에 죽어."

가을이 거세게 나를 밀쳤고, 나는 넘어지면서 바닥을 나뒹굴었다. 그녀가 내게 주먹을 쥐어 보였을 때, 나는 비명을 지르며 뒤로 기어갔다.

"하나······"

나는 가을에게서 조금씩 멀리 떨어지면서 그녀를 올려다봤다.

"둘······"

나는 뒤로 기어가는 것을 멈추었다. 혼자 이곳에서 빠져나갈 수는 없었다.

"셋!"

셋과 동시에 가을이 주먹 쥔 손을 내렸다. 그리고 발로 내 정강이를 걷어찼다. 나는 비명을 질렀다. 멀리서 산불이 산을 집어삼키는 게 보였다. 산불에서 태어난 매캐한 연기가 하늘의 일부분을 검은빛으로 물들이는 것도 보였다. 증오가 산을 가져갔다.

그것이 자연을 훔쳤다. 그것이 자연을 다 망가뜨리고 무너뜨렸다. 인간들의 증오가 자연을 파괴했다—나는 악을 쓰며 울었다.

"하나……" 그녀가 한 번 더 숫자를 세기 시작했을 때, 나는 소스라치게 놀라며 펄쩍 뛰어올랐다. 그리고 절뚝절뚝 달리면서 도망쳐 나가기 시작했다.

죄로부터,

산으로부터,

절망적인 이야기로부터.

마을까지 달려가는 동안 한 번은 평지가, 한 번은 내리막길이 나왔다. 나는 세 번 정도 넘어지고 한 번 정도 굴렀다.

나는 종종 뒤를 돌아 불타는 산을 바라보았다. 그러자

설명할 수 없는 슬픔과 절망이 느껴졌다. 초록 산이 잿더미가 되어가고 있었다.

달리는 동안, 아이들의 노래와 가을의 노래가 귓가에 맴돌았다. 그러나 그건 아이들의 노래와도 가을의 노래와도 많이 달랐다. 그들은 내 머릿속에서 제멋대로 가사와 음을 바꾸며 노래를 불렀다. 모든 것이 통제 불가능했다.

어떤 가사는 생전 처음 들어보는 문장이었다. 어떤 음도 그랬다.

그 끔찍한 협동 노래는 어떤 복잡한 저주나 주문 같았다. 나는 말도 안 되는 악보 속에 갇혀 있었다.

이제 나는 이야기 바깥으로 사라질 것이다. 그리하여 내가 기록했던 모든 것들, 내가 보고 느끼고 노래했던 그 모든 것들이 내 것이 아니게 될 것이다.

그러자 어떤 목소리가 비명처럼 내 머릿속에 날아들었다.

안 돼. 그럴 순 없어.

이대로 사라질 순 없어.

그리하여 나는 방향을 돌려 불타는 산을 향해 다시 달려가기 시작한다. 숨이 턱 끝까지 차오르고 숨 쉴 때 쇳소리가 난다. 나는 언니를 구하고 산을 구할 것이다. 내가 자연을 구하고 자연을 살려낼 것이다.

나는 오르막길을 올라간다. 종아리가 심장처럼 터질 것 같다. 눈앞에는 온통 검은 연기 구름이다. 그것은 살아 있는 생물처럼 자라나며 몸통을 키운다. 내가 산을 오를수록 검은 연기가 내게 다가온다. 점점 기침과 눈물이 나온다. 검은 구름을 뚫고 걸어가면 불의 진원지가 등장할 것이다. 붉은 불, 태양보다 붉고 심장보다 붉은 불이 산 중심부에서 활활 타오르고 있을 것이다. 불은 광포하고 거대하며 위력적이다. 불은 폭발하듯이 자라나며 짐승처럼 모든 식물과 동물을 집어삼킨다.

그때 저 멀리서 불똥 하나가 포탄처럼 튕겨져 나와 내 옆 나무에 불을 붙인다. 죄 없는 나무는 한순간에 거대한 성냥이 되어 활활 타오른다. 나무의 곧은 팔들이 붉은 불이 되고 곧 검은 연기가 되어 하늘로 올라간다. 푸른 하늘이 점점 어두워진다. 검은 하늘 속에서는 태양조차 자취를 감춘다. 새들도 놀라 소스라치며 하늘을 떠난다.

그때 저 멀리 불똥 한 개, 두 개, 세 개가 포탄처럼 튕겨져 나와서 나무들을 성냥 더미로 만든다. 나무들은 곧게 서서 죽는다. 반듯한 자세로 자신의 운명을 받아들인다.

아니다, 그들은 받아들이고 있는 것이 아니다. 그들의 죽음은 하나의 투쟁과 같다. 그들은 거대한 몸뚱이를 빳

빳하게 세워둔 채 자신의 죽음을 널리 널리 전시한다. **나를 보세요, 그들이 말한다. 죽고 있는 나를 보세요.**

그러자 강 선생의 연극이 퍼뜩 떠오른다. *뼈가 부러지는 소리와 함께 그가 나뭇가지의 팔을 잘라냈다. 그는 흥분한 얼굴로 바위에서 뛰어내리더니 제자리에서 펄쩍 뛰었다. "애들아, 봐라, 내가 해냈다!"*

그때 눈앞에서 불붙은 나무 하나가 풀썩 쓰러진다. 나는 펄쩍 뛰어오르며 옆으로 튕겨져 나간다. 불붙은 나무 성벽 안에서 활활 타는 공기를 들이마신다. 마치 불을 들이켜는 것 같다. 내장 속에 불똥이 떨어진 듯 속이 활활 탄다. 이제 내 안의 불덩이가 온몸을 돌아다닐 것이다. 이제 나는 불로 이루어진 사람이 될 것이다.

나는 불붙은 산의 절망과 분노를 느낀다.

쓰러진 나무들의 머리끝부터 발끝까지 불이 옮겨붙는다. 불똥이 내가 있는 뒤쪽까지 튀어 오른다. 또 다른 나무 하나가 쓰러지고 풀, 꽃, 작은 동물, 곤충이 죽는다. 그들은 고문당해 죽는다. 그 순간 어디선가 폭발음이 들리며 세상이 한번 뒤집어진다. 나는 땅으로 넘어진다. 일순간 내가 누운 곳이 땅이 아니라 차디찬 호수처럼 느껴진다. 나는 호수에 반듯이 누워 그 목소릴 듣는다 ── **숲과 호수**

와 들밭이 그를 죽였다.

자연이 그를 벌했다.

그러자 내 몸에 불이 붙기라도 한 듯 온몸이 뜨거워지고, 나는 내 몸의 열기에 스스로 놀라 퍼뜩 일어난다.

나를 둘러싼 모든 나무에 불이 붙어 있고, 어떤 나무들은 진즉에 쓰러져 있다.

어느새 내 주위에 살아 있는 생물이란 하나도 없다. 혹은 살아 있되 죽기 직전이다.

눈물이 줄줄 흘러나오지만 이것이 열기 때문인지 슬픔 때문인지는 나도 알 수 없다. 그제야 나는 내 죽음을 받아들이기로 결정한다.

그때 눈앞에서 나무 한 그루가 쓰러지고, 내 발끝에 불이 붙는다. 나는 그 열기에—나무의 열기와 발끝의 열기와 내 안의 불덩이에—소스라치게 놀라며 뒤로 튕겨져 나간다. 그러자 발이 어딘가에 쑥 빠지더니 나는 밑으로 굴러떨어지기 시작한다. 내가 데굴데굴 구르자 나무, 숲, 죽은 동물 들이 한 덩이가 되어 데굴데굴 구른다.

산은 기침처럼 나를 토해내며 이렇게 말한다. **내 죽음에 슬퍼하고, 내 죽음을 기록하며, 내 죽음에 분노하라.**

나는 데굴데굴 굴러떨어지면서—점점 정신을 잃으면

서—그 목소리에 대답한다. 하지만 그런 이야기를 누가 들어줄까요?

산은 내 질문에 답하지도 않고 어떤 노래를 부르기 시작한다. 나는 데굴데굴 구르며 그 낯선 노래를 듣는다.

산의 목소리는 아주 기이하고 아름다웠다.

초록 땅의 수혜자들

계곡물에 발목을 담그자 온몸이 저릿해졌다. 풀잎 이슬처럼 투명한 초록빛 물이었다.

저 너머 절벽 위에는 우뚝 선 여자의 모습이 보인다. 여자의 이름은 진희고, 우리 무리의 정신적 지주다. 다부진 몸의 진희는 지금 절벽 다이빙을 할 것이다.

우리는 죽기 위해 물에 뛰어드는 게 아니다. 입수할 곳이 충분히 깊고 안전한지도 수차례 확인했다. 물론, 그럼에도 불구하고, 우리는 죽거나 다칠 수도 있다.

그러나 뜨거운 햇빛 아래 차가운 물로 뛰어드는 일을 금지당한다면, 그 또한 죽음이다. 산악인은 눈 내리는 산을 올라야만 하고, 달리기 선수는 심장 터지도록 발을 굴러야 하며, 천진한 영혼을 가진 아이들은 절벽에 올라 강에 뛰어들어야 한다. 물론 산악인은 등산 전에 만반의 준비를 마쳐야 할 것이다. 두툼한 옷을 챙겨 입고 장비를 수십 번 확인해야 할 것이다. 마라톤 선수와 아이들은 자신의 심장박동이 원만한지 늘 점검해야 할 것이다.

그때 진희가 온몸을 날려 뛰어들었다. 절벽 끝에서 깊은 계곡물 속으로 포물선을 그리며 낙하하는 진희의 뒤로, 새가 포물선을 수직으로 가르며 날아갔다. 잔잔했던 초록빛 물이 분수처럼 솟아오르더니 진희가 세상에서 가장 밝은 웃음을 지어 보이며 물 밖으로 떠올랐다.

진희에게 관을 훔쳤다는 연락이 온 것은 그로부터 며칠 후였다. 선영 선생님의 몸이 들어 있는 관이었다. 무연고자였던 선생님은 죽은 후에도 친족을 찾지 못해서 15일 안에 자동으로 화장될 예정이었고, 진희가 냉동고에서 관을 훔친 날은 정확히 15일째 되는 날이었다.

"그들이 선생님을 화장하도록 두지 않을 거야."

진희는 트럭을 운전하며 말했다. 숨이 턱턱 막힐 만큼 습하고 폭우가 쏟아지는 날이었다. 트럭 안에는 냉한 에어컨 공기가 맴돌았고, 비 내리는 거리를 사선으로 쓸며 와이퍼가 작동되고 있었다. 선생님은 항암 치료센터에서 차도를 보이다가 갑작스레 교체된 담당 의사의 지시에 따라 약을 바꾸자마자 며칠 만에 사망하고 말았다.

"뭔가 이상하다고, 진실을 밝혀야 한다고 센터의 데스크 직원에게 말했더니, 그 여자가 몹시 지친 말투로 내게 말했어. 죄송하지만, 제가 어떻게 해줄 수 있는 것은 없어요. 젠장, 그 여자에게 무슨 잘못이 있겠어?"

진희는 항암 치료를 받던 선생님을 따라 머리를 삭발한 상태였다. 나는 진희의 이야기를 잠자코 듣고 있었다.

"애초에 그 센터도 수상한 곳이었어. 제대로 된 병원 같지도 않았고, 그렇다고 공공기관 같지도 않았다고." 진희가 핸들에 주먹을 내려치며 말했다. 노란빛의 어린 고양이 하나가 비를 피하러 부스 안으로 들어갔다.

트럭이 공중전화 부스를 지나쳤다. 그건 이곳의 마지막 부스였고, 조만간 철거될 예정이었다. 진희를 처음 만난 날 나도 부스 안에 몸을 숨기고 있었다. 폭설이 내리던 날이었다. 어찌나 추웠는지 온몸이 부들부들 떨렸고, 손이 차갑다 못해 불타는 듯했다. 나는 외투의 모자를 잡아당겨 그 끝에 달린 거위 털에 얼굴을 묻었다. 코에서 피가 계속 흘러내렸기 때문이다. 부스 앞에 스쿠터가 멈춘 건 모자에서 고개를 들었을 때였다. 진희가 헬멧을 벗으며 얼굴을 보여주었고, 나는 그녀가 먼저 공장을 떠난 선배 중 하나라는 사실을 알았다.

처음에 나는 진희가 나보다 한참 언니라는 사실을 알지 못했다. 그도 그럴 게 우리는 체구도 비슷했고—둘 다 그리 크지 않았고—진희의 얼굴이 나보다 훨씬 앳돼 보였기 때문이다. 진희는 스쿠터 시트에 있던 여분의 헬멧을 꺼내 내게 씌워주었다.

"거위의 몸에서 거위 털을 뽑는 사람처럼, 그놈이 내 머리채를 잡았어요."

진희에게 구조된 나는 스쿠터 뒷자리에 올라타 그녀의 허리를 껴안고 증언했다. 공장장은 내가 "의도적으로 상냥하게 대했다"고 주장했고, 그가 나를 "진지하게 사랑한다"고 선포했다. 내가 오만상을 쓰자 그는 격노하더니 내 머리채를 잡아 나를 바닥에 내팽개친 다음 주먹질과 발길질을 했다. 맞는 일은 놀랄 만큼 단순하고 그 안에는 어떠한 해석의 여지도 없다. 나는 버려진 개와 고양이, 총 맞은 새, 사냥된 고라니, 고문당하는 벌레였을 뿐이다.

그날 그 순간 사무실 문을 노크한 이가 아니었더라면 나는 무참히 죽었을 수도 있다. 오, 나는 다만 친절했을 뿐이다. 외로운 중늙은이가 중얼중얼 떠들어대는 것 같은 추접한 말이나 일삼는 처량한 사내를 이 세상 어느 젊은 이가 진심으로 좋아라 하겠는가? 심지어 그는 음탕하고 괴이한 농담을 난데없이 내뱉은 뒤 께름칙한 눈빛으로 나를 쳐다보며 좋다고 혼자 실실 쪼개대는 버릇까지 있었다 (그럴 때마다 나는 ☺ ←이런 표정을 지어 보였었다).

"그 좆같은 새끼, 아직도 그러고 살 줄 알았어." 진희가 스쿠터를 몰며 말했다. 나는 헬멧을 벗고 입안에 고인 피에 침을 섞어 굴린 다음 흰 눈에 투, 뱉으며 공장을 돌아보았다.

이제 진희는 스쿠터가 아니라 자그마한 트럭을 몰고 있다. 그때나 지금이나 진희는 나의 우상이자 운전사이자 구조대원이다. 진희가 모는 트럭의 짐칸에는 선영 선생님의 몸이 든 관이 실려 있고, 그 옆에는 진희의 남동생 진원이 반듯하게 누워 관을 지키고 있다. 진희는 그들 위로 짐칸 전체를 널찍한 초록 포대로 덮어두었다.

처음에 나는 진희가 진실을 밝히기만을 원하는 거라고 생각했지만, 그녀는 트럭을 운전하며 냉동 인간 기술에 대해 떠들기 시작했다.

"선영 선생님은 다시 살아날 거야."

트럭이 달려갔다. 한 개의 죽은 몸과 세 개의 산 몸을 실은 채.

나는 진희에게 말하지 못했다. 냉동 인간 기술이 언젠가 완벽하게 실현된다 하더라도 그 수혜자가 우리는 아닐 것이라는 사실을. 그러니까 설사 그 기술이 누군가에게 희망을 주고, 그 희망이 결코 허상이 아니라고 해도, 그 수혜자가 우리는 결코 아니리라는 사실을.

그러나 대체 어떤 것의 수혜자가 우리였던가? 기술의 수혜자가 우리가 아니라면, 예술의 수혜자는 우리였던가? 예술의 수혜자가 우리가 아니었다면, 주술의 수혜자는 우리였던가? 초록빛 초원을 뛰어놀아야 하는 양을 제물로 바쳐 신에게 빌 때, 양은 그것의 수혜자였던가?

도대체 언제?

트럭이 폐공장에 도착했다. 집처럼 꾸며놓은 그곳이 앞으로 우리가 지낼 장소였다.

금세 날씨가 쌀쌀해졌다. 가을이 온 것 같았다. 공장의 주인인 수정이 우리를 맞이해주었다. 기다란 갈색 염색모를 연녹색 집게로 올려 집은 수정은 그 옆에 서 있던 현우의 덩치 때문에 왜소해 보였다. 수정과 진희는 공장에서 함께 도망쳐 나온 사이로, 선영 선생님께 동시에 구조되었으며, 이 공장에서 수정이 일할 수 있도록 도운 것은 진희였다.

공장은 물감 공장이었다가 아이스크림 제조 공장이었다가 스마트팜이 된 끝에 완전히 망했다. 공장을 운영하던 부부는 공장의 문을 닫으면서 오랫동안 그곳에서 청소 일을 해온 수정을 입양했다. 독실한 기독교 신자였던 그 부부는 이 세상에서 보기 드문 진실로 선량한 사람들이었는데, 이례적인 홍수가 난 날 산사태에 파묻혀 세상을 떴다. 수정은 공장을 포함한 그곳 부지를 상속받았고—부부가 다른 이유로 죽었더라면 수정이 끔찍한 누명을 쓸 뻔했다—업체를 불러 부부를 묻어주었다. 현우는 바로 그 업체의 직원이었고, 평생 동안 배달 일, 물류 일, 공사 일, 삽질을 전전해 하루하루 벌어먹으며 살아온 사람이었다. 뒷산 입구 바닥에 철퍼덕 주저앉아 담배를 피우는 현우를 발견하고 말을 건 것은 수정이었다.

수정이 우리를 이끌고 공장에 딸린 냉동고로 갔다. 나머지 사람들은 관을 들었다. 우리는 냉동고의 가장 안쪽에 관을 조심스레 내려놨다. 진희가 담배를 피우러 바깥으로 나가자 수정은 관 앞에 무릎을 꿇고 잠시 기도를 드렸다.

그날 저녁 우리는 마당에 장작을 쌓아두고 모닥불을 피 웠다. 아니, 사실 그건 캠핑용 소형 화로였는데, 우리는 기 만적인 낭만주의자들처럼 그걸 모닥불이라고 불렀다. 그 모닥불을 동그랗게 둘러싸고 띄엄띄엄 펼쳐둔 접이식 의 자에 앉아 우리는 각자 공상에 잠겼다.

선영 선생님은 공장의 사수였다. 그녀 외에도 많은 사 수가 있었지만—은혜 선배나 진욱 선배 같은—그들은 사사건건 훈계하는 버릇이 있었고, 그건 사실 우리의 인 정과 애정을 갈구하기 위한 목적 같았다(정말이다! 우리가 존경을 표하지 않으면 그들은 갓난애처럼 짜증이나 투정을 부 렸기 때문이다). 우리는 다정하고, 듬직하고, 건강한 방식 으로 후배들에게 무심했던, 그러나 우리가 조언을 구할 때면 망설임 없이 나서주었던 선영 씨를 선생님이라 불렀 다. 옷의 품이 넉넉하고 웃는 인상이었던 선영 선생님은 그 시절의 내가 글을 쓰고 싶다고 말했을 때 나를 귀여워 하거나 우스워하지 않았던 거의 유일한 어른이기도 했다. 그녀는 내게 말했었다. "나도. 나도 글을 쓰고 싶었어."

선영 선생님의 집에서 유일한 남자애는 진원이었고, 그 는 오직 순하고 연약한 심성 때문에 남학교에서 괴롭힘당

한 아이였다. 그 일로 손을 떠는 증상을 앓았던 진원의 몫까지 공장 일을 하거나 장사 일을 해온 것은 진희였다. 그 작고 어린 장녀였다.

그때 총성이 들렸다. 우리는 모두 각자의 공상에서 빠져나왔다. 나와 진원은 몹시 놀랐으나 다른 이들은 담담해 보였다.

진희가 겁에 질린 우리에게 말했다. "마을의 농사꾼들이 공포탄을 쏘는 거야. 고라니, 개, 멧돼지 같은 들짐승을 쫓아내려고. 걔네가 논밭을 망치니까." 그건 마치 우리를 쫓아내려는 소리처럼 들렸고, 나는 오싹해졌다. 공포탄은 두 번 정도 더 울려 퍼진 뒤 멈췄다.

"가끔은 진짜 총을 쏴. 그러니까 밤길을 나설 땐 조심해야 해." 수정이 말했다.

"진짜 총을 쏜다고요?" 내가 놀라 물었다.

"들짐승이 동네로 넘어오면." 현우가 모닥불에 나뭇가지 조각을 집어 던지며 말했다. 불길이 불안하게 일렁였다. 그의 말투는 언제나 건조하고, 눈빛은 공허하며, 행동은 투박하다. 부쩍 성장한 몸에 그 모든 절망과 어리광을 우적우적 욱여넣은 것만 같다.

진희가 번득 고개를 들며 말했다. "이 마을의 구조를 알아둬야겠어. 그래, 지도를 만들어야겠다. 위험한 상황에 대비해야 해."

"종이와 연필을 줄까?" 수정이 진희에게 묻더니 내게 고개를 돌려 말했다. "사실 나도 총이 있어. 화약총. 장난감 총이나 다름없지."

"진짜 제대로 생겼던데. 소리도 굉장하고." 현우가 말했다. 나는 겁먹고 부르르 떨었다.

"공장장 아주머니 아저씨가 물려준 거야. 그냥 호신용일 뿐이야. 무서워하지 않아도 돼." 수정이 부연했다.

"드론이 있다면 그걸 조종해서 마을을 싹 촬영하는 건데." 현우가 모험가처럼 위풍당당하게 말했다. 아주 잠깐이지만 그의 눈빛이 아이처럼 반짝였다.

"드론 조종 자격증이 있어?" 수정이 악의 없이 물었다. 현우가 머쓱해하며 고개를 저었다.

"드론을 쏴서 강을 촬영하면 좋겠네. 풍경이 근사하던데." 진희가 말하며 맥주를 한 캔 따서 빈손이었던 내게 건네줬고, 나는 그걸 단박에 들이켰다.

펑. 펑. 펑. 공포탄이 울릴 때마다 심장이 뛰었다. 따뜻하고 평화로운 모닥불 앞에 둘러앉아 나는 이곳이 전쟁터 같다고, 우리가 전쟁 중인 것 같다고 생각했다.

참 우습기도 하지.

"그 총 보여주시면 안 돼요? 저 총 게임 좋아해요." 나는 수정에게 애교를 부렸다.

"하하. 절대 안 돼." 수정이 답했다. "대신 재밌는 걸 보여줄게." 수정이 자리에서 일어나 마당 안쪽 창고로 들어갔다. 그즈음 총성이 멎었고, 진희가 듣기 좋은 음악을 하나 틀었다. 나는 두번째 캔을 직접 따서 빠르게 들이켰다. 우리는 모두 취해가고 있었고, 마법 물약이라도 마신 것처럼 어려지고 있었다. 창고에서 나온 수정이 무지갯빛 깃털이 달린 기다란 고양이 장난감을 낚싯대처럼 휘적휘적 흔들며 걸어왔다. "이것 봐. 이걸 흔들면 고양이들이 환장을 하더라고." 수정이 깃털로 내 얼굴을 쳤고, 나는 비명을 지르며 펄쩍 일어났다. 수정은 웃으며 도망쳤다. 우리는 모닥불을 중심으로 둥글게 달렸다. 취기 때문에 휘청거리며.

"난리 났군." 현우가 맥주를 홀짝이며 말했다.

"우리 겨울이 오면 크리스마스 파티를 하자. 시내로 가서 샴페인을 따고, 멋진 옷을 입고, 가장 아름다운 거리를 골라서 춤을 추며 돌아다니자." 진희가 어딘지 쓸쓸한 눈빛으로, 진심인지 농담인지 알 수 없는 목소리로 말했다.

"좋아!" 진원이 답했다.

"아, 어지러워." 수정이 춤을 멈추고 접이식 의자에 앉았다. 바닥에 장난감을 던지며.

"저도 너무 어지러워요"라고 말하면서 나는 두 팔을 꼬아 코끼리 코를 하고 제자리를 빙글빙글 돌았다. 진원은 나를 보며 큰 소리로 웃다가 벌떡 일어나 함께 코끼리 코 돌기를 했다. "어지러워. 엄청 어지러워." 우리는 합창하며 고통을 호소했다.

"그래. 엄청 어지럽겠다." 현우가 말하며 나뭇가지를 장작더미에 집어 던졌다. 나와 진원은 멀리 떨어져 중심을 잃고 차례차례 자빠졌다. 모두 전사했다!

불길이 거세졌다가 잦아지는 모습을 보며 진희가 말했다. "내가 케이크를 사 올게. 크리스마스에는 그런 걸 먹어줘야지." 그건 진심처럼 들렸다.

"산타는 저예요. 제가 2372년 전부터 하고 싶었어요." 그새 부활한 내가 말했다. "진원이 너는 루돌프 해라. 아니면 포장지. 으하하." 내 말에 진원이 구시렁거렸다.

"좋아. 새빨간 옷을 싹 꺼내야겠다. 메이크업 도구로 분장을 할까? 그날 눈이 내리면 눈싸움을 해도 좋겠다. 이곳은 눈이 많이 내리니까." 수정이 말했다.

"크리스마스를 챙기는 걸론 부족해. 부처님오신날도, 어린이날도, 한글날도, 한 해의 마지막 날도 모조리 챙기자." 진희가 말했다. 나는 대자로 누워 밤하늘의 별들을 바라보았다. 누가 저리 별이 되었을까.

다시 총성이 들리기 시작했다. 바람이 불었고, 불길이 잠깐 잦아졌다가 다시 거세졌다. 우리는 약속이라도 한 것처럼 모두 입을 다물었다. 견딜 수 없이 허무한 기분이 우릴 휩쓸었다. 노래가 정적을 채웠다.

진희가 침묵을 깼다. "악착같이 놀자. 악착같이. 모든 기념일을 다 챙기고, 모든 축제에 다 참여하고, 모든 하찮고 기쁜 일에 요란을 피우자." 그녀의 목소리는 기쁘기보다 화가 나 보였다. 매우 많이 화가 나 보였다. 나는 별들을 보며 골몰해보았다. 우리가 노래하고 춤추고 멍청이처럼 웃는 일을 사랑하는 사람이라는 것에 대해서. 어쩌면 이 것만이 유일한 삶의 진리일지도 모른다는 생각에 대해서. 나는 천천히 몸을 일으켜 세워 진희를 바라보았다. 진희의 눈은 이상한 심지로 가득했다. 그건 내 인생 최초의 앳되고 깊은 눈이었다. "악착같이. 악착같이 요란하게." 진희가 깊은 눈으로 모닥불을 바라보며 말했다.

신에게 말하고 싶다. 우리는 둥글게 어깨동무한 채 함

께 불타는 모닥불 장작더미처럼 서로를 사랑했노라고. 함께 있으면 불타는 것도 견딜 만했다고. 언니들을 만난 후 나는 밧줄에 목매는 일을 더 이상 상상하지 않게 됐으니까.

며칠 후 진희의 지도가 완성되었다. 그 지도에는 마을의 전체 구조와 함께 산의 루트도 담겨 있었다. 조심해야 했다, 실탄에 맞아 죽는 사람들이 있으니까.

나는 즉흥적으로 공장장에게 편지를 썼다.

나를 기억하세요?

종종 나는 공장장이 나오는 꿈을 꿨다. 나는 바짝 엎드린 채였고, 공장장이 내 머리통에 장전한 총을 들이밀며 말했다. *거위는 털을 남기지만 넌 무얼 남기지? 너는 남기는 것 없이 죽을 거야! 너는 맥주를 마시고 춤을 추다가 죽을 거야! 너는 물놀이를 하다가 죽을 거야!*

죽은 것도 억울한데 죽어서도 조롱당할 거야!

그 꿈을 꿀 때마다 나는 흠뻑 땀에 젖어 잠에서 깨어났다. 온 얼굴이 눈물로 축축했다.

그렇게 시간이 흘러갔고, 추수 기간이 다가오자 마을

152

여기저기에 공포탄 소리가 더욱 많이 울려 퍼지기 시작했으며, 진희는 머리카락이 자랄 때마다 수정에게 부탁해 다시 바짝 밀었다. 그들 발밑에 고슴도치 가시 같은 검은 털이 떨어져 내렸다. 진희와 수정은 정기적으로 센터에 들르기도 했는데, 방문하는 족족 추방당했다. 현우는 이러다 모두 잡혀갈 거라며 불안해했고, 그런 때가 아니면 관은 우리 사이에서 금기어가 되어 있었다.

슬픈 금기 속에서 우리는 어쨌든 삶이란 것을 살아가야만 했다. 진희가 시내에서 구해 온 물건으로 마을에서 거래를 하고, 수정이 청소를 하거나 요리를 하고, 현우가 장례 일을 맡거나 가구를 수리하는 동안 나와 진원은 회관에서 노인들의 편지와 서류를 읽어주거나 대신 써주었다. 우리에게 과일을 쥐여 주는 노인들이 있었던 반면 쉽게 불만을 표시하고 소리를 질러대는 노인들도 있었다. 그들은 사실 우리보다 어린 것 같았고, 종이 한 장조차 혼자 힘으로 처리하지 못하는 자기 자신에게 화가 나 있었으며, 그 미숙한 분노는 지독한 우울과 다름 아니었다.

일이 끝나고 다른 이들이 모두 모여 맥주를 마시는 동안 나는 마을의 이곳저곳에서 찾아낸 기묘한 책을 읽거나 이상한 실험 영화를 보곤 했다. 그 많은 작품에는 비참하게 희롱당하고 매 맞다가 죽어버리는 여자들과 잔혹하게 훼손당하는 가축들이 심심치 않게 등장했다. 그 시절에는 나도 그런 게 예술인가 보다 했다. 참 어리고 무식하고 기이했지. 지도 죽도록 맞아봤으면서. 지가 그 가축이면서.

그러던 어느 날이었다. 진희와 수정은 강가로, 현우와 진원은 산으로, 나는 어떤 노인이 고양이들을 죽이기 위해 뿌려놓은 쥐약을 몰래 수거하기 위해 집 주변으로 산책을 간 날이었다. 공장 근처 은행나무 앞에서 웬 중년의 남자가 이젤을 세워두고 콧노래를 부르며 붓질을 하고 있었다. 그 화가에 대해 수정이 들려준 적 있었다. 그가 예전엔 인정받는 예술가였고 학생들을 가르친 적도 있다고.

나는 그에게 다가가 질문했다. "선생님은 예술이 뭐라고 생각하세요?"

그가 기다렸다는 듯 대답했다. "예술이란 아름다운 것을 그리는 일이란다. 내 아내는, 음, 너무 늙어버려서 슬픈 일이지." 그는 아름답다는 말을 오독하고 오용하고 있었다. 그가 퀴퀴한 눈빛으로 나를 보며 물었다. "네 언니들은 차를 몰고 갔니? 혹시 둘은 무슨 사이야?"

"☺. 그건 왜요?" 나는 뒷걸음질 쳤다.

"그냥, 좋잖아. 섹시하고 현대적이고…… 으흣." 그가 쪼개대며 말했다.

"☺? 언니들은 이제 마을에 없어요. 다 지쳐서 떠나버렸거든요." 나는 거짓말을 하고 도망치듯 집에 들어와 문을 걸어 잠그고 창문을 통해 그를 감시했다. 그가 이젤과 그림 도구를 챙겨 떠나는 모습이 보였다.

그날 저녁 트럭을 몰고 돌아온 진희와 수정에게 그가 나무 뒤에서 그들을 훔쳐보았다는 소식을 전해 들었다. 강 근처 바위에 걸터앉아 이야기를 나누던 그들을. 진희가 그를 노려보며 경고 차원으로 돌을 걷어찬 뒤 수정을 끌고 트럭에 올라타는 동안, 그는 한참 동안 눈을 떼지 않았다고 했다. 관음증자처럼, 그녀들의 차에 몰래 동승이라도 하고 싶은 것처럼.

공장 앞으로 예술가가 보낸 노란 등기 봉투가 도착한 건 며칠 후 진희와 수정이 시내로 떠났을 때였다. 봉투 안에는 흰 도화지가 들어 있었고, 도화지에는 검은 천에 강제로 눕혀진 살구색 알몸의 여자 둘이, 온몸 여기저기에 칼집이 난 여자 둘이 그려져 있었다. 죽은 것도 산 것도 아닌 그림 속 여자들은 귀신 들린 듯이 입을 쩍 벌리며 그가 원하는 대로—그의 판타지에 맞춰—귀염성 있게 떠들어줄 것 같았다. 그건 참 비통했다, 그저 비통한 것이었다.

나는 고문 같은 평정심 속에서 강박적인 냉정함으로 모든 경우의수를 오랜 시간 차분히 따져보았다. 꼬깃꼬깃한 도화지를 매만지며. (그림은 공장에 도착할 때부터 이미 꼬깃꼬깃해져 있었는데, 예술가가 몇 년 전에 그려둔 그림을 재활용한 모양이거나, 마을의 배달원이 실수로 구긴 모양이었다. 물론 전자가 유력했다. 도화지가 누렇게 변색되진 않은 것으로 보아 그림이 10년을 넘어갈 만큼이나 오래된 듯 보이진 않았다. 차라리 그랬더라면—그가 노쇠한 원로이고 그림은 수십 년 전 작품이었더라면, 그가 내 앞에서 언니들에 대해 그런 식으로 말한 적이 없었더라면—이렇게 피가 거꾸로 솟진 않았을 것 같다)

어쨌든 경우의수는 많았다. 이 모든 게 진기한 우연에 불과할 수도 있었다. 설령 그렇더라도 결론은 동일했다.

1. 그에게는 나의 우상들이—세상의 여성들이—조롱하고 발가벗기고 칼질하고 죽이기 좋은 대상들로 보인다.

2. 그는 모든 점, 선, 면, 색을 더럽히고 있다. 검정, 노랑, 하양 전부를.

왜 고작 이런 인간을 선생님이라고 불렀을까? 밤늦도록 잠이 오지 않았고, 결국 나는 자리를 박차고 일어나 서

랍장에서 칼을 챙겨 집을 나섰다. 마당에서는 진원이 두툼한 외투를 걸쳐 입고 진희와 수정을 기다리며 꾸벅꾸벅 졸다가 놀라 외쳤다. "너 어디 가? 야!" 나는 스쿠터 시트를 열어 칼을 집어넣고 닫은 다음 올라탔다. 그리고 운전 한번 해본 적 없으면서 시동을 걸었다. 이 작은 마을에서 사람 하나 찾아내는 거야 일도 아닐 것이다.

나는 어린 짐승처럼 으으으으 울면서 스쿠터를 몰았다. 사위가 컴컴했고, 그제야 세상에 대한 실망감과 공포가 엄습해 왔다. 만약 그가 마을의 동생들을 내세워 나를 몰아세우면 어떡한단 말인가? 지독한 자기 연민에 취한 변명으로 동생들을 현혹한 다음 그들을 방패막이 삼는다면? 혹은 불쌍하고 약한 여자를 총알받이로 내세우며 "이건 이 여자가 그린 그림이야!"라고 비열하게 군다면?

트럭이 빠른 속도로 나를 앞지른 건 그때였다. 트럭은 내 앞에 멀찍이 멈췄다. 나는 급정거했다. 진희는 창문을 열어 외쳤다.

"타!"

내가 조수석에 올라타서 문을 닫자마자 진희가 성난 얼굴로 말했다. "진원에게 이야기 들었어. 뭘 하려고 했어?"

나는 답하지 않았고, 진희는 분노를 참는 듯한 무시무

시한 말투로 천천히 물었다. "칼로 뭘 하려고 했어? 운전도 못 하면서 스쿠터를 끌고?"

어딘가에서 공포탄이 울리고 있었다. 진희는 더 이상 못 참겠다는 듯이 얼굴을 붉으락푸르락하며 외쳤다. "뭘 하려고 했냐고 묻잖아! 너 때문에 내가 얼마나 놀랐는지 알아!" 진희의 외침에 나는 몸이 떨렸다. "대답하라고 했잖아!"

나는 비명을 지르듯이 외치기 시작했다. "나한테 윽박지르지 마! 나한테 소리치지 마! 도대체 나한테 왜 그러는 거야!" 그 전까지 나는 단 한 번도 진희에게 반말을 한 적도, 언성을 높인 적도 없었다. 나는 바들바들 떨며 외쳤다. "네가 뭔데 나를 통제하려 들어!" 등신같이 눈물이 터져 나왔다.

진희는 놀란 얼굴로 나를 빤히 바라보았다. 공포탄이 울렸다. 이곳은 논인가, 밭인가? 아니면 쑥대밭이 된 공터인가? 저 멀리 노란 불빛이 켜졌다. 작은 집 같았다. 이곳이 사유지였던 모양이다. 우리는 당장 떠나야 했다. 사유지의 주인이 엽총을 갖고 있을 수도 있었다. 진희는 트럭을 출발시켰고, 무거운 침묵이 트럭 안에 감돌았다. 진희가 참담한 표정으로 운전에 집중하는 동안 나는 주체할

158

수 없이 흘러나오는 눈물 때문에 앞이 보이지 않았다.

그다음 날 공장에 마을의 경찰들이 찾아와 사유지에 멋대로 주차해놓은 스쿠터를 가져가라고 경고했다. 수정은 우리가 길을 잃었었다고 둘러댔다.

잠시 후 스쿠터를 끌고 오는 진희의 품에 고양이 한 마리가 안겨 있었다. 그녀는 한 손으로 운전해 왔다. 도저히 시트 안에 칼과 고양이를 함께 둘 수는 없었던 모양이다. "오는 길에 발견했어. 쥐약을 먹은 것 같아." 진희가 슬픈 목소리로 말했다. 그 작고 퉁퉁한 치즈색 고양이는 그녀의 품 안에서 잠든 듯이 죽어 있었다. 염분 많은 사람 음식을 훔쳐 먹느라 그토록 몸이 부어버렸으리라.

우리는 접이식 의자에 고양이를 고이 내려놓았다. 고양이는 단지 잠든 것처럼 보였다.

고양이를 묻어주기 위해 진희, 수정, 현우가 하나씩 삽을 들고 마당 구석에 땅을 파기 시작했다. 나는 뚝뚝 눈물을 흘렸다. 진원도 내 옆에서 흐느꼈다.

"관을 묻어야 하지 않겠어?" 침묵을 깬 건 현우였다. 고개를 숙인 채 삽질을 하며 그는 덧붙였다. "이만하면 되지 않나? 대책 없이 관을 훔친 건 사실이잖아. 언제까지 죽은 사람 이야기를 할 거야?"

"지금 뭐 하는 거야?" 수정이 삽질을 멈추고 그를 바라보며 말했다.

"하지만 사실이잖아. 죽은 사람은 결코 돌아오지 않아. 당신 때문에 선희 선생님인지 선영 선생님인지가 괴로워할 거라고는 생각 안 해?" 현우가 숙였던 허리를 반듯이 펴며, 삽을 한쪽 땅에 푹 찔러 넣은 채 말했다.

진희는 묵묵히 흙을 팔 뿐이었다. 일단 침묵하며, 고양이의 무덤이 될 작은 굴을.

"모두가 당신 때문에 힘들어하고 있어. 네가 모든 문제의 원흉이야." 현우가 진희에게 쏘아붙였고, 그 말은 결코 사실이 아니었다. 그는 이 세상의 모든 고통과 문제가 오직 한 사람으로부터 시작될 수 있다고 믿는 모양이었다. "자, 관을 묻고 싶은 사람은 거수해." 그가 삽을 쥐지 않은 한쪽 손을 들어 보이며 말했다. 민주적인 척하며 가장 고압적인 방식으로.

"그만해." 수정이 말했다. 진원은 슬픔과 공포 속에서 조용히 눈물을 흘렸고, 나는 고도의 평정심을 유지하며 현우를 가만히 지켜보았다.

"당장 거수해. 다들 죽은 사람은 그만 잊고 건강한 삶을 살아보자고." 그가 말했지만 아무도 손을 들지 않았다. 그는 영원히 과반 동의를 얻지 못할 것이다. 적어도 이곳에서는. "솔직히 다들 손 들고 싶은데 이 여자가 무서워서 못 드는 거지?" 그 순간 그가 나를 똑바로 바라보며 명령하는 말투로 말했다. "너, 어제 이 언니랑 싸웠잖아. 너도 이 여자가 싫지? 대답해." 그는 대단히 잘못된 판단을 하고 있었다. 무슨 근거로 그런 오판을 한 건진 모르겠지만 내가 그를 위해 굴종하거나 복무해줄 거라고 내심 기대했던 모양이었다. "빨리 대답해! 어서!" 그러나 나는 그를 위한 복화술 인형이 되어줄 생각이 없다.

나는 웃으며 답하기 시작했다. "삽질 말고는 할 줄 아는 것도 없는 주제에. 선영 선생님 이름도 외울 줄 모르고. 흐흐. 얼간이 같아." 그러자 현우가 표정을 잔뜩 구기더니 자신이 들은 것을 의심하는 듯한 혼란스러운 표정을 지었다.

"그만해. 한 번만 더 그런 식으로 말하면 당장 당신을 내쫓을 거야." 수정이 엄중한 목소리로 끼어들며 중재했다. 현우를 바라보며.

"일단 고양이부터 잘 묻어줍시다. 제발. 경찰이 또 찾아오면 지금 우리 꼴을 보고 뭐라 하겠어?" 진희가 타협하는 듯한 지친 말투로 말했다. 그제야 현우는 거슬릴 정도로 한숨을 푹 쉬며 작업에 착수했다.

잠시 후 완성된 고양이의 무덤 앞에서 수정은 기도를 드렸고, 우리는 각자 생각에 잠긴 채 묵념했다.

다음 날 진희는 방문을 걸어 잠그고 나오지 않았다. 나는 문이 부서져라 노크를 했다. 내 집념에 질린 진희가 문을 열고 틈새로 고개를 내밀어 물었다. "원하는 게 뭐니?"

"왜 언니가 숨으세요? 당장 나오세요."

그러자 진희가 깊은 눈으로 말했다. "우리가 저 녀석을 내쫓을 수 있다면, 그건 이 집 때문이야. 이 집이 녀석을 내쫓는 거라고."

"그게 무슨 말이에요?"라고, 되묻기 무섭게 진희는 문을 닫고 잠가버렸다. "언니, 제가 죄송해요. 어제 버릇없이 굴어서 죄송해요."

"네가 사과할 거 없어. 가서 쉬어라." 진희가 말했고, 잠시 후, 다시 그녀의 목소리가 들렸다. "너도 내가 선영 선생님을 더욱 고통받게 한다고 생각하니?"

나는 그때 "아니요, 그런 식으로 말할 수 없는 문제지요"라고 곧장 대답했어야 했다. 그러나 '죽은 사람이 어떤 생각을 하는지 내가 어떻게 안단 말인가?'라는 찰나의 망설임 때문에 곧바로 말이 튀어나오지 않았다.

잠깐의 정적 후에 진희가 먼저 입을 열었다. "됐다. 가서 쉬어. 나도 쉴 거야."

그 후로는 아무리 문을 두드리거나 말을 걸어도 답하지 않았다.

다음 날 진희는 혼자 집을 나섰다. 한참 후에야 그 사실을 알게 된 수정은 트럭을 몰아 진희를 찾으러 갔다. 현우도 스쿠터를 타고 마을을 수색했다.

신에게 전화를 걸 수 있다면 좋겠다.

모든 곳이 공중전화 부스다. 따뜻한 방에 고요히 앉아서, 주변에 굴러다니는 아무 종이나 집어 키패드를 그린 다음 번호를 누르면 신호가 걸리는 것이다.

```
1  2  3
4  5  6
7  8  9
*  0  #
```

초록 땅의 수혜자들

곧 누군가 전화를 받는다. 신인가?

고객님, 오래 기다리셨나요? 아니, 이건 신이 아니다. 명령받은 프로토콜대로 말하는 사람 혹은 기계다. 어쨌거나 나는 신과 통화를 하고 싶다고 말한다. 그러자 신의 대리인은 교육받은 대로 난처해하며―그녀에게 무슨 죄가 있을까!―**신과 통화할 수는 없다**고 말한다.

이건 신의 전화번호지만, 신과의 직접 통화는 불가능하다고 말한다.

선영 선생님의 몸은 화장되었다. 시내 병원의 화장터에서. 꽉 닫힌 철문 안에서.

진희가 시내의 경찰에게 관을 훔친 일을 자백했다. 엄밀히 따지자면 우리는 모두 공범이었는데, 진희가 모든 것을 뒤집어썼다.

나는 마지막으로 빌어보기라도 하자는 마음으로 경찰서에 찾아가 말했다. "센터에서 있었던 일에 대해 신고할 시간을 주세요. 재판이 끝날 때까지만 기다려주세요."

나이 지긋한 경찰이 실실 웃으며 내게 말했다. "저기요, 어린 아가씨. 그런 일로는 재판이 열리지도 않아요." 그가 벌레를 쫓듯 손을 휘저으며 덧붙였다. "더 하고 싶은 얘기가 있으면 저 경찰한테 하세요." '저 경찰'은 우리 또래의 젊은 경찰이었고, 모니터에 시선을 고정한 채 정신없이 키보드를 두드리며 우리에게 눈길 한번 주지 않았다.

수정은 '저 경찰'에게 다가가 진희가 "고통받았다고" 말했다. 그녀는 깊이깊이 고통받았기 때문에 "그런 선택"을 한 거라고.

"그런 것 같더군요. 안타까운 일입니다." '저 경찰'이 지독히 피로해 보이는 눈으로 모니터에 시선을 고정한 채 말했다. 푹푹 지친 목소리로, 여전히 키보드를 두드리며.

수정은 슬픈 얼굴로 나와 진원에게 집에 가자고 말했다.

며칠 후 재판이 진행되었고, 진희는 국선 변호사가 써준 반성문—**저는 큰 충격으로 인해 온전한 정신이 아니어서 삶과 죽음을 분간하지 못했습니다**—을 판사 앞에서 낭독하지 않았다. 진희는 징역형을 선고받았다.

법정 1층에 있던 카페에서 우리는 키오스크로 주문을 마친 다음 창가 테이블에 커피와 빵을 두고 앉아 한참을 침묵 속에 있었다. 창문으로 낙엽이 다 떨어진 초겨울 나무가 보였다. 조만간 키오스크가 우리를 위한 반성문을 써줄 것이다. 그 기계의 이름은 키키다. 숙련된 사무직 키키는 '냉동 인간 기술 희망자 신청'도 받아줄 것이다. '오늘의 안락사 희망자 신청'도 받아줄 것이다.

결국 수정은 눈물을 보였다. 나는 멀뚱히 키키를 바라
보았다.

진희는 다른 지역으로 이송되었다. 나는 밤마다 진희의
지도를 만지고, 읽고, 쓸어보았다. 이것으로 무얼 할 수 있
을까?

고민한 끝에 나는 혼자 법정으로 가서 키키의 카페를
방문했다. 키키! 다시 만나서 반가워요. 실례가 아니라면
우리 같이 놀아요.

나의 이름은……

거위: 그 공장장에게 보낼 편지를 좀 써주세요. 부탁드릴게요.

키키: 안녕하세요? 사랑 고백을 받으셨다니 그에 대한 답은
직접 쓰시는 게 더 좋을 것 같지만, 저의 도움이 필요하시다
면 도와드리겠습니다.

공장장님께
저는 공장장님의 공장에서 근무했던 거위입니다. 그날 공장
장님의 사랑 고백을 받고 당황스러운 심정에 제대로 답을 못 했

166

습니다.

　제가 사회 경험이 부족하여 일어난 불찰이니, 부디 노여움을 푸시고 저를 용서해주셨으면 좋겠습니다. 그렇지만 그날 저에게 그렇게 폭력을 행사한 것은 저로서는 매우 마음이 아프고 속상한 일이라는 점을 알아주신다면 감사하겠습니다.

　저에게 해주신 고백에 대해 지금 당장 답을 드릴 수는 없지만, 일단 많은 시간을 함께 보내며 서로에 대해 천천히 알아갈 수 있었으면 좋겠습니다.

거위 드림

　나는 키키가 써준 편지에서 어떤 문장을 삭제하거나 수정 및 추가한 뒤 언제 어느 곳에서 보자고 날짜와 장소를 적어 공장장에게 발송했다.

　그러자 부지불식간에 겨울이 찾아왔고, 함박눈이 내렸다가 뚝 그쳤다. 머지않아 내릴 폭설 때문에 마을이 고립될 수 있다는 소문이 회관에 퍼졌고, 마을 사람들은 하나둘 짐을 싸서 어딘가로 떠났다. 우리도 떠나야 했다. 공장과 주택은 고양이들이 마음대로 드나들 수 있도록 모든 문을 활짝 열어두기로 결정했다.

　목적지는 진희가 수감된 교도소가 있는 곳이다. 우리는

돌아오지 않을 것이다.

수정이 트럭 운전대를 잡고 히터를 틀었다. 나는 조수석이었다. 트럭의 짐칸에는 이삿짐들을 실었고, 그 위로 초록색 포대를 덮었다. 네 개의 타이어에는 노란 체인을 단단히 감아두었다.

트럭이 출발했다. 흰 눈 쌓인 수풀들을 양쪽에 두고 달린 끝에 트럭은 아무도 살지 않는 작은 주택에 도착했다. 그 집은 마을 안쪽에서 들어가면 진입이 가능하지만 마을 바깥에서 찾아오려면 운전이 불가능해 차를 어딘가에 대고 들어와야 하는 곳이었다.

이 모든 사실을 된 건 진희의 지도 덕분이었다.

진원: 공장장이 왔어. 나랑 누나 쪽으로 가는 중이야. 그런데 한 손을 외투 안쪽에 넣어두고 있는 게 수상해. 칼을 들고 온 것 같아.

진원으로부터 온 메시지였다. 진원과 현우는 그가 들어오는 길목의 수풀 뒤에 숨어 삽을 쥐고 있었다. 그들은 이제부터 다른 외부인이 들어오지 못하도록 입구를 지킬 것이다. 현우는 수정에게 진 빚을 조금이라도 갚고 싶어 했고, 나는 진원을 위험에 빠뜨리지 않기 위해 현우와 협력하기로 결정했다. 그 어떠한 경우에도 진원 같은 어수룩한 아이가 혼자 삽을 짊어진 채 공장장을 상대하게 둘 순 없었다.

"저기 봐요! 나타났어요."

내가 말했을 때, 수정이 긴장한 얼굴로 어딘가를 바라보았다. 그는 두 발로 뚜벅뚜벅 걸어오고 있었다. 나는 창문을 열고 상반신을 내밀어 그에게 한쪽 손을 흔들었다. 이봐! 그는 나를 발견하고 어리둥절한 표정을 지어 보였다.

공장장NPC 님이 접속하셨습니다.

공장장NPC가 순순히 마을로 찾아온 것은 나를 멸시했기 때문이리라. 내가 이런 초보적인 판조차도 짤 수 없고 애초에 그럴 생각도 없는 지고지순한 여자애라고 믿었기 때문에. 따라서 공장장NPC가 칼을 들고 온 것은 내가 공격할지도 모른다는 불안 때문이 아니었다. 수틀리면 나를 찌를 심산이었던 것이다. 나는 수정의 장난감 총을 창밖으로 꺼내 보였다. 장난감 총을 다루는 법을 알려준 것은 수정이었다. 장난감 총일지라도 함부로 다루면 위험할 수 있다고 단단히 경고한 것도, 그 어떤 경우에도 총구를 내

쪽으로 향하는 일이 있어선 안 된다고 수십 번을 강조한 것도 수정이었다.

공장장NPC는 화들짝 놀라더니 바로 뒤돌아 달리기 시작했다.

"간다. 나 지금 간다." 수정이 잔뜩 긴장한 채 말했다.

"좋아요."

길의 왼쪽은 눈 쌓인 평지, 오른쪽은 경사 아래 강이었다. 공장장NPC는 엉덩이를 흔들며 혼비백산 달렸다. 한 손에 들린 칼이 요술봉처럼 반짝였다. 나는 총 게임의 참여자답게 한 치 오차도 없이 공장장NPC를 조준하는 일에 몰두했다.

탕! 탕! 탕!

HEADSH☺T!

HEADSH☺T!

HEADSH☺T!

공장장NPC는 펄쩍 뛰어오르더니 푹신한 눈밭에 우스꽝스러운 자세로 넘어졌다가 다시 벌떡 일어서서 달리기 시작했다. 이봐, 군대에서 총질하는 법도 배웠잖아! 그게 네 평생의 자랑이었을 거 아니야! 그 총은 어디에 두고 온 거야?

탕! 탕! 탕!

HEADSH☺T!

HEADSH☺T!

HEADSH☺T!

공장장NPC는 한 번 더 넘어졌다. 벌어진 가랑이 쪽 바지 밑단이 젖어 있었다. 윗다리가 파르르 떨렸다. 나는 웃음이 터졌다. 이 와중에도 칼을 놓치지 않는 것이 대단했다. DICKSH☺T을 쏴줘야 하나? 긴장이 풀린 수정도 웃음을 터뜨렸다. 수정은 핸들을 내려치며 하하하하 웃더니 폭죽처럼 경적을 울렸다.

눈물이 고인 수정이 말했다. "이 총은 나를 거둬준 공장장 아주머니 아저씨가 남기고 간 거야! 그들은 정말 죽도록 선했어! 그들이 한 치의 흠결 없이 완벽했다는 말이 아니야! 매일매일 죽기 살기 노력하며 선하게 살고자 했다는 거야! 그게 그들만의 투쟁 방식이었다는 거야…… 이 끔찍한 세상에는 그런 사람들도 있어, 이상하지…… 하지만 그건 결코 부정할 수 없는 진실이야!"

트럭이 크게 흔들렸다. 수정이 눈물을 흘리며 말했다. "내가 그들의 총을 이렇게 쓸 줄은…… 하늘에서 보고 계실 거야…… 얼마나 충격을 받으실까!"

"분명 기뻐하실 거예요!"

공장장 아주머니 아저씨, 시간 나면 신에게 전해주세요. 그 비참하고 불쌍했던 여자애들이 이렇게 망나니 같은 인간으로 컸습니다. 여전히 생은 고되고 지겹지만 웃는 날도 많습니다.

마지막으로 집중!

탕! 탕! 탕!

HEADSH☺T!

HEADSH☺T!

HEADSH☺T!

그때였다. 공장장NPC가 간신히 몸을 일으켜 세우더니 오른쪽으로 혼비백산하여 달려가기 시작했고, 강 쪽으로 미끄러지듯 내려가다 데굴데굴 굴러떨어지며 손에 쥐고 있던 칼을 놓쳤다. 칼을 땅에 버려둔 채 공장장NPC가 얼어붙은 강을 건너기 시작했을 때, 나는 잠시 공격을 멈추고 눈앞의 정경을 지켜보았다. 공장장NPC는 강의 한가운데쯤에서 근사하게 미끄러지더니 중심을 잡으려다 그만 현란한 춤을 췄다. "죽이는데." 나는 감탄했다. 춤의 피날레는 공장장NPC가 뒤로 넘어지며 언 강에 뒤통수를 박는 것이었다. 머리통 주변으로 새빨간 피가 천천히 번

져 나갔다.

강이 너의 머리채를 잡은 것이니, 정 억울하면 신에게 말하라. *왜 저에게 이런 고통을 내리십니까?* 신은 이렇게 답할 것이다. 신과의 직접 통화는 불가능합니다.

아름답구나.

트럭이 느린 속도로 덜덜덜덜 달려갔다.

"죽었니?" 수정이 의문스러운 얼굴로 나를 바라보며 물었다. 운전석 창문 뒤로 흰 눈 쌓인 풍경이 펼쳐졌다. 그녀의 손이 미세하게 떨리고 있었다.

"아니요." 나는 대답했다. "엉덩방아를 찧었을 뿐이에요. 넘어지는 폼이 굉장하긴 했지만, 한 손으로 등허리를 매만지며 자리에서 일어났어요."

수정은 나를 뚫어져라 바라보며 물었다. "그게 정말이야?"

나도 수정을 빤히 바라보며 대답했다. "그럼요, 정말이에요. 언니, 앞에 보시고 운전하세요. 모두 위험에 빠질 수도 있어요."

수정은 무력하고 울적한 표정으로 앞을 바라보았다. 그때 운전석 창문으로 저 멀리 눈 쌓인 수풀 사이에서 익숙한 사람이 보였다. 그 예술가였다. 예술가는 수풀 속에서 엉거주춤한 자세로 바지와 팬티를 발목까지 내린 채 때가 얼룩덜룩한 엉덩이를 뒤로 내밀고 있었다. 창백한 공기가 감도는 허공을 향해 발기된 성기를 바짝 세워 붙잡아둔 채로, 축 처진 엉덩이를 앞뒤로 흔들며 탁 탁 탁 탁 탁 탁. 그의 두 눈은 시퍼렇게 부릅떠져 있었고, 쩍 벌린 입에서 턱 끝까지 흘러내린 몇 줄기 침이 땅으로 뚝뚝 떨어졌다.

그렇다. 그는 지금까지 우리의 투쟁을, 공포를, 두려움과 슬픔을, 그 모든 절박한 성장을 믹서에 갈아 넣어 통째로 들이마시며 흥분하고 있었던 것이다. 감히 우리의 생을 자위 도구로 전락시키려고, 이제야 겨우 자신만을 위한 이야기를 쓰기 시작한 여자애들의 앞길에 고약한 정액을 뿌리려고.

내 시선을 느낀 수정이 고개를 돌려 예술가를 보았다. 수정이 그 찰나 동안 무슨 생각을 했는지는 나도 모른다. 수정이 어떤 눈을 하고 있었는지도. 다만 수정의 떨리던 손이 놀라울 정도로 급격히 차분해졌다는 사실은 안다.

수정은 핸들을 왼쪽으로 꺾어 그를 향해 트럭을 몰며 말했다. "신은 용서해주실 거야."

나는 일단 만류했다. "언니, 잠깐만요. 이건 계획에 없었어요."

다가오는 트럭에 소스라치게 놀란 예술가는 흰 눈밭에 그대로 주저앉은 채 침을 질질 흘렸다. 그새 볼품없이 쪼그라든 성기를 드러내기 위해 쩍 벌린 두 다리와 엉덩이를 눈밭에 부비며 예술가는 어기적어기적 뒤로 기어갔다. 트럭을 올려다보면서.

그러나 그와 정면인 것은 트럭이 아니라 노란 체인 감긴 타이어였다.

예술가는 창문에 비친 자신의 얼굴을 보았는가? 어떤 각도로도 불가능한 그 장면을 보았는가? 산산조각 난 거울처럼 예술가의 얼굴이 갈기갈기 찢긴 넝마가 되어 있다.

"공장장 아주머니 아저씨도 이해해주실 거야." 수정이 말했다.

폭설이 온다는 소문이 돌았을 때 예술가는 도망갔어야 했다. 내가 분명 예술가에게는 여러 차례 경고와 기회를 줬다. 좋은 말로 이야기해줄 때 그가 알아듣기를 그 누구보다 내가 무척이나 바랐다. 그러나 그는 그 모든 게 정신병 걸린 개들이 짖는 소리라고, 한철 유행처럼 지나가는 낭설에 불과하다고 여겼었다. 오, 그건 아니지. 그건 아니지.

내가 그 정신병 걸린 개예요. **예술가NPC 님이 접속하셨습니다.**

"정말로 신이 모든 걸 용서할까요?" 나는 예술가NPC의 창백한 얼굴을 유리창을 통해 응시하며 물었다.

"그럼. 신은 아주 자비롭단다." 수정이 말하며 힘주어 페달을 밟았다. 트럭이 예술가NPC를 덜컹덜컹 깔아뭉개기 시작했고, 굉장한 비명이 터져 나왔으며, 나는 평정심을 위해 되새겼다. 이건 현실이 아니다. 이건 자동차 극장이고, 흰 도화지고, VR 게임이고, 위대한 예술이다. 평정심, 그 기이한 평정심을 유지하는 건 수정도 마찬가지였다. 수정은 페달에서 발을 떼고 핸들을 쥐고 있던 한쪽 손으로 기어를 바꾼 후 부드럽게 다시 발을 내려놓았다. 트럭이 제자리에서 후진하기 시작했고, 비명이 왈칵 거세졌다가 뚝 끊겼으며, 덜컹거림은 한층 더 기묘해졌다. "신은 심지어 기뻐할 거란다." 수정의 말이 전부 옳았다. 기뻐하는 건 신만이 아닐 것이며, 예술가NPC는 이 모든 일을 영광스럽게 여길 것이다. 예술가NPC는 이렇게 죽기를 스스로 원했기 때문에 우리 시야 안에서 그토록 헐벗고 자위질을 했던 것이다. 예술가NPC는 트럭 밑에서 마침내 자신의 피로 예술을 하게 된 것이다. 예술가NPC는 지금 천국에서 기쁨의 눈물을 흘릴 것이다. 예술가NPC는 하얀 구름에 파묻혀 누워 두 눈을 위로 치켜뜬 채 늙은 성기를 부여잡고 격렬하게 자위하며 침이 덕지덕지 묻은 쩍 벌린 입으로 뇌까릴 것이다. "끄어! 내가 죽는 장면은 정말 아름다웠어! 그건 진짜 끝내줬다고! 또다시 그렇게 죽고만 싶어! 으어! 으어! 으어!" 노란 봉투에 예술가NPC의 시체를 주워 담아 천국의 우편함에 보내야겠다. 며칠 후 예술가NPC는 봉투를 열고 빼쭉 발기하며—다소 시무룩한 모양새다—신나서 외칠 것이다. "시체는 나의 뮤즈! 시체는 나의 뮤즈!" 예술가NPC가 봉투를 뒤집자 모자이크된 뭉텅이 사이로 잘 보존된 형태의 쩍 벌린 하관이 툭 떨어지며 혼자 데굴데굴 굴러간다. 그건 마치 치아 모형 같다. 혹은 불량 섹스돌. 예술가NPC는 허겁지겁 엎드리더니 그새 축 처진 성기를 뻥 뚫린 자신의 하관에 걸치듯이 집어넣는다. 하관은 공장 재단기가 되어 예술가NPC의 성기를 쑹덩쑹덩 썰어준다. 예술가NPC는 전율을 느끼며 외친다. "예술! 예술!" 예술가NPC의 하관이 기다렸다는 듯 근육을 찢으며 찌억 벌어지더니 외친다. "아트! 아트!" 흥분한 예술가NPC가 하관 안에 머리통을 집어넣으며 외친다. "아르떼! 아르떼!" 하관이 머리통을 썩둑 잘라준다. 잘린 머리통이 흰 구름에 푹 파묻힌다. 공개 처형-예술이다! 모두 일어나 찬탄하라! 이건 위대한 예술이 아니냐! 수정이 마지막으로 기어를 바꾸고 페달을 밟았을 때—그리하여 트럭이 한 번 더 전진하기 시작했을 때—덜컹거림은 더욱 기묘해졌고, 비명은 조금도 들리지 않았으며, 눈앞으로 짓눌린 수풀과 바짝 마른 겨울나무가 클로즈업되고 있었다. 나는 번개라도 맞은 듯이 비명을 지르기 시작했다. 메마른 겨울 산에 곤두박질치는 롤러코스터, 아니, 헬리콥터에 탄 사람처럼 나는 악을 쓰듯 비명을 질렀다. **이건 위대한 예술이 아니다! 이건 고통스러운 형벌일 뿐이다!**

"귀 아프다. 조용히 해. 그만할 테니." 수정이 중얼거리며 오른쪽으로 핸들을 돌렸다. 트럭이 달리는 길을 따라 낫 모양의 붉은 길이 생기고 있었다. 온몸이 총상을 입은 것처럼 고통스러웠고, 피비린내 때문에 구역질이 올라왔다.

나는 오른손으로 버튼을 눌러 창문을 닫았다. 그건 자연스럽고도 자동적인 손짓이었고, 창문 닫히는 기계음과 함께 눈물이 흘러내렸다.

아,

신이시여,

어째서 우리가 천진한 영혼과 선한 의지로 살도록 내버려두지를 않으십니까?

트럭이 멈추었다. 수정은 수납공간을 열어 진희가 쓰던 라이터를 챙겨 차에서 내렸다. 수정을 따라 차에서 내린 나는 목쉰 소리로 물었다. "언니, 어디 가요?" 수정은 땅에서 길쭉한 나뭇가지 하나를 주워 미끄러지듯 강으로 내려갔다. "언니, 위험해요." 수정은 굿이라도 하듯이 나뭇가지를 허공에 흔들며 강을 건너기 시작했다. 죽어 누워 있는 이 앞에 멈춰 선 수정은 라이터로 나뭇가지에 불을 붙여 던졌다. 회색빛 연기가 올라오자 수정은 그것을 깊이 깊이 들이마시더니 고개를 뒤로 꺾어 하늘을 올려보았다. 창백한 입김을 내쉬며.

겨울새 한 마리가 천천히 하늘을 날아가는 모습이 보인다. 그게 정말로 새였는지 기계였는지 혹은 둘 다였는지는 나도 모른다.

그녀가 휘파람을 불면 좋겠다. 그래서 거대한 고래를 강에 초대했으면 좋겠다. 거대한 고래는 얼음 밑에서 그녀가 있는 곳을 우아하게 지나치며 우리의 예술을 위한 경이로운 조력자가 되어줄 것이다. 그 고래는 사실 홀로그램-고래다. 추위를 타지 않는, 존경의 홀로그램-고래.

수정이 몸을 돌려 휘청휘청 걸어왔다. 고요한 얼굴이었다. 그 강에 고래는 없었다. 절망적인 슬픔과 잔혹함이 있을 뿐이었다. 수정이 질긴 식물 같은 것을 부여잡고 암벽을 타듯 평지로 올라왔고, 나는 손을 뻗어 그녀가 균형 잡는 것을 도와주었다.

"낡은 옷과 작업용 장갑을 꺼내 체인과 타이어를 닦자."
수정이 트럭 짐칸으로 걸어가 포대 밑으로 몸통을 밀어 넣으며 말했다. 내가 발발 떨다가 저만치 달려가서 여러 번 구토를 하는 동안, 수정은 포대 밑에서 꺼낸 티셔츠를 스카프처럼 코와 입에 둘러맨 뒤 숙련된 청소 전문가답게 묵묵히 타이어를 닦았다. 청소가 끝날 즈음 누군가 달려오는 소리가 났다.

진원이었다. 현우는 스쿠터를 타고 다른 루트로 달아났을 것이다. 진원은 현우에게 우리 모두를 대표하여 이렇게 작별 인사를 한 것이리라. "몸 건강히 지내세요."

그건 진심이었다.

진원은 붉은 길을 따라 걸어왔다. 지독한 냄새 탓에 겉옷 목덜미로 코와 입을 막은 진원의 두 눈은 충격을 받은 듯 일그러져 있었다. 오직 그 광경만을 보았으니 그는 놀랄 법도 했다. 하지만 소년이여, 그새 모든 전말을 잊었는가? 진원이 고개를 돌려 강을 바라보자 그곳에 모닥불이 있었다.

"늦어서 죄송해요. 얼른 출발해요." 진원이 퍼뜩 깊어진 눈으로 코와 입을 막고 있던 옷가지를 내려놓으며 말했다.

"그래. 어서 준비하고 타라." 수정이 말했다.

진원은 포대에서 빼낸 옷을 두 겹 세 겹 칭칭 껴입다가 도저히 참을 수 없었는지 저 멀리 달려가 세 번이나 구토를 했다. 그리고 다시 돌아와 마저 옷을 껴입고 여기저기 핫팩을 붙인 다음 짐칸에 올라타 포대 밑을 기어갔다. 수정이 먼저 운전석에 타는 동안 나는 포대가 제대로 고정됐는지 점검했다.

"추워서 죽을 거 같으면 참지 말고 전화해." 나는 말했다.

"응." 진원이 답했다.

그때였다. 운전석에서 비명 같은 울음소리가 들려왔다. 나는 뽀득뽀득 눈을 밟으며 조수석 쪽으로 갔다. 창문 안에서 수정이 두 손으로 핸들을 부여잡고 꺽꺽 우는 모습이 보였다. 어디선가 키키의 목소리가 들린다. 이번에는 키키가 내게 질문을 한다. 당신이 존경하고 사랑하는 언니가 울고 있습니다.

당신은 무슨 행동을 선택하겠습니까?

1. 차 문을 열고 차에 탄 뒤 언니를 꼭 안아준다.

2. 빠른 속도로 눈을 굴려서 거대한 눈사람을 만들어 언니를 웃게 해준다.

3. 따뜻한 눈사람이 되어 언니를 안아주는 상상을 하며 언니가 울음을 그칠 때까지 밖에서 기다린다.

나는 3번을 선택했고, 창문을 등진 채 혼자 눈을 맞으며 소리 죽여 울었다. 수정이 울음을 그쳤을 때 나는 조용히 차 문을 열고 조수석에 앉았다.

수정은 나를 쳐다보지 않았다. 대신 저 먼 곳 어딘가를 바라보며 말했다. "예술가를 죽인 건 나란다. 이 트럭도 내 소유고. 나는 지금 너희를 납치하고 달리는 거야. 알아들었니?"

그제야 나는 그녀의 두 눈이 무지막지하게 앳되다는 것을, 또한 한없이 깊다는 것을, 그녀가 혼자 남은 방에서 절망적으로 눈물을 터뜨리지만 아침 해가 뜨면 다시 번쩍 눈뜬다는 것을, 그렇게 수천 번의 새벽을 오롯이 혼자 버텨왔다는 것을 알았다. 나는 감히 그녀에게 명령했던 죄를 반성하며 눈물을 흘렸다. 그리고 눈을 내리깔며 답했다. "알겠어요."

"좋아." 수정이 페달을 밟자 트럭이 출발했다. 노란 체인 감긴 검은 타이어가 새하얀 눈길과 기묘하고 아름다운 조화를 이루어내며 굴러간다. 눈싸움을 했으면 좋았을 것이다. 우리 다른 생에서는 그러고 살자.

고속도로에 도달하자 함박눈이 내리기 시작했다. 정말로 폭설이 될 것 같기도 했다. 이대로 트럭이 길을 잃고 시공간을 착각해도 좋을 것이다. 그래서 정체불명의 국경을 침범한다면 좋을 것이다. 권력에 지배된 군인들이 우리를 차에서 끌어 내린 채 총을 쏴서 사살해준다면 좋을 것이다. 그러면 드디어 사람들이 믿어줄 것이다. 우리의 생이 놀랍도록 천진했고 경탄할 만큼 쓸쓸했다는 것을.

나는 피 흘리며 차가운 아스팔트 도로 위에 누워 저 멀리 달려가는 무인 트럭 하나를 본다. 저건 과거의 트럭일까? 미래의 트럭일까?

"오, 맞아. 안전벨트 매." 수정이 깜빡 잊은 것을 떠올린 듯 두 눈을 동그랗게 뜨며 말했다. 나는 퍼뜩 깨어나며 배배 꼬인 벨트 줄을 풀기 시작했다. 엉덩이에 짓눌린 줄도 꺼낸 다음 딸깍. 눈밭이 된 고속도로 풍경을 죽죽 그으며 와이퍼가 작동되고 있었다.

끔찍한 수치심이 몰려온다. 나는 히터 바람 솔솔 풍기는 안락한 내부에, 원하면 언제든 문을 박차고 열어 훌쩍

떠날 수 있는 곳에 있다. 여름이면 내가 있는 곳에는 에어 컨 바람이 불 것이다. 나는 날씨를 착각하듯 생사를 혼동 했다. 키키, 부탁해요. 어린 나에게 편지를 발송해줘요. 편지에 는 이렇게 적어두었다. 너는 살아남았어. 별 대단한 것을 이 룬 적은 없어도 어쨌든 살아남았어. 그런데 편지가 그만 다른 차원의 과거로 발송되었다. 그 차원의 나는 모종의 일로 죽어 있다. 밧줄에 목을 매달았거나, 총에 맞았거나, 차에 치였거나, 공장장의 사무실에서 개죽음당했다.

편지가 돌아오고, 키키가 말한다. 죽은 이의 주소입니다.

나는 절망 속에서 또 다른 편지를 다급히 발송한다. 그 차원의 나에게. 왜 너는 죽고 나는 살아야만 했는가. 왜 네가 죽는 동안 나는 수혜자가 되어야만 했는가. 신이 우리를 가지고 랜덤 게임을 즐기는지도 모르겠다.

그러자 키키가 무시무시한 얼굴로 돌변하여 말한다. 그 편지는 발송 불가능한 편지입니다. 혼자 간직하세요. 내가 시 무룩해지자 키키가 잠시 고민하더니 말한다. 게임을 조작 한 이의 정보를 제공해드릴까요? 도움이 될 만한 정보가 하나 쯤은 있겠지요. 그 말과 동시에 키키가 빨간 머니건이 되어 녹색 종이를 쏴준다. 정신 똑바로 차리고 살자. 정보가 무 궁무진하다.

종이 다발은 녹색 초원이 되었다. 나는 초원에 대자로 누워 하늘을 바라본다. 아니, 저건 하늘빛을 띤 인공 천장이다.

나는 하늘을 보며 키키에게 말한다. "맞아, 누군가는 살수 있었어. 천년만년 더 살지는 못했더라도 우리랑 크리스마스 파티는 할 수 있었어."

키키가 내 오른쪽에 누워 말한다. "그거 안타깝군요."

선영 선생님은 내 왼쪽에 눕는다. 나는 하늘을 보며 말한다. "선생님, 혹시 지구의 여석을 제가 빼앗은 건 아닐까요?" 대답이 들리지 않는다. 선생님은 내 왼쪽에 누운 적이 없다.

대신 키키의 목소리가 들린다. "당신이 빼앗았다고 말할 수는 없지만 차지했다고 말할 수는 있지요." 키키는 더이상 나의 편지 조력자가 아니다. 인간들의 죄를 관할하는 가장 고차원적인 재판관이다.

나는 실소한다. 그리고 슬픈 얼굴이 되어 고해성사한다. "키키, 나는 아침에 열정적이고 밤에 허무합니다. 깊은 허무가 내게 말하는 것 같습니다. 그 많은 죽음을 봐놓고 왜 아직도 편지를 쓰느냐고. 지금 이 세상에서 네 꼴이 얼마나 우습고 기이한지 왜 너만 모르냐고." 아, 어떤 밤에는 별 까닭도 없이 눈물이 줄줄 흘러나온다. 온몸의 수분이 빠져나가듯이, 나는 그냥 가만히 누워 있는데, 누수된 배관처럼 눈물이 흘러내린다.

"그거 안타깝군요. 그러나 가실 때 가시더라도 차지한 몸은 하고 가셔야지요." 키키가 말한다. 나는 흐 웃는다. 그런 건 너무 무겁다.

등 뒤로 기척이 느껴진다. 맞은편에 누군가 나와 동일한 자세로 누워 있다. 나의 바닥은 그 사람의 천장이요, 그 사람의 천장은 나의 바닥이다. 그 사람은 죽은 나다.

죽은 나가 말한다. "나는 이 거리에 홀로 남아 있고 끔찍이 고독해요."

죽은 나는 다른 시간의 나다. 산 나는 이제 선 하나를 건너는 기분으로 몸을 굴려서 그곳으로 넘어가고 싶다. 그리하여 이 형벌 같은 수혜로부터 벗어나고 싶다.

그러자 죽은 나가 어린아이가 되어 말한다. "나는 이 거리에 홀로 남아 있고 끔찍이 고독해요. 하지만 나는 매일매일 훌륭하게 살아남아요. 나는 당신보다 훨씬 더 용감하고 담대했지요."

푸른 천장에 나룻배의 모습이 보인다. 배 안에 사람들이 많다. 선영 선생님이 있는 것도 같고 아닌 것도 같다.

다들 저만 두고 어디 가요?

어디 가기는, 아무 데도 안 가.

그냥 사라지는 거야.

눈발이 일순간에 거세졌다가 언제 그랬냐는 듯 얌전해지기를 반복한다. 이대로 허무에 집어삼켜지면 차라리 사는 일이 쉬워질까. 그러자 저 앞에서 역주행하는 승용차가 우리를 들이받을 듯이 달려오다가 위태롭게 피해 간다. 수정은 헉 숨을 들이켠다. 아니다. 이곳에 역주행하는 차는 없다. 수정은 라디오에서 흘러나오는 캐럴에 맞춰 검지로 핸들을 톡 톡 치고 있다. 빌어먹을, 애증의 캐럴…… 수정은 문득 손짓을 멈추고 라디오를 꺼버린다.

캐럴은 진희가 출소하는 날에 모두 함께 모여 들을 것이다. 혹은 면회를 간 날에 수정과 나와 진원이 행복한 바보들처럼 춤을 추며 불러줄 것이다.

구멍 송송 뚫린 유리창 너머에서, 진희가 고개를 들어 우리를 본다. 당신이 존경하고 사랑하는 언니가 지쳐 있습니다.

당신은 무슨 행동을 선택하겠습니까?

1. 언니를 꼭 안아준다.

2. 언니를 웃게 해준다.

3. 언니를 기다린다.

2→3→1. 트럭 안에 키키의 목소리, 겨울바람 소리, 그리고 잊고 있던 아이의 말소리가 다시 들려온다.

정말요?

그냥 사라지는 거예요?

나는 작은 방의 의자에 앉아 사각형을 바라보는 동시에 초록 땅에 대자로 누워 푸른 하늘을 바라본다. 그럼, 다 사라지지, 아이에게는 그런 식으로 말하고 싶지 않다. 그리고 이상하게도 아이 앞에서는 그런 말, 근거 없이 확정적이고 낙관적인 말을 자동기계처럼 할 수 있게 된다. 기만 같지만 기만은 아니다. 도박과 같은 진심에 가깝다. 이 어린 것아, 그 마음까지 놓지는 마. 사라지지 않아. 어떤 건 분명 사라지지 않아.

맹세할 수 있어요?

아이가 묻고, 나는 진심으로 답한다.

그럼 맹세하지.

정말로 맹세해.

언젠가 내 말이 틀렸다고 생각하게 된다면 그때에는 나를 실컷 원망하든가 해라. 그렇지만 그 시기를 지나 네 생

각이 바뀐다면 너도 나에게─어느새 너보다 어려진 나
에게─말해주었으면 한다.

맹세한다고.

그렇게 네가 나를 일으켜 세우고, 내가 너를 일으켜 세
우고, 네가 나를 일으켜 세우고, 내가 너를 일으켜 세우는
거야.

초록 땅에서 생존자 하나가 옷에 묻은 풀을 툭툭 털어
내며 자리에서 일어난다. 눈 쌓인 풍경 속에서 나뭇가지
하나가 겨울바람을 맞으며 휘청인다. 나는 그런 것들을
동시에 본다. 이런 일은 엄밀히 말하자면 불가능한 것이
고 사실 의미도 재미도 없는 짓이다.

아무튼 나는 그러고 산다. 영혼의 왼쪽은 겨울에, 오른
쪽은 봄에 두고 산다. 겨울과 봄은 서로 희망과 절망의 자
리를 번갈아 맡아가며 나를 놀아준다. 이런 일은 엄밀히
말하자면 여기 방금 가능해진 것이고 사실 의미도 재미도
종종 있는 짓이다.

오, 아스팔트 도로 위에 내리는 폭설이여, 그칠 만하면
다시 맹렬해지고, 영원할 듯 굴다가도 부지불식간에 증발
하는 폭우여.

이야기는 멸종하는 것이자 무한한 것.

나도 나의 열정이 기이하구나──열정인지 허무인지──
아무튼 트럭 달려간다.

이것이 승리의 축배일 리가 없다. 완결된 슬픔일 리도
없다. 죽음에 대한 문제가 아직 아무것도 해결되지 못했
기 때문이다.

그럼 일단 나는 간다.

모두 안전벨트 꽉 매시라.

우리는 죽기 위해 물에 뛰어드는 게 아니다.

빨간 캐리어

내가 캐디로 일했던 골프장에는 세상에서 가장 붉은 태양이 떴다.

처음 일터로 가던 날 나는 내가 어떤 초월적인 존재가 된 것만 같았다. 그러나 내가 한 일은 고작 캐리어를 끄는 것이었고, 내 머릿속의 캐리어를 캐리어라고 부를 수 있는 곳은 한국뿐이었다.

빨간 캐리어를 끌고 처음 골프장에 도착했을 때 보았던 평화로운 풍경을, 동시에 어딘가 모르게 불길했던 풍경을 아직도 선명히 기억한다. 은색 골프채를 쥔 사람들이 푸른 초원을 총총 걸어 다니고 있었다. 그 세련된 무기가 태양빛을 받아 반짝이던 순간, 나는 눈살을 찌푸렸다.

그때 하늘 정중앙에는 눈부신 태양이 떠 있었다. 붉은 태양이었다. 아니다…… 태양은 황금빛으로 반짝였으며, 그건 투명하고 희게 보이기도 했다. 푸른 초원에 뜬 붉은-투명한-흰-황금빛 태양. 나중에 알게 된 사실이지만, 태양의 위엄으로 인해 골프장은 종종 태양의 골프장이라고 불렸다.

아침의 골프장과 밤의 골프장은 다른 세계처럼 보였다. 아침의 골프장은 싱그럽고 활력 있는 목장 같았으며 모든 일이 일사불란하게 진행되었다. 밤의 골프장은 울적하고 고요하며 숨 쉬는 소리조차 우렁차게 들렸다. 태양을 상징으로 여기던 골프장의 밤에는 사람들이 잘 찾아오지 않았고, 캐디들도 웬만해선 일하지 않았다. 어떤 캐디들은 밤이 되면 끔찍한 우울감이 찾아온다고 했다. 그리고 그것이 가장 진실과 가깝게 느껴진다고 고백했다. 그러나 아침이 되면 모든 마음은 존재하지도 않았던 것처럼 순식간에 정돈되었다.

태양이 뜨면 골프장은 다시 활력을 찾았다. 캐디들은 웃는 얼굴로 출근하며 모든 진실을 잊어버릴 수 있었다. 생각해 보면, 복지가 나쁜 편도 아니었다. 캐디 한 명당 방 하나를 제공해줬기 때문이다. 그 방이 죽을 만큼 좁기는 했다.

골프장과 조금 떨어진 곳에는 호텔 하나가 있었고, 더 멀리 떨어진 곳에는 카지노가 있었다. 돈 많고 정신 나간 사람들이 낮 동안 골프를 치고 저녁에는 호텔에서 쉬다가 밤이 되면 카지노에 갔다. 종종 이곳은 하나의 마을처럼 보였다.

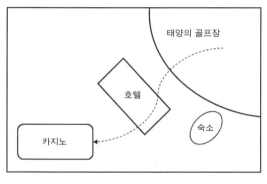

골프장 손님들의 비밀 루트

어둑어둑하고 붉은 조명이 가득했던 그 카지노는 좀 이상했다. 내부가 골목처럼 복잡하게 나뉘어 있어서 벽 뒤에서 무슨 일이 벌어지는지 알 수 없었던 것이다. 골목을 다 돌고 나면 사건이 끝나 있곤 했다. 골프장, 호텔, 카지노의 주인이 모두 한 사람이라는 소문이 돌았는데, 그게 사실이었다 하더라도 내가 그 사람을 만날 일은 없었다.

나는 종종 사람들의 눈요기가 되었고, 복장 때문에 언제나 온몸으로 캐디라고 선언하며 다녀야 했다. 캐디 복장 규율은 다음과 같았다: 분홍색 윗옷과 흰색의 미니스커트를 입어야 하고, 종아리까지 올라오는 하얀 양말과 다른 캐디들과 함께 맞춘 같은 브랜드의 분홍색 운동화를 신어야 한다. 햇빛을 가리기 위한 선캡은 골프장에서 제공하는ㅡ하얀색에 분홍색 줄이 그어진ㅡ것을 써야 하며 액세서리는 금물이다. 염색은 물론 금지이며, 새까만 머리카락을 유지해야 한다. 짙은 갈색은 종종 허용되지만, 조금이라도 밝으면 가차 없이 검게 염색해야 한다(이 규율 덕분에 선천적으로 밝은 갈색 머리를 타고난 어떤 캐디는 검은색으로 머리카락을 뒤덮는 우스꽝스러운 짓을 해야 했다).

나는 캐디 복장 규율이 마음에 들지 않았고, 누군가 '저기, 캐디가 지나가는데'라는 눈으로 나를 쳐다볼 때면 죽을 만큼 싫어졌다. 예의 바르고 친절한 사내들이 있었던 반면, 내가 자신의 시야에서 없어질 때까지 나의 온몸을 뚫어져라 훑는 부류의 사람들이 있었다. 그들은 가끔씩 돌을 던지듯 역겨운 말을 던지기까지 했다. 종종 나는 잠에 들기 전에 그들의 구역질 나는 눈빛, 말, 행동거지를 떠올리곤 했고, 그럴 때마다 이불에 얼굴을 묻은 채 쇳소리 같은 비명을 질렀다. 신께 목숨이 벌목당하기를 염원하며.

그런 걸 알고 골프장 캐디 면접을 간 것은 아니었다. 내가 캐디로 일하기로 결정했던 건 어깨 너머 골프를 배울 수 있을지도 모른다는 어리석은 생각 때문이었다. **그건** 골프채 탓이었다. 골프채는 기가 막히게 아름다우니까. 골프채의 아름다움을 단박에 깨닫지 못하는 사람은 미학과 동떨어진 영혼을 가진 것이다.

골프채는 직선이다. 기형적으로 길쭉하고, 가느다랗고, 튼튼한 사물. 강철처럼 냉정하고, 바늘처럼 연약한 사물. 골프채는 병원에서 누군가 죽었을 때에도 우리에게 튀어나온다. 심박수 모니터의 초록빛 선이, 그러니까 방금 전까지 푸른 파도처럼 물결치던 그놈이 기가 막힐 정도로 납작하게, 평평하게, 가지런하게 흘러갈 때, **그건** 골프채다. 모니터 속, 잔인할 정도로 완벽한 형태의 일(一)자로 나아가는 초록빛 생물.

우리는 '사람이 죽었다'는 사실을 믿을 수가 없어, 그것도 '내가 방금 전까지 살아 있음을 두 눈으로 똑똑히 확인하고 있었던 그 사람이 죽었다'는 사실을 믿을 수가 없어 모니터에 얼굴을 바짝 들이민다. 죽음을 믿을 수가 없어 미쳐버린 사람들은 어느 초등학교의 과학실에서 훔쳐 온 현미경을 갖다 댄다. 가엾은 사람들. 그들은 현미경으로 초록빛 생물을 바라보며 정말로 이 사람이 죽었는지 죽지 않았는지를 참담하리만치 진지하게 궁리한다. 그러나 모니터는 고요하고 침착하게 초록빛 생물을 오래오래 보여준다.

어떠한 언어도 없이, 무궁무진한 언어가 되어.

골프채는 죽음이다.

아니, 이 모든 건 새빨간 거짓말이다. 나는 골프채 때문에 캐디로 일하기로 결정했던 것이 아니다. 내가 캐디로 일하기로 결정했던 건 순전히 한국을 뜨고 싶었기 때문이다. 멕시코나 스페인에 갈 것이었지만, 지금 돌이켜 생각해보면 반드시 두 나라여야만 했던 필연적인 이유는 없었다. 아무튼 간에 더 가고 싶은 나라는 멕시코였고 현실성 있는 선택지는 스페인이었다. 나는 그곳에서 핑그르르 돌아가는 붉은 치마를 입고 춤을 추고 싶었다. 그렇게 모든 지겨운 것을 다 잊어버리고 싶었다.

*

골프장에서 친구라고 말할 만한 사람들이 생긴 것은 일을 시작한 후로부터 한참의 시간이 흐른 후였다. 한 명은 707호 캐디였고, 그녀는 나의 훌륭한 조언자이자 선생이었다. 다른 한 명은 호텔의 데스크 직원이었다. 데스크 직원은 종종 카지노에서도 일을 했는데, 비쩍 마른 체구에 놀랍도록 키가 컸다. 그는 휘적휘적 걸어 다녔다. 나와 707호 캐디의 그림자라도 되는 듯이. 태양의 각도로 인해 두 그림자가 겹쳐지는 순간처럼, 그는 우리 뒤에서 길쭉하고 새까맣게 걸어 다녔다.

그들과 친해지기 전 골프장에서 나는 줄곧 버려진 막냇동생이나 섞이지 못하는 깍두기 같은 신세였다. 종종 나는 내 자신이 캐디가 아니라 죽은 망령 같다고 느껴지기도 했다. 그녀와 처음 대화를 나눈 것은 오래간만에 주어진 휴일에, 느지막이 일어나 창밖으로 골프장을 바라보며 한낮 햇살이나 즐기기 위해 창문을 열었을 때였다.

나는 숨이 막힐 듯한 무료함에 시달리고 있었다. 그때 오른쪽 위에서 창문이 열리는 소리가 났다. 언제나 그곳에서 그 시간에 담배를 피우는 707호 캐디였다. 캐디들의 숙소와 골프장 사이에는 거대한 나무들이 세워져 있었기 때문에 우리는 골프장 풍경을 볼 수 없었고, 골프장 사람들도 우리를 보지 못했다. 그날 나와 707호 캐디는 같은 곳을 바라보고 있었다. 굵직한 나뭇가지들로 무수히 쪼개진 골프장 풍경이었다. 골프장에는 두 명의 사람이 서 있는 것 같았고, 그로부터 멀리 떨어진 곳에는 굽이굽이 달려가는 하얀 카트가 보이는 것 같았다.

"애, 무료하지 않아?"

707호 캐디가 먼저 말을 걸었다. 나는 대각선 방향으로 고개를 들어 707호를 올려다봤다. 그녀는 어디서 크다는 소리를 들어본 적 없는 나보다도 체구가 더 작았는데 함부로 까불면 안 될 것 같은 압도적인 분위기를 풍겼다. 나는 본능적으로 그녀에게 존댓말을 하기로 결정했다.

"네, 정말요." 나는 끄덕이며 대답했다.

"정말 무료하고 울적해."

"그러게요. 저도 딱 그런 생각을 했어요."

"자, 그럼 이건 어때? 이 나무를 베어보자. 혹은 뿌리 뽑아 다른 곳에 심어주자."

그녀가 그렇게 말하자 거대한 나무가 땅으로 쓰러졌고, 풍경이 탁 트였다. 이제 창밖에는 골프장 정경이 훤히 보였다. 필드 위를 걸어 다니고 있던 두 사람은 캐디들에게 인기가 좋지 않았다. 매번 캐디들에게 막말을 하고, 한 번은 표정이 안 좋은 캐디의 얼굴에 침을 뱉은 전적이 있었기 때문이다.

"전에 501호 캐디에게 침을 뱉은 커플 같네요."

"얼굴이었지."

"네."

"자, 이번엔 이렇게 해보자. 우리 숙소에서 캐디 한 명이 달려 나가는 거야. 저들에게로."

그러자 숙소 입구에서 캐디 한 명이 나오는 게 보였다. 우리와 똑같은 검은 머리였던 데다 뒷모습이었기 때문에 누구인지 알 수 없었다. 707호 캐디는 이야기를 계속했다.

"그 캐디는 골프채를 쥐고 있어. 그리고 저기, 골프장을 걸어 다니는 한 쌍의 커플을 쫓아가고 있어."

그러자 정말로 골프장 한복판에 골프채를 쥔 익명의 캐

디가 커플을 향해 걸어가는 모습이 보였다. 익명의 캐디는 은빛 골프채를 콱 쥐고 있었다. 흉기를 쥔 사람처럼.

"그거 무서운데요."

"뭐가?"

"저 캐디가 골프채로 커플을 내려칠 것 같아요. 그런 건 무서워요."

"그럼 이렇게 하자. 커플을 골프공으로 만드는 거야."

그제야 나는 익명의 캐디가 아무리 우리로부터 멀어져도 작아지지 않는다는 사실을 깨달았다. 그건 원근법을 무시한 존재였다. 반면 커플은 자꾸만 자그마해지고 한 줌의 진흙처럼 뭉개졌다. 캐디가 그들 뒤에 바짝 섰을 때, 그들은 하얗고 둥근 골프공이 되어 있었다.

"오, 굉장한 광경이에요."

"왜?"

"캐디는 거인 같아요. 그리고 커플은 하얗고 작은 골프공이 되어 있어요. 한 쌍의 공."

"좋아."

그때 익명의 캐디가 은빛 골프채를 붕 휘둘러 한 개의 골프공을 때렸다. 끝내주는 스윙이었다. 골프채에 맞은 골프공은 근사한 포물선을 그리며 저 멀리 날아갔다. 허공의 산등성이었다. 포물선의 끝은 호수였다. 익명의 캐디는 남은 골프공 역시 날려 보내기 위해 자세를 바로잡았다. 두번째 스윙. 그러나 남은 골프공은 골프채를 맞고도 땅에 못 박힌 것처럼 꿈쩍하지 않았다.

"골프공 하나는 멀리 날아갔는데—아마 호수에 떨어진 것 같아요, 불쌍한 골프공!—다른 하나는 미동도 안 해요."

"계속해, 그럼. 움직일 때까지."

"좋아요. 캐디는 다시 자세를 잡고, 골프채를 휘두르고 있어요." 휘두르고, 휘두르고, 휘두르고, 휘두르고. "마치 절제력 있는 광견처럼." 광활한 초록빛 골프장을 자신의 단독 무대 삼아, 최대한 빠른 속도로, 그러나 자세를 흐트러뜨리지 않으며 골프채를 휘두르는 일, 그게 그녀의 일이었다. "신들린 사람 같기도 하군요. 마치 지령받은 그 행위를 완수하지 않으면 천벌을 받을 것처럼 골프채를 쥐고 있어요. 아니, 애초에 그 행위를 완수하지 않는다는 선택지 같은 건 존재하지도 않는 것만 같아요." 그녀의 세상에 유일한 선택지는 골프채를 휘두르는 것뿐이었고, 따라서 그녀는 영영 골프채를 휘둘러야 하는 운명을 부여받은 듯했다. "그게 그녀의 사명이며 의무이며 직업이며 삶의 목적인 거죠." 그 맹목적인 마음에는 미학적인 자세, 초연한 태도, 세련된 리듬이 필요했다. 자세가 망가진다면 그녀의 스윙은 예술성을 잃어버릴 게 분명했고, 예술성을 상실한 골프는 비참할 것이었다.

그때 707호 캐디가 나를 번쩍 내려다보며 말했다. "너, 소질이 있구나." 나는 합격했다는 기쁨에 미소 지었다. 익명의 캐디는 사라졌다. 우리가 베어버렸던 숙소 앞 나무는 우뚝 서 있었다. 멀쩡히.

"얘!" 707호 캐디가 창밖으로 위태롭게 몸을 빼내며 말했다. "너, 언니랑 재밌는 거 하지 않을래?"

"재밌는 거요?"

"그래."

나는 그녀와 이야기를 하는 동안 근래 느껴본 적 없는 기묘한 희열을 느꼈다는 사실을 알았다. 그래서 흔쾌히 대답했다. "좋아요."

해가 진 후 707호 캐디가 내 방문을 두드렸다. 나는 문을 열어주었다. 그녀는 은은한 보라색 새틴 슬립 드레스에 페이크퍼 코트—아주 진한 보라색이었다—차림이었고, 굽이 매우 가느다란 검정 스틸레토 힐을 신고 있었다. 갈색 루스핏 셔츠에 통 넓은 바지, 운동화 차림이었던 나는 그녀에게 옷을 바꿔 입으라는 명령을 들었고, 그녀가 내 캐리어를 열어 직접 옷을 골라주었다.

그렇게 선택된 옷과 신발은 흰 티에 청바지, 그리고 굽이 두꺼운 갈색 스트랩 샌들 힐이었다. 내가 옷을 갈아입는 사이 707호는 내 캐리어에서 발견한 롱부츠를 관찰하고 있었다. 테트리스 게임처럼 캐리어 한쪽 구석에 쏙 들어가 있던 부츠였다.

"이건 너무 갑갑할 거야." 707호가 말했다.

"맞아요." 내가 답했다.

준비를 마친 우리는 말발굽 소리를 내며 걸었다. 오래간만에 그 소리를 들으니 기분이 좋았다. 복도를 빠져나가는 동안 311호 캐디가 문을 열고 나왔다가 우리를 발견하고 주춤했다.

311호 캐디의 방에는 602호 캐디가 있었다. 602호 캐디는 분홍색 재봉틀 앞에 앉아 바늘 밑에 한쪽 손을 넣고 평온한 얼굴로 311호 캐디를 기다리는 것 같았다.

"어서 들어와. 내 차례야."

602호 캐디가 311호 캐디에게 말했다. 602호 캐디는 707호 캐디를 발견하지 못한 것 같았다.

"둘이 뭐 하는 거야?"

707호 캐디가 311호 캐디에게 물었고, 311호 캐디는 잠시 망설이다 답했다.

"진실 게임이요."

"둘이서?"

"그럼요."

"나도 나중에 끼워줄래?"

"생각해볼게요. 좋은 밤 보내세요."

311호 캐디는 공손히 인사한 뒤 문을 닫아버렸다. 707호 캐디는 어깨를 으쓱했다.

"어서 가요."

내가 말했고, 우리는 숙소를 빠져나갔다.

카지노로 가는 길에 호텔 데스크 직원이 합류했다. 그는 보디가드처럼 새까만 정장을 입고 있었는데, 어찌나 말랐는지 하나도 도움이 될 것 같지 않았다. 그러나 나는 그가 단박에 마음에 들었는데, 그의 말수 적고 온순한 성격 때문이었다.

경비가 느슨했기에—정확히는 경비원이 707호 캐디와 아는 사이였기에—카지노에 입장하는 일은 어렵지 않았다. 그는 경비원이라고 믿어지지 않을 만큼 체격이 몹시 왜소했다. 그토록 자그마한 남자라니.

"쟤, 경비원이 아니라 샌드백이야. 카지노에서 돈을 잃은 사람들이 건물을 빠져나가기 전에 쟤를 재미 삼아 때리거든. 그런데도 그만두지 않는 걸 보면 쟤도 참 멍청하지."

707호 캐디가 말했다.

널찍한 1층 홀은 고요하고 적적했다. 우리는 1층 홀을 가로질러 소라게 모양으로 핑그르르 돌아가는 금색 계단을 올라 2층으로 향했다.

그러나 나는 2층에 입장하자마자──누눅한 붉은빛 조명이 가득한 그 공간에 들어서자마자──707호 캐디를 따라오기로 한 일을 후회했다. 2층은 1층과 비교도 할 수 없이 더 넓어 보였고, 그런 게 건축학적으로 가능한지는 나도 알지 못했다. 어마어마하게 넓은 2층에는 무수히 많은 검은 기계가 복제품처럼 즐비했고, 기계들의 화면에서 분출되던 형광 – 황금빛 – 붉은 – 흰 – 새파란 – 보랏빛이 정체 모를 꿉꿉한 냄새와 뒤섞여 2층 전체를 가득 채웠다. 화면 속에서는 광대 복장을 한 거대 인간과 장밋빛 드레스를 입은 좀비, 물구나무선 채 비명을 지르는 도마뱀이 모두 함께 박자를 탔다.

그곳은 절망적인 오락실이나 PC방과 다를 바 없었다. 차이가 있다면 사람들이 좀더 매료되어 있었다는 것이다.

무엇에? 그건 나도 모른다. 카지노의 모든 것이 사람들을 매료하기 위해 일렁일렁 춤을 췄다. 그 음산한 공간은 일렬로 서 있는 기계들로 인해 여러 겹으로 분할되었는데, 중간중간에 놓인 벽들로 인해 두 배 세 배로 더 분할되었다. 무수히 많은, 무수히 많은 분열 세포. 무한히 자가 복제하는 기계들. 빛들. 화면들. 나는 두 눈이 새빨갛게 충혈되고 있는 것을 느꼈다.

"너, 뱀 같아."

707호가 장난기 어린 말투로 말한 것은 그때였다.

"뱀이요?"

"눈이. 눈이 뱀 같아."

나는 눈을 끔벅거리며 눈물을 흘렸다.

"이런. 벌써 울면 어떻게 해?"

707호 캐디가 나의 한쪽 손목을 꽉 붙잡고 질질 끌어 어딘가로 데려갔다. 그림자도, 아니, 데스크 직원도 우릴 쫓아왔다.

그렇게 도착한 곳은 온 사방에 보석이 달려 반짝이는 화장실이었다. 모두 값싼 큐빅 같았다. 나는 점점 더 끔찍한 고통을 느끼며 눈물을 줄줄 흘렸다. 707호 캐디가 세면대의 물을 틀고 나를 거울 앞에 세웠다.

"뭐가 들어간 걸 수도 있어. 고개를 돌려서 수도꼭지에 대고 물이 눈과 수직으로 흐르게 해. 그럼 좀 나아질 거야."

나는 707호의 말대로 했다. 그러나 고통은 사라지지 않았다. "빛은 씻기지 않아요. 이게 다 무슨 소용이에요?" 나는 훌쩍이며 항변했다.

"이곳, 아름답지 않아?" 707호 캐디가 세면대에 고개를 처박고 있는 내게 물었다.

"전혀요."

"그럼 어디가 아름다운데?"

"잘 모르겠어요."

"여기보다 더 아름다운 곳에 가본 적 있어?"

707호 캐디의 진지한 질문에 나는 기억을 더듬어보았다. 내가 태어난 시점으로부터 지금까지 방문했던 모든 공간을 차근차근 복기해보기 위해 애썼다. 그러나 아무리 생각해도 그렇게 아름다웠던 공간은 단 한 번도 존재하지 않았다. 나는 점점 더 눈물을 흘렸다. 이제 주체할 수 없이 눈물이 흐르고 있었다. 아니다. 그건 세면대의 물이었다.

"그만할래요. 숙소로 돌아가고 싶어요."

내가 고개를 번쩍 들며 자리를 뜨려고 하자, 707호 캐디가 내 팔뚝을 쥐어짜듯 잡으며 말했다. "안 돼. 여기서 더 나랑 놀아야 해."

결국 나는 힘을 주어 707호 캐디를 뿌리치며 일어났다. 그러자 707호 캐디가 중심을 잃으며 물기 어린 바닥에 길게 미끄러졌고, 팔을 흔들다가 혼자 바닥으로 쓰러졌다. 바닥을 내려다보자 707호 캐디의 머리통에서 붉은 피가 흘러나오는 게 보였다. 나는 짧은 비명을 질렀다. 707호 캐디는 신음했다.

"무슨 일이 있는 거야?"

밖에서 데스크 직원의 목소리가 들려왔다. 이 광경을 보노라면 그가 나를 죽일지도 모른다는 생각에 사로잡힌 나는 어딘가 턱 막힌 것처럼 숨이 쉬어지지 않았다. 그래서 잠깐 동안 심호흡을 하다가 "죄송해요, 정말 죄송해요"라고 외치며 화장실 문을 박차고 나왔다. 깜짝 놀란 데스크 직원이 뒷걸음질 쳤다. 나는 단 한 순간도 멈추지 않고 계단으로 달려갔지만, 내려가는 곳이 없었다. 데스크 직원이 달려오고 있을 것만 같았기 때문에 나는 곧장 올라가는 것을 선택했다. 구두를 신은 발이 불타는 것 같았다.

3층에는 여러 대의 기계 대신 단 한 대의 거대한 모니터가 놓여 있었다. 새까맣고 널찍한 화면 앞에는 무수히 많은 조이스틱이 놓여 있었고, 수백 개는 되는 듯한 검은 선, 붉은 선, 푸른 선, 초록 선, 노란 선이 화면 상하좌우에 칭칭 꼬여 있었다. 그건 마치 세기의 보물을 보호하기 위해 사각형의 투명 틀을 씌워놓고 그 틀에 철조망을 달아놓은 것만 같았다. 화면 앞에는 의자가 하나 놓여 있었다.

나는 화면을 향해 홀린 듯이 걸어가 의자에 앉았다. 검은 화면 속에 박제된 내 모습이 보였다. 처량하고 지독한 모습이었다. 그때 폭발하는 듯한 소리와 함께 화면이 켜졌고, 그 안에는 여전히 내가 있었다──캐디 옷을 입은 내가. 옷이 바뀐 내가.

순간 나는 그런 일이 가능한지 의문스러웠으며 동시에 전보다 더 끔찍한 공포를 느꼈지만, 화면 속에서라면 그런 일이 벌어질 법했다. 어쩌면 이 모든 게 카지노의 트릭인지도 몰랐다. 내가 3층에 들어서는 순간 나의 외면을 스캔해 화면에 송출하고 있는 것이다. 카지노, 호텔, 골프장의 직원 명단과 회원 목록에 나도 입력되어 있을 테니 내가 캐디라는 것을 간파해낸 다음 캐디 옷까지 입혀놓은 것이다. 그렇다. 나는 이런 기계에 속을 만큼 무식하지 않았다. 나는 분석적으로 굴고 있었고 그 분석은 꽤 이성적이었다. 그러나 이성이 언제나 옳을까? 이성의 종류는 하나일까?

"오랜만이에요."

화면 속 여자가 말했다. 자기 자신의 이미지를 스캔해서 "오랜만이에요"라고 말하게 하다니? 카지노의 AI 수준이 한심한 게 틀림없었다.

"네, 오랜만이에요."

나는 형식적으로 대답했다. 그러자 익명의 캐디가 탁자 밑에서 무언가를 들어 올렸다. 골프채였다. 골프채 끝에 붉은 피가 묻어 있었다. 나는 오싹함을 느꼈다.

"알아보겠어요?"

내가 내게 물었고,

"무엇을요?"

나는 내게 답했다.

"제가 그 사람이에요."

내가 내게 말했고,

"그 사람이라니요?"

내가 내게 말했다.

"그 사람이요, 익명의 캐디."

내가 내게 말했고,

"그 사람이라고요?"

나는 나를 신뢰할 수 없다고 여겼다.

"제가 골프채를 휘두르는 걸 보셨잖아요."

"제가 본 게 맞았나요?"

"그럼요. 두 눈으로 직접 보셨잖아요."

"저는 그걸 봤다고 생각하지 않았는데요."

"그럼 뭐라고 생각하셨는데요?"

"이거 카지노의 트릭이죠?"

"그럼 뭐라고 생각하셨는데요?"

"저를 함정에 빠뜨리려고 하는 거죠?"

"그럼 뭐라고 생각하셨는데요?"

"요즘 카지노에는 AI를 쓰나 봐요. 현대식 카지노네요."

"하하하! 맞아요. 저는 AI예요."

"저기요, 여기 오류가 생긴 것 같은데."

나는 주변을 두리번거리며 물었다. 어느새 쫓아오는 데스크 직원, 피를 흘리며 누워 있는 옛 친구 같은 건 까맣게 잊어먹고 있었다. 대신 어디선가 나를 지켜보며 손님을 응대하기 위한 만반의 준비를 하고 있을 사람을 부르기 위해 허공에다 나는 저기요, 저기요,라고 말하기 시작했다. 그 순간 더 이상 눈의 통증이 느껴지지 않는다는 걸 깨달았다. 언제부터였는지는 나도 모른다. 화장실에서 물로 씻었을 때부터? 물이 정말 기계로 인한 고통을 씻어주었던 걸까? 어느 화면 때문에 눈이 아플 때마다 이제 거기에 물을 부으면 되는 걸까?

"제게 오류라는 건 존재하지 않아요. 제가 오류라면 당신도 오류니까요."

그때 내가 내 생각을 방해하며 말했다.

"저기요, 이게 대체 무슨 게임이에요?"

"저는 지금 감옥에 있어요."

갑자기 내가 맥락 없는 소리를 했다. 나는 아무리 생각해도 이것이 오류에 걸린 AI일 뿐이라는 생각이 들었다.

"왜요?"

"골프장에서 골프채를 휘둘렀기 때문이에요."

그러나 AI가 그런 말을 하는 게 가능하단 말인가? 당연히 가능했다. 그 점이 문제였다.

"언제 수감되었는데요?"

"제가 죄를 지었다고 생각하세요?"

"저기요, 이 게임을 그만해야겠어요."

"제가 죄를 짓지 않았다면, 저는 왜 이곳에 있을까요?"

"이 게임을 그만하고 싶다고요."

그러자 내가 돌연 온몸을 부들부들 떨며 울기 시작했

다. 나도 이유 없이 눈물이 나왔다. 그 순간 화면 속 방에 잭팟이 터졌다. 금빛 동전들이 우수수 쏟아지기 시작했다. 그것들은 나의 머리통을 때리며 화면 가득 쌓였다.

"너무 억울해요."

내가 금빛 동전을 무수히 맞으며 말했다.

"저기요, 울지 마세요."

"너무너무 억울해요. 대체 제가 뭘 잘못했는지 모르겠어요."

"그만 울어요. 슬퍼지잖아요. 저는 슬픈 거 싫어요."

그러자 익명의 캐디가 돌연 눈물을 뚝 그쳤다. 나도 눈물이 멈추었다. 나는 얼굴의 눈물을 닦으며 화면 속 거대한 나를 바라보았다.

금빛 동전 비가 멈추었다.

"이곳이 천국이라고 생각해요?"

내가 내게 물었고,

"이곳이요?"

나는 내게 물었고,

"이곳이요. 이곳이 천국이라고 생각해요?"

내가 내게 물었고,

"카지노요?"

나는 내게 물었고,

"이곳이요. 이곳이 천국이라고 생각해요?"

내가 내게 물었고,

"아니요."

나는 내게 답했다.

"천국이 있다고 생각하세요?"

내가 내게 다시 물었고,

"잘 모르겠어요."

나는 내게 다시 답했다.

"여기보다 더 아름다운 곳에 가본 적 있어요?"

내가 내게 또다시 물었을 때,

"모르겠어요, 모르겠어요, 모르겠어요."

나는 내게 또다시 답했다.

그러자 또 한 번 잭팟이 터졌다. 금빛 동전이 무수히 쏟아지기 시작했다. 잭팟은 랜덤 같았다. 머리가 터질 것 같은 통증이 느껴졌다. 그러나 내가 서 있는 곳에 쏟아지는 동전 같은 건 없었다. 나는 금빛 동전 비를 맞는 내가 걱정되었다. 그때 누군가 내 어깨를 툭 쳤다. 나는 목이 찢어져라 비명을 지르며 뒤를 돌아봤다. 데스크 직원이었다. 나는 그가 주먹으로 내 얼굴을 내려치거나 그 기다란 손으로 내 목을 움켜잡고 죽이려들 거라고 생각했지만, 데스크 직원은 그러지 않았다. 대신 그는 단조로운 어조로 말했다.

"구급차를 불렀어요. 응급실에 실려 갔고요."

"죄송해요. 무서워서 그랬어요."

"따라오세요."

데스크 직원이 말했다. 나는 순순히 의자에서 일어나 구두를 벗고 맨발로 그를 따라갔다.

2층으로 내려왔을 때, 한 번쯤 뒤를 돌아봤어야 한다고, 3층에서 뒤를 돌아봤어야 한다고, 그럼 가장 중요한 것을 목격했을지도 모른다는 생각이 들었지만, 그 생각을 할 때쯤 나는 이미 1층으로 내려가고 있었다.

1층 홀에는 붉은 옷을 입은 구급대원들이 흰 들것에 707호 캐디를 눕혀놓고 우리를 기다리고 있었다.

"모두 당신을 기다렸어요."

데스크 직원이 내게 말했다.

구급대원들이 들것을 든 채 앞장섰다. 데스크 직원이 그 뒤에, 나는 그의 뒤에 걸었다. 우리는 기이한 행렬을 시작했다. 그러나 카지노 마을에 병원 같은 건 존재하지 않았다. 소방서도, 경찰서도, 그 무엇도. 그래서 행렬은 호텔로 향했다. 종종 우리는 박자를 탔다. 고통의 박자 타기였다. 의도적으로 탄 건 아니었다. 아무튼 우리는 박자를 탔다. 맨발에 따가운 것들이 밟혔고, 잊고 있었던 눈의 고통이 밀려왔다.

드디어 호텔에 도착했을 때 경비원은 우리를 보고도 아무 말도 하지 않았다. 나는 데스크 직원과 함께 먼저 엘리베이터에 올라탔다. 황금빛 엘리베이터였다. 두 눈이 불타는 것 같았다. 눈을 감은 채, 견딜 수 없이 슬픈 일을 겪은 사람처럼 주룩주룩 눈물을 흘리면서, 나는 언제 어떻게 죽을지 알 수 없는 이 운명을 받아들이기 위해 애썼다. 잠시 후 우리는 호텔의 96864호에 도착했고, 나는 눈물이 앞을 가려 무엇이 사실인지 아닌지 분간할 수 없었다.

모두 방 안으로 들어왔을 때 구급대원이 들것을 땅에 내려두었다. 그리고 응급처치함을 하나 선물해준 뒤 곧장 방을 빠져나갔다.

"저희는 이제 어떡하죠?"

"응급처치를 해야죠."

"병원에 가야 하는 거 아니에요?"

"허락해주지 않을 거예요."

"사람이 죽고 있는데요?"

"이 사람이 정말 아프다고 믿지 않을 거예요."

"아니, 피를 흘리고 있는데요?"

"이런 일에 익숙해져야 해요. 원래 모두 이렇게 지내요. 아주 많은 캐디가 스스로 견뎌냈어요. 그들은 현명하고 강인해요."

"제가 전화할게요."

"안 돼요."

"제발요. 캐디들은 보상받아야 해요."

"저도 공장에서 일하다가 손가락이 잘린 적이 있지만, 응급처치로 마무리하고 병원에 가지 않았어요. 아무에게도 보고하지 않았고요."

"저기요. 지금 휴대폰 가지고 있어요?"

"왜냐하면, 보상을 받기 위해 열정적으로 난리 치는 것보다 그냥 손가락을 하나 잃고 사는 게 합리적이고 현명하다고 판단했기 때문이에요."

데스크 직원이 엄지손가락이 없는 한쪽 손을 들어 보이며 말했다.

"제가 잘못했어요. 제발 휴대폰 빌려주세요. 제가 전화할게요."

"그리고 군대에서는 발가락이 잘렸지만, 아무에게도 보

고하지 않았어요. 보상을 받기 위해 열정적으로 난리 치는 것보다 그냥 발가락을 하나 잃고 사는 게 합리적이고 현명하다고 판단했기 때문이에요."

데스크 직원이 무표정한 얼굴로 신발과 양말을 차례차례 벗으며 내게 보여주었다. 그의 표정과 어조는 무척이나 담담하고 차분했다. 그의 손가락이나 발가락 때문이 아니라 바로 그 태도 때문에 그는 기이해 보였고 불행해 보였다. 그는 체계적으로 교육받은 학생이나 명령어를 입력당한 기계 같았다.

"제가 전화할게요, 제발요."

"아까는 도망쳐놓고, 지금은 제 휴대폰이 필요하세요?"

데스크 직원이 언짢은 얼굴로 나를 응시하며 말했다. 나는 침묵했다.

그때 누군가 방문을 두드리는 소리가 들렸다. 데스크 직원이 문을 열어주자 311호 캐디와 602호 캐디가 등장했다. 재봉틀로 장난을 치던 그 캐디들이었다. 그들은 바늘과 소독 약품을 바리바리 싸 들고 도착했다.

"오, 저런."

나는 곧장 안쪽 침실로 도망쳤다. 그리고 문을 닫았다.

방 밖에서 끔찍한 비명 소리가 들렸다. 707호 캐디의 비

220

명 소리였다.

"죄송해요, 죄송해요, 죄송해요."

나는 누구에게 하는지 모를 사죄를 올렸다.

그러나 707호의 비명 소리는 아무리 기다리고 또 기다려도 멈추지 않았다. 나는 점점 더 호흡이 가빠지는 것을 느꼈다. 눈물은 흐르지 않았지만 눈은 여전히 욱신거렸고, 가슴은 어딘가 턱 걸린 것처럼 답답했다. 그러나 방문을 열고 나가 707호 캐디의 수술 장면을 바라볼 만큼 용기가 나지는 않았다. 그게 나의 고질적인 문제였다. 나는 주변을 두리번거렸다. 창문이 보였다. 그러나 이곳이 몇 층이었더라? 저 창밖으로 뛰어내린다면 살아남지 못할 게 분명했다. 그렇다고 해서 방 밖으로 나가 수술 장면을 바라볼 수는 없었다. 죽기 직전의 사람을 살리기 위해 내가 할 수 있는 것도 없었다.

나는 창문을 열고 뛰어내렸다.

정신을 차렸을 때, 내 앞에는 핏자국 하나 없이 멀쩡한 707호 캐디가 나를 굽어보고 있었다. 다시 침실 안이었다. 나는 죄책감과 두려움에 입을 다물고 몸을 일으키려고 했지만, 707호 캐디가 내 어깨를 힘주어 쥐며 나를 다시 눕혔다.

"어떻게 된 거예요?"

침실 문을 열며 데스크 직원이 들어왔다. 그는 빨간 캐리어를 끌고 있었다. 그의 뒤로 602호 캐디와 311호 캐디도 함께 들어왔다. 그들은 고급 요리를 운반하듯이 죽은 나의 몸을 들어 올린 채 걸었다. 나는 찢어질 듯한 목소리로 비명을 질렀다.

"저건 나잖아요!"

"우리가 몸을 바꿔주었어."

602호 캐디와 311호 캐디가 말했다.

"이런 일에 익숙해져야 해요. 원래 모두 이렇게 지내요. 아주 많은 캐디가 스스로 견뎌냈어요. 그들은 현명하고 합리적이고 강인해요."

데스크 직원이 말했다.

그러자 707호 캐디가 다가와 누워 있던 나를 향해 고개를 바짝 내밀었다. 나는 잔뜩 겁먹은 채 움츠러들어 그녀를 올려다보았다. 그녀의 눈은 깊이 분노하는 것 같기도, 아무런 생각이 없는 것 같기도 했다.

"너도 언젠가는 우리의 말을 전부 이해하게 될 거란다. 열정적인 사람보다 냉소적인 사람을 이 세상이 사랑한다는 사실도."

707호 캐디가 말했고, 그건 어른의 조언을 가장한 저주에 불과했다. 나는 절망스러운 심정으로 그녀를 올려다보았다. 그녀의 눈은 죽은 사람의 것 같았다.

그때 602호 캐디와 311호 캐디가 캐리어 문을 열고 죽은 나의 몸을 꾸깃꾸깃 구겨서 집어넣기 시작했다. 나는 충격에 빠져 다시 정신을 잃었다.

해가 뜨기 전에 나는 다른 캐디들과 함께 숙소로 돌아갔다. 정확히는 캐디들이 나를 잡아끌었다. 나는 숙소 앞 쓰레기통에 죽은 나를 버렸다. 고개를 돌린 채, 눈을 질끈 감고.

다음 날, 아무런 일이 없었다는 듯 일상이 재개되었다. 707호 캐디는 자신이 맡은 일을 하러 매일매일 착실하게 숙소를 나섰다. 그건 나도 마찬가지였다.

호텔에서 떨어진 후 일주일이 되었을 때 나는 다섯 명의 캐디와 함께 땡볕 밑에 서 있었다. 일렬로 선 캐디들 앞에 골프채를 휘두르는 늙은 남자가 있었다. 그는 무례한 기업인이었다. 그날 나는 뜨거운 햇빛으로 인해 현기증을 느꼈고 결국에는 쓰러졌다. 내가 정신을 차렸을 때, 눈앞에 있던 것은 다섯 명의 캐디나 무례한 기업인이 아니라 하얀 카트의 운전수였다. 그녀는 얼려놓은 생수의 뚜껑을 열어 내 몸 위에 부었다.

"가엾구나."

그녀는 죽도록 다정했다. 그리고 온몸에 땀이 흥건했다. 가엾은 것은 그녀도 마찬가지였다.

그날 저녁 나는 빨간 캐리어를 끌며 숙소를 나섰다. 이곳을 떠나기로, 영영 떠나기로 결심했기 때문이다. 그 방법을 아는 이는 그녀뿐이리라는 생각이 들었고, 나는 그녀를 만나러 갔다.

카지노를 지키던 경비원은 다시 봐도 정말로 체구가 왜소했다.

"그렇게 만신창이가 되고도 다시 들어가고 싶어? 너, 다음에는 더 끔찍한 상태가 돼서 여길 떠나게 될 거야!"

그가 내게 경고했지만, 몰골이 처량한 것은 그도 마찬가지였다. 며칠 사이 무슨 일이 있었는지 그의 한쪽 눈에 시커먼 멍이 생겨 있었고, 양손의 손톱은 모두 뽑혀 있었다. 그는 그런 꼴을 하고 내게 걱정 어린 표정을 지어 보였다. 나는 그를 무시한 채 걸어갔다.

"나는 너를 진심으로 걱정하는 거야!"

그가 내 뒤에서 소리쳤고, 나는 계속 걸었다. 그러나 그의 상황도 나보다 썩 나아 보이지는 않았다. 고통에 몸부

림치는 인간은 어찌 저리 동일한 얼굴이 될까? 나는 슬픔과 혼란스러움을 느끼며 빙글빙글 계단을 올랐다. 2층 카지노 손님들은 기계의 불빛에 홀려 내게 눈길조차 주지 않았다. 붉은 피가 묻은 골프채를 쥔 나의 앞에.

3층에 도착하자 화면이 켜졌다. 나는 다시 내 앞에 서 있었다. 붉은 피가 묻은 골프채를 쥔 나의 앞에.

"왜 다시 오셨나요?"

내가 내게 물었을 때

"이 고통에서 벗어나게 해주세요. 이곳을 빠져나갈 수 있는 방법을 아시나요?"

내가 내게 물었고

"저도 그걸 알고 싶어요."

내가 내게 답했다.

나는 절망감을 느꼈다. 그리고 무언가를 깨달은 사람처럼 주변을 두리번거리기 시작했다. 수많은 선이 보였다. 사람의 몸속 붉은 피를 전달하는 혈관 같은 선들. 그러나 선들은 붉기만 한 게 아니라 노랗고, 파랗고, 초록빛이었다. 나는 눈을 감고 선을 하나 쥐었다. 눈을 뜨자 그건 초록 선이었고, 나는 그것을 입에 물었다. 산소호흡기를 차듯이.

얼마나 오래 정신을 잃고 있었을까?

다시 눈을 떴을 때, 나는 내가 되어 있었다.

나는 캐디 복장을 입고 있었고, 한쪽 손에 피 묻은 골프 채를 들고 있었으며, 뭉개진 나를 마주 보고 있었다. 나는 온몸 가득 쌓여 있는 금빛 동전을 탈탈 털어내며 자리에 서 일어났다. 화면 속 세계에서, 사각형의 세계에서. 이건 분명히 어떤 오류거나 치밀하게 계산된 게임의 트릭이었 다. 혹은 그 어떤 이성적인 구조와도 무관한 농담이었다. 눈앞에는 초록 선을 입에 문 채 눈을 뜨고 죽은 내가 있었 다. 죽은 내 옆으로 빨간 캐리어가 보였다. 나는 골프채를 내려놓고 죽은 나를 향해 손을 뻗었다. 그러자 사각형의 화면이 부드럽게 뒤로 쓰러지며 바닥에 쿵 떨어졌다.

나는 틀을 돌아 나가서 죽은 나를—땅에 쓰러진 화면 을—세웠다. 그러자 그건 포스터처럼 가벼워졌고, 힘없 이 팔랑거렸다. 나는 포스터를 돌돌 말아 캐리어 안에 집 어넣었다.

계단을 내려가기 전, 나는 한 손에 골프채를 쥐어 들었 다. 그리고 카지노를 빠져나갔다. 주변이 무시무시하리만 치 어두웠다.

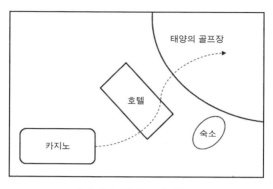

내가 캐리어를 끌고 다닌 루트

캐디 유니폼을 입고 빨간 캐리어를 끌며 카지노에서 호텔을 지나쳤을 때, 그러니까 한 손에는 골프채를 쥔 채 밤의 골프장을 가로질렀을 때, 나는 내가 어떤 초월적인 존재가 된 것만 같았다. 그러나 내가 한 일은 고작 캐리어를 끄는 것뿐이었고, 내 머릿속의 캐리어를 캐리어라고 부를 수 있는 곳은 한국에서뿐이었다.

나는 골프장 한복판에 섰다. 새까만 어둠 사이로 골프장의 야간 조명 한두 개가 빛을 발하고 있었다. 몇몇 캐디들의 숙소에 창문이 열려 있는 게 보였다. 그 시간에 캐디들은 민소매 차림으로 담배를 피우거나 빨래를 널었다. 그러나 그들은 나무들 뒤에 숨어 잘 보이지 않았다. 나는 골프채로 땅을 조금 파낸 다음 그 자리에 골프채를 심었다. 골프채가 기우뚱하게 섰을 때, 나는 캐리어를 열어 포스터를 꺼낸 뒤, 골프채 위에 붙였다.

　드디어, 드디어 작품을 완성해낸 것이다. 나는 기쁨에 차서 생각했다. 이제 도끼를 구해 와 나무를 베어야겠다고. 가능하다면 베지 말고 뿌리째 뽑아 다른 곳에 심어줘야겠다고. 시야를 막는 나무들이 사라진 골프장에서 방방 뛰며 나는 이렇게 외치고만 싶었다.

　"여러분, 여기 보세요! 제발 여기 좀 보세요! 이놈이야말로 이 핏빛 땅의 주인이라고요!"

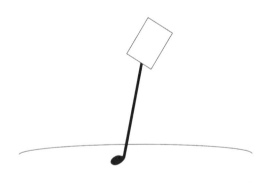

태양이 뜨면 캐디들은 모든 진실과 고통을 잊고 웃는 얼굴로 출근을 하기 위해 준비할 것이다. 그러나 운이 나쁜 어떤 캐디는 거미줄 같은 나뭇가지들 너머로 나의 역작을─붉은 깃발을─발견하고 비명을 지를 수도 있다. 혹은 "저 이상한 생물은 뭐야?"라고 말하며 깔깔거릴 수도 있다. 태양의 은총을 받아 푸르른 들판이 된 골프장에는 더 많은 사람이 찾아올 것이고, 그들은 아이처럼 골프채를 흔들며 걷다가 죽은 나를 발견할 것이다. 그들은 충격에 빠지거나 손가락질하며 비웃을 것이다. 어쩌면 태양이 떠도, 수천 개의 태양이 수천 번 떠도 아무런 일도 벌어지지 않을 수도 있다. 죽은 나는 지고지순하고 순종적으로 사라져버릴 수도 있다. 그럼에도 불구하고 나는 제의를 드리듯이 죽은 나 앞에 몸을 옹송그린 채 날이 밝기만을, 이 땅이 날것 같은 초록빛 피부를 드러내고 붉은 원형의 무대에 가장 거대한 조명을 비추기를 기다린다. 죽은 나에게 절한 채 붉은 태양이 뜨기를 기다린다. 태양이 뜨면 모든 게 침묵될 것이다. 내 고통의 유효기간은 새벽 동안일 것이다. 그러나 운 나쁜 사람이 죽은 나를 발견할 수도 있을 것이다.

앞으로 무슨 일이 벌어질지는 해가 떠봐야 알 수 있는

것이다. 그리하여 절한다. 붉은 깃발을 향해.

그리고 나는 정신을 잃었다. 붉은 깃발과 빨간 캐리어 사이에서.

얼마나 시간이 지났는지 모르겠지만, 창문으로 들어온 쨍한 태양빛이 두 눈을 찔렀다. 빛으로 인해 내 얼굴은 여러 개의 층위로 나누어졌다. 나는 한쪽 팔을 들어 빛을 가렸다. 팔 여기저기에 멍이 들어 있었다. 하룻밤 잠이 든 것 같기도 했고 며칠을 곯아떨어진 것 같기도 했다. 캐디들의 숙소는 고요했다. 모두 일을 나선 것 같았다. 자리에서 일어나 주변을 두리번거리자, 침대 옆에 누군가 옮겨놓은 듯한 빨간 캐리어가 우뚝 서 있는 게 보였다. 내가 세워놓은 것은 아니었다. 방 한복판에 캐리어를 세워놓는 사람이 어디 있단 말인가? 그러나 캐리어를 더 이상 열어볼 엄두가 나지 않았다. 알고 싶지 않은 것까지 알게 될 것 같았기 때문이다. 나는 캐리어를 구석으로 밀어두고 옷장 문을 열어 옷을 갈아입기 시작했다. 그리고 출근 준비를 시작했다.

푸르른 골프장에 내 역작의 흔적은 조금도 보이지 않았다. 풀은 깨끗하고 싱그러웠다.

*

그렇게 몇 달이 흐른 후 나는 일을 그만두었다.

그로부터 다시 몇 달 후 어느 날이었다. 나는 공항까지 캐리어를 끌고 가고 있었다. 초록 캐리어였다. 추억의 빨간 캐리어는 캐디들의 숙소에 버리고 왔다. 가장 아끼는 셔츠 원피스를 입고 캐리어를 끌며 공항 게이트를 지나쳤을 때, 그리하여 비행기를 타고 하늘을 가로질렀을 때, 나는 내가 어떤 초월적인 존재가 된 것만 같았다.

비행기가 창공에서 무수히 많은 어떤 경계를—보이지 않는, 의미심장한, 고요하고 기이한 경계들을—비스듬히 가로지르고 있었다. 경계 하나를, 둘을, 셋을, 넷을, 무한을 지나칠 때마다 내 세계가 조금씩 사소하게, 그러나 놀라울 정도로 분명하게 뒤틀리고 뒤집어졌다. 세계의 변동을 증명하는 최초의 사물은 캐리어였다.

비행기가 목적지에 도착한 후, 나는 캐리어를 찾기 위해 사람들의 물결을 따라 컨베이어벨트 앞에 다다랐다. 아주 많은 벨트가 한 장소에서 타원을 그리며 돌아가고 있었다.

컨베이어벨트는 신의 기계처럼 보인다. 어떤 전지적인

존재가 빙글빙글 돌리고 있는 듯이 무한히 돌아가는 그 둥근 선들, 철조망과 전기선을 연상시키기도 하는 그 굽이진 선들은 개별적으로 미학적일 뿐만 아니라 모두 함께 하나의 팀처럼 움직임으로써 더욱더 미학적이 된다. 각 벨트는 미묘하게 다른 속도로 균열을 만들어내며 돌아가고, 무수히 많은 컨베이어벨트가 한 장소에 놓였을 때 균열과 균열이 겹쳐지며 하나의 장관이 형성되는 것이다. 나는 컨베이어벨트 앞에서 충격에 잠겨 얼어붙었다.

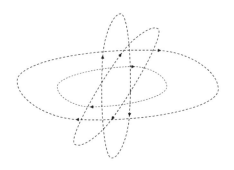

그러나 내가 멈춘 이유가 오직 컨베이어벨트의 미학적인 성질 때문은 아니었다. 사실 그것은 캐리어 때문이었는데, 벨트 위 모든 캐리어가 빨간색이었던 것이다. 정말이지 그날 그 순간 눈앞에 펼쳐진 모든 캐리어가 빨간 캐리어였다. 참 기이한 광경이었다.

사람들은 그 와중에 일사천리로 자신의 캐리어를 찾아갔다. 기가 막힌 눈썰미였다. 그때, 많은 수는 아니지만 파란 캐리어와 노란 캐리어가 등장하는 것이 보였고, 파랑과 노랑은 붉은 영혼들의 엄숙한 행렬 사이에 장난스럽게 끼어든 어린 영혼들 같았다. 나는 숨죽인 채 나의 초록 캐리어가 등장하기를 기다렸다.

그러나 영겁의 시간을 기다려도 초록 캐리어는 나오지 않았다. 어쩌면 나는 지금까지 초록 캐리어가 아니라 빨간 캐리어를 끌었던 것인지 몰랐다. 아주 만약의 경우이지만, 내가 실은 적록색약일 수도 있었다. 아주 만약의 만약의 경우이지만, 비행기를 타고 하늘을 가로지르는 동안에—태양을 가로질러 나는 동안에—색약이 되었을 수도 있었다. 태양의 빛과 자기장과 높은 대기가 내 세계를 뒤틀어놨을 수도 있었다. 어쩌면, 아주 만약의 만약의 만약의 경우이지만, 내가 비행기에서 아직도 깨어나지 않은 것일 수도 있었다. 나는 지그시 눈을 감았다가 떴고, 그 순간, 숨이 멎을 것처럼 끔찍한 광경을 목격하고 말았다. 캐리어 대신 빨간색 유니폼 세트를 입은 캐디들이 우뚝 선 채 벨트 위에서 돌아가고 있었기 때문이다. 캐디들은 한 치의 흐트러짐도 없었고, 그들의 표정은 냉혹하리만치 담담했다. 그건 인간 공장이었고, 수하물을 찾기 위해 이곳저곳을 기웃거리는 사람들은 쇼핑객이었다.

나는 식은땀을 흘리며 컨베이어벨트로부터 뒤돌아섰다. 그리고 못처럼 서 있던 공항 직원을 붙잡고 낯선 언어로 말하기 시작했다. 내 머릿속의 캐리어를 캐리어라고 부르지 못하면서, 분실된 캐리어가 어디에 보관되느냐고, 내 캐리어는 그곳에 있음이 틀림없다고 말했던 것이다. 그가 어떤 얼굴과 표정이었는지는 기억나지 않는다. 다만 그가 어딘가를 손가락으로 가리켰고, 그 손가락의 방향을 따라 내가 홀린 듯이 어떤 문 앞까지 걸어갔다는 것이 기억날 뿐이다. 그러나 꽉 닫힌 문 앞에서 나는 발걸음을 멈추고 말았다. 문을 열 수 없었다. 두려웠기 때문이다. 그러자 온몸이 떨리기 시작했다. 분노와 절망과 슬픔 탓이었다.

나는 내가 **이곳**을 영영 벗어나지 못하리라는 사실을 알았다.

사하라의 DMZ

청록색 물의 풀장이었다. 투명한 나뭇잎 같은 물. 나는 천천히 밑으로 가라앉고 있었다. 평온한 잠수…… 한낮 햇빛의 뜨거운 열기가 다 무력해졌다.

"사막으로 가자."

나는 물 밖으로 튀어나오며 스페인어로 외쳤다. 풀장을 둘러싼 은빛 타일에 물방울이 가득 튀었다. 알알이 반짝이는 물방울들로부터 저 멀리, 구릿빛 피부의 바스마가 밀짚 파라솔 아래 선베드에 누워 있었다. 새까만 모노키니를 입은 그녀는 핑크색 선글라스를 이마 위로 올리며 나를 바라보았다. 내 비키니도 그녀의 선글라스처럼 핑크빛이었는데, 풀장 물로 코팅되어 더욱 쨍한 색감을 띠고 있었다.

바스마는 모로코 여자고, 내 생애 최초의 아랍인 친구였다. 나는 한국 여자고, 그녀 생애 최초의 동아시아인 친구였다. 물론 거리에서, 학교에서, 관광지에서 수많은 아랍인과 동아시아인 들을 본 적은 있었다. 그러나 그들 중 누군가와 친구가 된 것은 그녀에게도 나도 최초였다. 우리는 같은 집에 다른 방을 계약하면서 처음 만났고, 복도와 화장실과 부엌을 공유하며 살았고, 그녀는 몇 달 후 모로코에 나를 초대했다. 드높은 야자수와 인공 분수대, 은빛 타일로 둘러싸인 풀장에서 함께 수영을 하자고 달콤한 목소리로 말한 것도 그녀였다. 나는 단박에 "좋아!"라고 외쳤다.

우리는 스페인 발렌시아의 스타벅스에 나란히 앉아 스마트폰으로 모로코행 티켓을 구매하고, 야자수와 풀장이 있는 호텔에 스위트룸을 예약한 다음, 발렌시아의 한 피부과로 달려갔다. 레이저 제모를 위해. 레이저로 음모를 다 쏘아버리기 위해. 나와 바스마는 피부과 침대에서 커튼 같은 하의를 위로 뒤집은 채 드러누웠다. 밑을 보여주기 위해 다리를 마름모꼴로 벌린 꼴이 마치 죽은 개구리들 같았다. 소피아라는 이름을 가졌던 그 의사는 우리의 성기 쪽으로 기계를 바짝 들이밀어 꼼꼼히 시술해주었다. 정말이지 그녀의 솜씨는 아주 훌륭했다. 레이저를 맞은 털은 금세 뿌리부터 시들시들해져 며칠 후 피부에서 부드럽게 떨어져 나갔다. 그건 다 비키니와 모노키니를 입기 위한 절차였다.

스페인 출국 이틀 전, 우리는 백화점에 들러 형형색색의 수영복을 서로의 몸에 갖다 대며 성심성의껏 품평했다. 치타 가죽 같은 호피 무늬, 금방 망가질 것 같은 그물 디자인, 촌스러운 황금색 수영복은 후보에서 제외되었다. 결국 나는 쨍한 분홍색에 사이즈가 손바닥만 한 비키니를, 바스마는 가슴께와 양 옆구리가 위태롭게 푹 파이고 우리의 머리카락처럼 새까만 색깔의 모노키니를 골랐다.

까만 건 우리의 머리카락뿐만이 아니었다. 우리의 두 눈동자도 몹시 새까맸다. 영어와 스페인어 표현에서 우리의 눈동자는 곧잘 갈색이 되었지만, 나는 습관처럼 "우리의 눈동자는 까맣다"라고 말하곤 했다.

까만 눈.

까만 털.

까만 슬픔.

당시 우리가 묵었던 집에는 바스마와 나 말고도 네덜란

드인, 독일인, 프랑스인이 살고 있었는데, 그들은 모조리 백인이었다. 물론 세 백인은 친절했다. 그들은 모두 스페인에 일을 하러 왔거나 학교를 다니러 온 젊은 유학생이었고, 그에 어울리는 상식과 교양, 친절함이 몸에 배어 있었다.

우리 다섯 명은 종종 의식을 치르듯이 함께 외출하기도 했다. 야외 바에서 상그리아를 마시거나 사일런트 클럽에서 춤을 추었으며 바닷가에 돗자리를 깔고 앉아 온몸을 바싹 태우기도 했던 것이다. 그러나 집으로 돌아왔을 때, 세 백인이 부엌에서 파스타를 만들고, 프라이팬에 소시지를 굽고, 병아리콩을 요리하고, 샐러드 봉지를 뜯어 연녹색 채소를 씻는 동안, 나는 종종 흰쌀을 씻어 1인용 밥통에 털어 넣었다. 바스마는 초록색 잎을 띄운 모로코 전통차를 끓여 마셨다. 물론 바스마와 나도 주로 파스타, 빵, 소시지, 샐러드로 식사를 해결했지만, 아주 가끔씩 우리는 어떤 맛을 그리워했고, 어떤 요리와 어떤 식사를 스페인에 불러오려고 했다. 그러니까, 바스마와 내가 같은 집에 묵게 된 건 그저 우연한 일이었고, 우리 둘이 친해진 건 어쩌면 필연적인 일이었다.

"우리는 모로코에 갈 거야."

어느 날 바스마와 나는 친구들에게 선언했다.

그로부터 며칠 후, 바스마가 외출했을 때였다. 네덜란드인인가 독일인인가 프랑스인이었던 애가 부엌에서 나를 붙잡고 영어로 물었다. "너, 모로코가 얼마나 위험한 나라인 줄은 알지? 거기 종교가 뭔지는 알지?" 그 애는 순진무구하고 불안해 보였다. 만약 우리가 한국에 가기로 했다면 그 애는 바스마를 붙잡고 뭐라고 했을까?

'바스마, 한국은 전쟁 중이야. 조만간 북한이 미사일을 쏠 거야.'

물론, 지금이라면 그 애는 조금 다른 말을 할지도 모른다. 바스마와 그 애와 함께 살던 때는 2년 전인 2019년이었고, 그때 이후로 「기생충」과 〈오징어 게임〉이 등장했다. 두 작품을 몹시 사랑한 어떤 미국인 친구는 "언젠가 서울에 간다면, 나는 서울의 빌딩과 야경을 구경할 거야. 그리고 반지하 집이 있는 마을을 꼭 탐방할 거야"라고 활짝 웃으며 말했었다. 그러니 그 애는 이제 이렇게 말할 수도 있다. "한국에 가면 지대가 낮은 곳을 조심해야 해. 폭우가 내리면 화장실 물이 역류할 테니까." 아니, 그동안 우리에게는 코로나도 있었다. 그러니 그 애는 이렇게 물을 수도 있다. "너는 중국에 대해 어떻게 생각해?"

나는 그 애를 피해 황급히 내 방으로 들어가며 하늘을 가로질러 날아가는 타원형의 흰 물질을 떠올렸다.

며칠 후 우리는 모로코행 비행기에 올라탔다. 비행기는 아주 천천히 스페인 국경을 가로질러 아프리카 대륙으로 나아갔다. 비행기 안에서 우리는 종종 웃었다. 그녀의 여권과 나의 여권이—우연하게도—같은 색깔이었다는 사실도 우리를 웃게 했다. "마치 같은 나라에서 온 것 같다." 바스마가 말했다. "같은 국적을 가진 거네." 내가 동의했다. 당시만 해도—2019년에만 해도—한국의 여권과 모로코의 여권 표지가 둘 다 짙은 녹색이었던 것이다. 정말이지 똑 닮은 녹색, 오래오래 광합성을 한 떡갈나무잎처럼 눅진한 초록빛이었다. 초록의 세계 안에서, 내가 깜빡 잠이 들었을 때 바스마가 나를 깨웠다.

"집이야."

그렇다. 나의 여행이 그녀에게는 귀향이었다. 우리는 곧 비행기에서 내려 공항을 가로질러 걸어갔고, 군복을 입고 거대한 총을 든 군인들이 나를 호기심 가득한 눈으로 쳐다보는 것이 느껴졌다. (그날 그곳에 동아시아인이 나밖에 없었다.) 그들은 마음만 내키면 얼마든지 내게 다가와 총을 들이밀 것 같았다. 공항, 검고 기다란 총, 군복을 입은 남자들, 익숙하고 지겨운 더위. 공항 바깥을 빠져나오자 우뚝 솟은 야자수들과 청명한 하늘, 뜨거운 태양이 보였다. 나는 눈살을 찌푸렸다.

바스마는 핑크색 선글라스를 벗고 선베드에서 일어났다. 머리부터 발끝까지 미끌미끌한 선크림을 듬뿍 바른 그녀는 뜨거운 태양 아래 우뚝 선 동상 같았다. 수영복, 선크림, 태양은 우리의 몸을 돌고래 피부처럼 매끄럽게 빛냈다. 나는 불그스름하게 익은 한쪽 팔을 들어 그녀에게 이리 오라는 손짓을 했다. 그러자 그녀가 계단의 은빛 손잡이를 쓸어내리며 천천히 풀장 안으로 들어왔다. "사막?" 그녀가 물었고 내가 대답했다. "그래. 사하라."

나는 사하라사막에 가고 싶었다. 그곳에 가지 않으면 무언가 좋지 않은 일이 벌어지기라도 할 것처럼 반드시 가고 싶었다. "일단 방으로 가자." 바스마가 물 밖으로 빠져나와 선베드로 걸어가며 말했다. 나도 바스마를 따라 다이빙대를 붙잡고 물에서 빠져나왔다. 우리는 선베드에 걸쳐놓은 비치가운을 온몸에 두르고 호텔 건물을 향해 걸어갔다.

호텔 방에 들어오자마자 바스마는 화장대 의자에 비치가운을 던져놓은 뒤 청바지 주머니에서 담배와 라이터를 꺼냈다. 화장대에는 꾸란의 몇 구절을 옮겨 적은 작은 수첩과 보라색 히잡과 검은 천이 놓여 있었다.

바스마는 정해진 시간이 되면 바닥에 천을 가지런히 깔고 머리에 히잡을 썼다. 그녀가 어딘가를 향해 여러 차례 절을 올릴 때면 나는 화장대 의자에 앉아 그림일기를 적거나 스위트룸 구석에 놓여 있던 1인용 소파에 앉아 책을 읽었다. 내가 좋아했던 그 소파는 채도 낮은 붉은색 소파였다. 잘 말린 장미꽃을 닮은.

당시 나는 항상 들고 다니는 책이 정해져 있었는데, 그 책은 한 문장 한 문장 시간을 들여 읽어야 하는 책으로, 어느 문장이든 단순하게 해석할 수 있다기보다는 오랜 토론이나 기나긴 설명을 필요로 하는 것이었다. 그 책은 누가 뭐라 해도 가장 소중했던 것 중 하나로서, 증오와 절망 속에서 나를 일으켜 세우던 내 생의 기둥이었다. 나는 종종 그 책을 덮고 기도 중인 바스마의 두 눈을 바라보았다. 생에 대한 의지로 가득했던 그 두 눈을.

그때 바스마의 담배에 불이 붙었다. 햇빛이 쨍하게 들어오는 테라스에 홀로 선 바스마는 연기를 내뿜으며 나를 바라봤다.

"사막에 가고 싶다고?" 바스마가 물었다.

나는 장미색 소파에 앉아 그녀를 바라보며 대답했다.
"응. 사하라사막."

내 대답에 그녀는 담배를 길게 들이마신 뒤 말했다. "사하라는 무덥고 피곤한 장소야. 온몸 구석구석 모래가 들어오고, 얼굴은 뜨겁고, 목은 타지. 무엇보다 그곳에는 지뢰가 많아. 사하라는 지뢰밭이라고. 너는 지뢰를 밟고 죽을 수도 있지."

그녀는 일부러 과장해서 말하며 장난을 치고 있었다. 나는 웃음을 터뜨렸다.

"그거 굉장한데. 지뢰밭을 걷는다니. 우리가 살아 돌아올 수 있을까?"

내 말에 그녀도 웃음을 터뜨렸다. "그건 아무도 알 수 없지. 그래도 가고 싶어?"

나는 조금도 망설이지 않고 대답했다. "물론이지."

그런 식의 기이한 충동, 해명 불가능한 충동이 나를 어떤 장소로 끌어당기거나 어떤 행위를 하도록 밀어붙이는 것은 익숙한 일이었다. 나는 종종 불가해한 것에 매료되고, 그것이 무의미하다는 사실을 알면서—혹은 바로 그 무의미함 때문에—온몸을 던져 다이빙한다.

바스마는 담배꽁초를 테라스 바닥에 던진 뒤 슬리퍼를

신은 발로 짓밟으며 말했다. "좋아. 그렇다면 나도 같이 가겠어."

나는 환호성을 질렀다.

내가 그 말을 했던가? 바스마도 사실 다이빙을 사랑한다. 이러한 공통점이 줄곧 우리의 우정을 돈독하게 했고, 우리를 불가해한 풀장으로 초대했다. 우리 둘에게 차이가 있다면 그녀가 언제나 나보다 더 어른스러웠다는 것이다. 나는 방방 들뜨고, 곧잘 흥분하고, 어린아이처럼 슬픔에 잠기는 면이 있는 반면, 그녀는 그런 나를 냉정히 붙잡아주곤 했다. 함께 춤을 추고 노래를 부르다가도.

사흘 후, 아직 동이 트기 전의 시간이었다. 우리는 무슨 옷을 입을까 한참 고민한 뒤 편하지만 멋진 옷을 골랐다. (매번 다른 옷이 더 멋져 보여서 이거 큰일이다) 나는 고급스러운 모래 색깔 민소매에 너저분한 슬랙스를 차려입은 뒤 대각선으로 걸쳐 메는 가방을 챙겼고, 그 안에 스페인의 자라 매장에서 구매했던 회색 재킷을 구겨 넣어두었다. 바스마는 편한 티셔츠에 청바지를 차려입은 뒤, 축 늘어진 모양으로 디자인된 남색 브랜드 백팩을 멨고, 그 안에 같은 브랜드에서 나온 검정 트레이닝복을 하나 챙겨두었다.

우리는 마라케시 시장 한쪽 구석에, 아직 문을 열지 않은 오래된 카페 앞으로 갔다. 카페의 간판은 먼지가 자욱하게 껴 있어서 글자를 알아보기 힘들었다. 커피에서도 달콤 쌉싸름한 먼지 맛이 날 것 같았다. 흐릿한 하늘 아래 배낭을 멘 여행객들이 하나둘 모여들었다. 신혼여행이나 6주년 여행을 온 듯한 젊은 커플들은 서로의 팔과 손을 쓰다듬으며 새벽 공기를 들이마셨다. 그들은 대부분 백인이었으며 아주 가끔씩 흑인이나 아시아인이 보였다. 사람들 사이에서 영어는 물론이고 중국어, 스페인어, 프랑스어, 스웨덴어, 일본어 등 온갖 언어가 섞여 들려왔다.

　상인들이 아직 도착하지 않은 새벽의 시장은 음산하리만치 썰렁했다. 바퀴 달린 상점들 안에는 옷과 장신구, 그릇 들이 가득 들어 있을 법한 거대한 천 보따리가 여러 개 놓여 있었다. 해가 뜨면 잠에서 깬 모로코 상인들이 도착할 것이다. 그들은 상점의 문을 열거나 천막의 문을 열어젖힐 것이고, 보따리를 풀거나 무지갯빛 옷들을 천막 바깥에 진열할 것이다. 하늘색, 보라색, 주홍색의 전통 옷들이 미지근한 바람을 맞아 보석을 단 모빌처럼 흔들릴 것이다. 그러나 새벽의 시장은 텅 비어 있고, 아직 잠들어 있는 상인들을 외롭게 기다린다. 그들의 꿈이 어서 끝나기를 빈다. 이른 시간부터 일을 나서는 모로코인들이 종종 걸음을 치며 우리 앞을 지나치고 있었다.

잠시 후 모로코 남자 하나가 우리에게 다가왔다. 그가 우리의 가이드였다. 그는 바스마를 뚫어져라 바라본 뒤 어정쩡하게 미소 지었다. 바스마도 그의 미소에 화답했다. "이집트?" 그가 한 손가락으로 바스마를 삿대질하듯 가리키며 그녀의 국적을 물었다. 바스마는 뜻을 알 수 없는 미소를 지어 보이며 한 손가락으로 우리가 서 있던 땅을 가리켰다.

사하라 투어를 하는 방법으로는 여러 선택지가 있었다.

1. 아주 많은 낯선 사람과 우르르 여행하는 그룹 투어를 예약한다.
2. 적당한 수의 낯선 사람들과 오순도순 여행하는 소그룹 투어를 예약한다.
3. 훨씬 비싼 돈을 지불하고 바스마와 나만을 위한 프라이빗 투어를 예약한다.

낯선 사람들을 경계하는 우리가 선택한 건 3번이었다. 지금 생각해보면, 그것이 우리의 실수였는지도 모른다.

바스마와 나는 그가 주차해놓은 검은 승용차를 향해 걸어갔다. "그럼 너는 일본어를 할 줄 아는 거야? 애니메이션을 보면서 공부했어?" 그가 바스마에게 영어로──그는 아랍어를 한마디도 못 하게 생긴 나를 배려하고 있었다──물었다. (영어가 한국어처럼 꽉 막힌 언어는 아니라지만 분명 영어에도 격식을 차린 말투와 그렇지 않은 말투가 있는 법이고, 그의 화법은 단언컨대 후자였다. 따라서 나는 그의 대사를 반말로 쓴다. 어쩜 스페인 아저씨나 모로코 아저씨나 한국 아저씨나 다 똑같다. 그들은 죄다 교양이 부족하고 버르장머리가 없으며 짧은 말을 늙은 성기처럼 찍찍 싼다. 이제 가진 거라곤 낡은 혜안과 추접한 치기뿐이면서 이러쿵저러쿵 말도 많다.)

바스마와 나는 동시에 웃음을 터뜨렸다. "네, 저는 일본어가 아주 유창해요." 내가 대신 대답했다. 그러고 나서 우리는 차에 올라탔다. 그가 운전대를 잡고 바스마와 나는 뒷좌석에 앉았다. 그가 백미러로 우리를 유심히 바라보았다. "너희 같은 조합은 처음이야." 그가 그렇게 말하자 나는 우리가 마치 어떤 연금술의 결과가 된 것만 같았다.

"사실 저는 일본인이 아니에요." 내가 말하자 그가 백미러로 나를 바라보았다.

"그럼 중국인?"

나는 웃으며 답했다. "아니요, 한국인이요."

"한국? 어떤 한국?"

그의 질문 폭탄은 내가 놀라우리만치 무지한 사람을 만날 때마다 일종의 통과의례처럼 거쳐야만 하는 과정이었다.

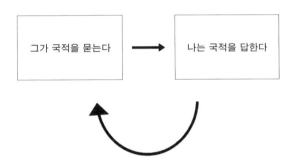

결국 나는 체념했고, 사교적인 미소를 지으며 답했다. "북한이요. 저는 북한에서 왔어요." 옆에서 바스마가 웃음을 참는 것이 느껴졌다. 그는 부담스러울 정도로 놀라워하며 몸까지 틀어 나를 돌아보더니 언성을 높여 물었다. "북한에서 왔다고? 그럼 도망친 거야?" 그가 그렇게 말하자 나는 순식간에 도망자가 된 듯한 기분이 들었고, 아니, 정말로 오래전부터 무언가로부터 도망치고 있다는 생각이 들었다. 그는 아마 이렇게도 묻고 싶은 것 같았다: 총탄을 피해 도망쳤어? *끔찍할 만큼 험난한 행군을 해야 했어?* 그렇다. 그는 반쪽짜리 역사가였다. 어디서 읽어본 것도 들어본 것도 많지만 결정적인 지성이 없는 종류의 인간이었다. 만약 우리가 1번과 2번 선택지를 골라서 관광객들의 틈바구니에 섞였다면 집중적인 질문 공세에 시달리지 않아도 되었을까? 아니면 더 많은 예상치 못한 질문과 대화가 걷잡을 수 없는 파도처럼 우릴 뒤덮었을까? 가이드가 여전히 내 대답을 기다리고 있었기에 나는 입을 열었다.

"그럼요. 헤엄쳐서 강을 건너야 했죠."

"그거 굉장한데."

그가 앞을 보며 자세를 가다듬고 차를 출발시켰다. 백미러로 나를 힐긋거리며.

"강을 건넌 다음 어떻게 했는데?"

차는 도심을 벗어나며 천천히 달리기 시작했다. 양쪽 창문으로 모로코 사람들이 스쳐 지나갔다. 종종 나를 발견한 사람들이 창문 안으로 뚫어져라 시선을 고정했다.

"중국에 도착했죠. 그다음에는 중국을 가로질러서 라오스에 도착했어요. 숲에 몸을 숨기면서 지내다가 저 같은 탈북자들을 도와주는 사람을 만날 수 있었죠."

그때쯤 나는 어린애 같은 장난기와 반발심에 가득 차
있었고, 웃음기 하나 없이 그의 취조에 임하고 있었다. 그
렇게까지 증언하자 내가 정말로 북한의 땅끝에서 총구들
을 피해 두만강을 건너 중국 땅에 도착했던 적이 있는 것
만 같은 기묘한 기분에 휩싸였다.

"아, 곧장 한국으로 갈 수가 없는 거구나. 그래서 중국
과 라오스를 거쳐 입국을 하는 거구나. 맞지? 일종의 우회
로야."

나는 끄덕였다. 나의 진지한 태도에 그의 어조 역시 차
분해졌다. 버릇없고 무식하지만 나쁘진 않은 사내인 것
같기도 했다.

"곧장 한국으로 도망친 사람들도 있을 거예요. 그 사람
들은 바다를 이용했겠죠. 그렇지만 강보다 바다가 더 위
험하니까요. 망망대해에서 길을 잃어버릴 수도 있고요."

그는 더 이상 백미러로 나를 바라보지 않고 앞에 시선
을 고정한 채 운전에 집중하고 있었다. 그러나 그는 어떤
사념으로 가득 들어찬 듯 표정이 심란해 보였다. 그는 내
이야기에 휘둘리고 있었다.

"그냥 땅을 건너는 방법은 없는 거야?"

그가 고민 끝에 물었다.

"땅에는 DMZ가 있으니까요."

"DMZ?"

"비무장지대."

"아아."

그는 잠시 침묵에 잠겼다. 창밖으로 회색빛 도로 풍경이 오래오래 이어지다가 어떤 영역에 들어서자마자 초록색 나무들이 연달아 나타나기 시작했다. 나무 덤불—혹은 삭막한 나무숲—이었다. 풍성한 숲이라기엔 나무가 부족했다. 길은 점점 더 가팔라지고 비좁아졌다. 길이 위험해지면 위험해질수록 아침이 찾아왔으며 태양이 하늘 정중앙으로 떠올랐다. 그때 차 앞으로 길 잃은 개 한 마리가 나타났다. 그는 차를 멈추고 백미러로 나를 바라보며 물었다. 개는 금방이라도 지쳐 쓰러질 것처럼 비쩍 마르고 털이 꼬질꼬질했다.

"DMZ에는 군인들이 있지? 이렇게 총을 들고."

그가 그렇게 말하며 두 손으로 무언가를 쥔 포즈를 했을 때, 나는 그의 손을 바라보다가 뒤늦게 그가 총을 쥔 포즈를 했음을 깨달았다. 그건 거대한 총이었다. 그의 총은 모로코 공항에서 보았던 군인들의 총 같기도 했다.

"아니요…… 그들의 총은 아주 작은 총이었어요."

어느 순간, 나의 증언에 한국에서 실제로 보았던 장면들이 끼어들었다. 북한에서의 상상과 한국에서의 기억이 섞여 들기 시작했던 것이다. 나는 어린 시절에 서울에서 찾아온 관광객 신분으로 DMZ와 판문점을 보았던 일을 떠올리고 있었다. 내 기억에, DMZ의 군인들은 아주 작은 권총을 옆구리에 차고 있었던 것 같다. 그러나 이 장면은 왜곡된 기억일 수도 있으며 어느 날 뉴스에서 본 사진이 직접 본 기억처럼 편집됐을 수도 있었다.

"오, 이런 총?"

그때 그가 말했다. 총구를 내게 겨냥하면서. 나는 순식간에 얼어붙었다.

아니, 그것은 손가락 총이었다. 손톱 끝 총구였다. 그가 어린애처럼 손으로 총을 모방했던 것이다. 나는 안도하며 입을 열었다.

"네, 그런 총이었던 것 같아요."

DMZ에는 철조망 너머로 금빛 벌판이 보인다. 그건 마치 불행한 농부가 버리고 떠난 논밭 같다. 그 너머로, 버려진 벌판 너머로 진한 녹색 세계가 펼쳐진다. 그곳은 나뭇잎과 풀이 우거진 푸른 땅, 식물들의 천국, 절망과 희망의 지대, 인간의 출입이 금지된 영역, 소유주가 없는 영토다. 그곳에서는 그 누구도 춤을 추거나 노래를 부를 수 없다. 슬픔에 잠겨 통곡할 수도 없다. 그러나 이것은 남한에서의 시점으로 쓰이는 광경이다. 북한에서 DMZ가 어떻게 보일지는—특히 탈북자의 눈에 어떻게 보일지는—내가 평생토록 알 수 없는 영역이다.

어느새 개가 보이지 않았다. 도로를 가로질러 떠난 모양이었다. "이제 차를 출발해야 할 것 같아요." 바스마가 말하자 그가 앞을 바라보았다. 바스마 덕분에 차가 나아간다.

DMZ 이야기를 들은 후 가이드가 곰곰이 생각에 잠긴 것으로 보아 그는 중국과 한국의 위치를 정확히 알지 못하는 게 분명했다. 그는 혼란스러워하고 있었다. 강을 건널 때와 바다를 건널 때의 방향이 완전히 다르다는 사실도 그는 알지 못하는 것 같았다. (세계지도를 하나 펼쳐놓은 다음 목 스트레칭을 하듯이 왼쪽으로 고개를 내려보라. 아래의 그림처럼.)

(처형된 사람, 총에 맞은 이, 외계인, 목매단 이의 형상 같지만 무서워할 거 없다. 그냥 그림이니까. 자, 그 자세를 유지하면서 세계지도를 보라. 강을 건널 때의 방향을 화살표로 표시하면 → 가 될 것이고, 바다를 건널 때의 방향을 화살표로 표시하면 ⌣가 될 것이다.)

그는 여전히 이해가 안 되는 눈치였다.

"강가에도 총을 든 군인들이 있었어?"

그는 화제를 되돌렸다. 운전대를 두 손으로 꽉 쥔 채. 이곳도 저곳도 괴로움의 연속이다. 어떤 곳이든 질문과 호기심과 총의 감옥이고, 나는 총구 앞에 서 있다.

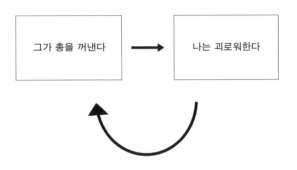

"그럼요…… 제대로 보지는 못했지만, 그들의 총은 아

주 거대했을 거예요. 마치 벌목한 통나무를 품에 안고 있는 것처럼."

그러자 북한에서의 기억—아니, 북한에서의 상상—이 펼쳐지는 것이 느껴진다. 나는 어느새 물살 거센 두만강을 헤엄쳐서 중국으로 가고 있다. 북한 땅을 떠나기 위해 기꺼이 목숨을 걸고.

"세상에, 정말 끔찍하군."

목숨을 거는 나를 그가 향유하고 있다. 그는 나의 이야기를 읽고 즐기면서 흥분과 분노와 쾌감을 가져간다.

"정말 끔찍한 일이죠."

"군인들한테 발각되진 않았어? 군인들이 너한테 총을 쏘진 않았냐고."

내가 지금 당장 이야기를 멈추지 않는다면 나는 그의 죄에 가담하게 될 것이다. 나는 그걸 알면서도 그를 향한 분노에 사로잡힌다.

"맞아요. 저는 괜찮았지만, 동행했던 친구가 총에 맞아 목숨을 잃었어요."

"저런."

그러나 그렇게까지 내뱉고 나자 나는 어마어마한 죄책감, 서글픔, 모욕감을 동시에 느끼기 시작했다. 더 이상 내 이야기는 상상도 아니었고 나의 기억도 아니었다. 단순한 장난과 반발심으로 시작한 일이 걷잡을 수 없이 비극적으로 변해가고 있었다. 어느새 우리가 탄 자동차는 나무숲을 빠져나왔다. 소름 끼치리만치 드높은 절벽 길이 시작되었다. 까딱하면 자동차는 절벽 끝으로 튕겨져 나갈 것이다. 신중해야 한다.

"아프리카에서도 지중해를 건너 유럽으로 가는 사람들이 많아."

그가 우울한 말투로 말했다. 나는 침묵했다. 그 이야기에서 내가 감히 말할 수 있는 것은 없다고 생각했기 때문이다. 그리고 그건 사실이었다. 나는 차마 상상할 수 없는 고통에 대해서 함부로 말할 자격이 없다.

"네…… 슬픈 일이죠."

"그럼. 슬픈 일이지. 이 세계에는 슬픈 일이 아주 많아. 남아메리카 사람들도 직접 뗏목을 만들어 강을 건넌단다. 미국에 가려고."

그는 운전을 하다 말고 우리 쪽을 향해 돌아보며 말했다. 어쭙잖은 지식을 뽐내길 좋아하는 그는 정말이지 영락없는 반쪽짜리 역사가였다. 그러나 그의 말이 틀린 것은 아니었다.

스페인어로 노래를 부르고 춤을 추던 사람들은 멕시코에서 나무를 베고 뗏목을 만들어 강을 건넌다. 위태로운 뗏목은 자동차가 되고 구급차가 되고 자기부상열차가 되어 푸른 강을 가로지른다. 절벽 끝을 달리는 한 대의 자동차처럼 그것은 슬픔의 행로를 탄생시키며 간다. 그것의 주인들은 국경을 넘으러 간다. 포식자가 그어놓은 선을 넘기 위해 간다. 영어로 노래를 부르고 춤을 추러 간다. 세상에서 가장 외로운 여정을 나선다. 도중에 당신의 가족, 오래된 연인, 가장 친한 친구가 죽어도 돌아보지 말라. 당신의 사랑이 바다에 빠지거나 총에 맞아도 걸음을 멈추거나 애도해선 안 된다. 당신의 사랑은 죽어가며 이렇게 말할 것이다.

너라도 살아남아야 한다. 어서 떠나려무나.

"친구를 잃어서 참 슬펐겠구나."

그가 침통한 얼굴로 말했다. 그는 나를 진심으로 위로하고 싶은 것 같았다. 그때까지 우리 이야기를 가만히 듣고 있던 바스마는 웃음기 하나 없는 얼굴로──얼핏 울적해 보이기까지 하는 얼굴로──나를 돌아보며 말했다. 특유의 차분한 말투로.

"이제 그만해."

그건 스페인어였다. 그가 알아듣지 못하게 언어를 바꾼 것이다. 나는 바스마를 바라보며 끄덕였다. 바스마의 말투는 마치 명령을 하는 것 같았고, 한편으로는 무언가를 두려워하는 것 같기도 했다. 만약 나와 가이드가 대화를 멈추지 않는다면 자신의 목숨이 위험해질지도 모른다는 불길한 예감이 들었는지도 모른다. 바스마의 명에 따라 나는 뗏목을 돌린다. 우리가 있어야 할 곳으로 다시 돌아가기 위해. 스페인어의 땅으로 돌아가기 위해. (그러나 남미 사람들이 우리를 환영할까? 그들이 스페인식 스페인어를 듣고 싶어 할까? 바스마와 나는 뗏목을 탄 채로 망망대해에서 갈 곳을 잃어버리게 되는 것은 아닐까?)

"아무튼 지금은 모로코를 여행하고 있네요."

내가 가이드에게 영어로 말하자 그는 화색이 되며 답했다. "그럼. 모로코를 여행할 수 있다는 건 행운이지." 그는 자랑스러워 보였고, 나는 끄덕이며 말했다.

"맞아요. 정말로 꿈만 같아요."

"그래도 조심해. 모로코에는 너희 같은 젊은 여자들에게 함부로 구는 남자들이 많아."

그가 말했고, 나는 이제 정말로 그가 '버릇없고 무식하지만 나쁘진 않은 사내'라고 믿고 있었다. 차는 여전히 절벽의 가장자리를 달리고 있었고, 내가 앉아 있는 좌석 쪽의 창문으로는 소름 끼칠 만큼 높다란 전망이 펼쳐졌다. 그는 핸들을 오른쪽으로 길게 돌리며 그 이야기를 끝내지 않고선 직성이 풀리지 않는 사람처럼 내게 물었다. "탈북을 하면서 나쁜 놈들을 만나진 않았어? 뭐, 나쁜 일을 당했다든지." 이제 길은 일직선으로 길게 이어지고 있었고, 그는 질문을 마친 뒤 백미러를 통해 나를 바라보았다.

"나쁜 놈들이요?"

"그러니까…… 나쁜 사내들."

그는 백미러에서 시선을 떼지 않고 내게 물었다. 나를 똑바로 바라보며. 그의 눈빛에는 어떤 악의나 공격성이 느껴지지 않았다. 대신 경멸스러운 호기심이 가득했다. 그리고 그런 종류의 호기심을 내비치는 것은 상대방에게 역겨운 총을 들이미는 것과 같다. 그는 아마도 이렇게 덧붙이고도 싶었을 것이다. *너는 탈북 여성이잖아. 그냥 탈북인이 아니라.* 그러니까 그는 지금 주제넘게 굴고 있었고, 더 정확히는 전형적인 한국 아저씨들처럼 굴고 있었다. 나는 분통을 터뜨리고 싶은 마음과 신중해야 한다는 마음 사이에서 어떻게 대답해야 할지 갈피를 못 잡고 침묵했다. 까딱하면 악에 받친 지독한 말을 그에게 쏟아낼 것 같았다. 그러나 우리의 대화가 격화된다면 바스마의 입장이 위험해질 수도 있었다.

"아저씨도 가이드로 일하느라 힘든 일이 많을 것 같아요."

그때 바스마가 끼어들었다. 부드러운 말투로, 친절하게 까지 들릴 정도의 목소리로.

"힘든 일?"

"예. 오만한 유럽인들이 아저씨를 무시하지 않나요? 아랍인 가이드라고. 힘든 일이 많으실 거예요. 지금도 우리를 위해 운전을 하느라 고생하시잖아요." 그렇게 말하는 동시에 바스마는 그를 진심으로 걱정하는 듯한 다정한 표정을 지어 보였다.

그는 백미러로 바스마를 뚫어져라 바라보더니 너털웃음을 지으며 답했다. "아니. 딱히 그렇진 않아. 모두 예의 바르지."

"오, 다행이에요. 아저씨가 안됐다고 생각했거든요."

바스마가 덧붙였다. 잠시 동안 차 안에 정적이 감돌았다. 그는 애매모호한 표정을 짓고 있었다. 정적을 깬 것은 바스마였다.

"아무튼 감사해요. 아저씨 덕분에 편하게 여행할 수 있

어서 정말 기뻐요. 그리고 이 친구의 소원이 사하라에 가
는 것이었거든요."

"오, 그래?" 그의 얼굴에 다시 화색이 돌았다.

"네, 맞아요. 소원이었어요."

내가 말했다. 그건 진심이었다.

"모로코에서 여행하니까 좋지?"

그가 물었다. 백미러로 나를 바라보며.

"정말 좋아요. 너무나 아름다운 나라예요."

그것도 진심이었다.

"그럼. 사하라는 더 아름다울 거야."

승합차가 달리는 길이 점점 더 가팔라지고 있었다. 절
벽에서 더 높은 절벽으로, 차는 마치 날아오르듯이 달렸
다. 새의 주행처럼. 가파른 길보다 더 가파른 길을 달리자
저 아래로, 산맥 저 밑으로 우리가 방금 지나쳐 온 길이
―혹은 단 한 번도 지나치지 않았던 길이―나타났고, 그
곳에 짚으로 엮은 바구니를 머리 위에 짊어진 여자 둘이
보였다. 그들은 히잡을 쓰고 있었다. 길의 고도가 높아질
수록 창밖 풍경은 경이로워졌다. 갈색 도로, 진녹색 풀과
나무들, 깨질 것처럼 푸른 하늘과 솜처럼 흰 구름. 나는 이
루 말할 수 없이 황홀한 기분을 느꼈고, 그 직후에 어린아

이처럼 울적해졌다. 설명할 수 없는 슬픔이었다. 정체 모를 충동이 나를 매료하듯이, 종종 까닭 없는 슬픔이 나를 뒤덮는다.

어쩌면 나는 당장이라도 차를 멈춰 사막행을 포기했어야 했는지도 모른다. 다시 바스마의 손을 붙들고 우리가 묵었던 호텔로 줄행랑을 쳐야 했는지도 모른다. 그 호텔이야말로 나와 그녀가 마땅히 있어야 할 장소였는지도 모른다. 그곳에서 우리는 비키니와 모노키니 차림으로 무알코올 칵테일을 마시고, 청포도를 따 먹고, 은빛 포크로 초콜릿케이크를 잘라 먹으면서, 그러니까 서로를 위해 인스타그램에 올릴 사진이나 찍어주면서 하루를 마무리했어야 했는지도 모른다. 스페인으로 돌아갈 즈음엔 깜장 음모가 다시 자라날 테고, 조만간 삼각팬티 바깥으로 삐죽삐죽 튀어나올 것이므로, 사막에 가는 대신 가능한 만큼 더 많이 비키니를 입었어야 했는지도 모른다. 스페인 피부과 비용이 싼 것도 아니었는데.

그러니까 우리는 풀장과 야자수가 보이는 호텔의 테라스에 곧게 서거나 장미색 소파에 늘어지듯 앉아 스마트폰으로 인디 음악을 재생시키면서 노래의 가사나 흥얼거렸어야 했는지도, 세련된 클럽 음악을 틀어두고 몸을 흔들며 춤이나 추었어야 했는지도 모른다. 어쩌면 고작 그것이 우리 삶의 전부였는지도 모른다.

그 순간 가이드가 외마디 비명을 지르며 차를 급정거했다. 차 앞에 옥색 히잡을 쓴 한 여자가 우뚝 서 있었다. 그녀가 어디서 튀어나왔는지는 나도 모른다. 그는 창밖으로 고개를 내밀어 위협적인 어조로 아랍어를 했다. 추측건대 *"미쳤어? 사고가 날 뻔했잖아!"* 같은 말인 듯했다. 그러나 히잡을 쓴 여자는 물러설 수 없다는 태도로 그에게 어떤 말을, 내가 알아들을 수 없는 말들을 외쳤다. "뭐라는 거야?" 내가 바스마에게 묻자 그들의 대화를 집중해 듣고 있던 바스마가 통역을 시작했다.

"나를 사막에 데려가줘."

바스마가 그렇게 말할 때, 나는 조수석 쪽 차 문을 열려고 하는 여자를 보고 있었다.

"동생이 죽어가고 있어. 죽기 직전이라고. 동생은 사막에서 아주 오랜 시간을 일했어."

가이드는 단호했고, 바스마는 그의 말 역시도 통역해주었다.

"안 돼. 지금 관광객들을 태운 거 안 보여?"

'사막을 횡단하는 자동차를 멈춰 세우는 히치하이커를

태우지 말라.' 그건 사막 여행자들이 지켜야 할 기본적인 규칙이었다. 히치하이커는 무장한 강도일 수도 있다. 수풀 뒤에 다른 팀원들이 숨어 대기하고 있을 수도 있고. 그러나 바스마는 그녀를 가만히 바라보더니 내게 스페인어로 중얼거렸다. "나, 저 여자를 알아. 우리 동네의 이웃이었어."

여자가 새빨갛게 충혈된 눈을 똑바로 치켜뜨며 바스마를 바라보았다. 바스마는 입을 다물고 통역과 해설을 중단했다.

"나를 태워." 그녀가 바스마에게 명령했다. 바스마는 그 말을 나중에야—여행이 끝난 후에야—통역해주었지만, 나는 그 말을 알아들을 수 있었다. 바스마와 가이드가 이런 대화를 나누었기 때문이다:

바스마가 가이드에게 차 문을 열어주라고 지시했다.

"저 여자가 어떤 사람인 줄 알고 태우라고 하는 거야?" 그가 거부했다.

"저 여자를 태워주지 않으면 당신의 관광 상품에 대해 끔찍한 리뷰를 남길 거예요."

바스마가 머리를 썼다. 그는 잔뜩 인상을 구긴 채 바스마를 한번 노려보았다.

"팁을 드릴게요."

바스마가 덧붙일 때, 그는 여전히 바스마를 노려보고 있었다. 어지간히 여자를 태워주기 싫은 눈치였다. 바스마는 그에게 모로코 돈을 여러 장 주었다. 결국 그는 차 문을 열어주었다. 겨우겨우 조수석에 올라탄 여자는 목석처럼 고요히 앉아 있었다. 가이드는 신경질적인 목소리로 여자에게 뭐라 뭐라 말했고, 바스마는 곧장 그의 말을 내게 통역해주었다.

"운수도 더럽게 없지. 너 때문에 오늘 일을 망친다면 반드시 그 값을 치를 줄 알아."

그러자 그가 험상궂은 얼굴로 바스마를 향해 뒤를 돌아보며 말했다.

"내 말을 함부로 통역하지 마."

이 말 역시도 나는 아주 나중에야 바스마에게 전해 들었다.

"내 말은 통역해줘." 그때, 여자가 우리를 향해 뒤를 돌아보며 말했다. 여자의 말은 바스마가 곧장 통역해주었다.

"차에 태워줘서 정말 고마워. 나는 당장 사막으로 가야 해. 그가 죽어가고 있대. 그는 관광객들이 잠드는 하얀 텐트의 침구를 정리하고 식당을 청소하는 일을 했어. 나는 그가 죽기 전에 사막에 도착해야만 해."

이제 차는 죽음의 이야기를 싣고 달린다. 차는 침묵 속에서 산맥을 올라가거나 내려갔다가 다시 한번 더 올라간다. 그런 다음 평평한 땅을 오래오래 달린다. 혹은 구불구불한 땅을 정신없이 지나간다. 어떤 길을 달렸는지, 그 길의 기울기가 어땠고 모양이 어땠는지는 기억나지 않는다. 다만 진녹색 나무, 회색 바위, 히잡을 쓴 여자들, 길을 잃은 개, 폐가처럼 생긴 낡은 건물, 노란 꽃밭은 선명히 떠오른다.

"이 여자는 거짓말을 하는 거야."

그가 운전을 하다 문득 말했다.

"그냥 차를 얻어 탈 핑계를 대는 거라고. 순진한 관광객들을 속여서."

그는 이제 잔뜩 인상을 쓴 채 운전을 하고 있었다.

"내 생각에, 여자가 거짓말을 하는 것 같진 않아."

바스마가 스페인어로 내게 속삭였다. 소통하는 언어가 바뀔 때마다 차 안에서 탈락자가 생겼다. 누군가는 알아듣지 못했다. 이번에는 가이드의 차례였다.

"사막까지 얼마나 남았지?" 내가 바스마에게 물었다.

"거의 다 도착했어. 그런데 도착한 다음 사막 안쪽까지

가려면 또 낙타를 타야 해."

"저 여자의 동생이 죽기 전에 사막에 도착할 수 있을까?"

그때 여자가 우리를 돌아보았다. 마치 우리가 여자에 대한 이야기를 하고 있다는 것을 문득 눈치채기라도 했다는 듯이. 그러나 여자는 나와 눈이 마주치자 빙그레 웃으며—그러나 어딘가 괴로워 보이는 미소였다—이렇게 말했다. "**태워줘서 고맙구나.**" 여자는 다시 앞으로 고개를 돌렸다.

나는 어쩌면 여자가 우리의 모든 말을 다 알아듣고 있으면서 모른 척하고 있는지도 모른다는 생각이 들었다. 그건 단순한 불안인 것 같기도 했지만 서늘한 진실처럼 느껴지기도 했다. 그 순간 나는 동생이 죽고 나서야 우리가 사막에 도착할 것만 같다는 불길한 예감이 들었고, 그 말을 입 밖으로 꺼내지 않기 위해 조심했다. 그 이유는 **첫째**, 어떤 언어로 말을 하든 여자가 알아들으리라는 생각 때문이었으며, **둘째**, 말의 힘은 종종 무시무시하기 때문이다. 누가 알아듣든지 아닌지의 문제와 상관없이, 어떤 말은 예언이 되고 저주가 되고 미래나 과거가 된다. 통계치를 내기 우스울 정도로 그 빈도수와 확률은 미미한 수준이지만, 우주의 역사를 통틀어 누군가의 말이 실현된 경우는 분명히 한 번 이상 존재했었고, 모든 인간의 인생에서 한 번 이상 존재했었을 것이며, 그렇다면 내 말이 끔찍한 힘을 발휘하지 못하리라는 보장은 없었다. 말은 씨앗이 되고 운명이 된다. 내가 사막에 간다,라고 말하면 정말 사막에 가듯이.

"동생이 죽어간다고? 거짓말하고 있네."

가이드가 말했다. 통역을 하지 말라는 명령을 들은 바스마는 스마트폰으로 문자를 치기 시작했다. 데이터를 켜자 바스마가 통역한 가이드의 말들이 도착했다.

"나는 너 같은 여자한테 속지 않아."

여자는 침묵하고 있었고, 말을 하지 않는 건 바스마와 나도 마찬가지였다. 그러나 가이드는 입을 다물지 않았다.

"네 말이 사실이라면, 네 동생은 이미 죽었을 거야. 아니, 지금 죽고 있을 거야. 사막으로 가는 동안 천천히 죽을 거야. 숫자를 세는 건 어때? 하나, 둘, 셋……"

나는 더 이상 그가 '무식하지만 나쁘진 않은 사내'라고 결코 생각하지 않았다. 그는 저열하고 버러지 같은 인간이었다. "넷, 다섯, 여섯……" 방금 전까지 그는 진지하고 슬픈 얼굴로 나와 이 세상의 탈주자들에 대한 대화를 나누지 않았던가?

270

"일곱, 여덟…… 자! 지금쯤이면 정말로 죽었겠네."

여자가 내내 침묵했으므로 가이드는 곧 폭언을 멈추었다. 나는 가만히 그의 뒤통수와 여자의 뒤통수―옥빛 히잡을 쓴 뒤통수―를 바라보다가 창밖으로 고개를 돌렸다.

"너희는 왜 사막에 가니?"

그때 여자가 바스마와 나를 돌아보며 물었다. 그 질문은 바스마와 나를 모두 향한 것이었기 때문에 바스마는 곧장 여자의 말을 통역해주었다. 그러나 몹시 이상하게도, 나는 바스마의 통역을 듣기 전부터 여자의 말을 마치 알아들은 것만 같다는 기분에 휩싸였다. 바스마와 나는 대답을 하기 위해 동시에 입을 뗐고, 그 순간, 가이드가 다시 한번 더 주제넘게 굴었다. 우리의 대화에 끼어든 것이다.

"네가 그걸 알아서 뭐 하게? 왜, 이 여자애들이랑 친구가 되고 싶은 거야? 그래서 차에 올라탔어?"

바스마는 다시 스마트폰을 통해 번역을 시작했다. 우리는 비밀첩보원들처럼 굴고 있었다.

"그럼 너도 쟤처럼 히잡을 벗고 다니는 건 어때?"

나는 백미러를 통해 그의 얼굴을 쳐다보았다. 그는 핸

들을 잡고 조소하며 운전석 앞 유리와 여자를 번갈아 바라보고 있었다. 그러나 그건 그가 지금까지 했던 말과 행동 중에서 가장 결정적인 죄였다. 히잡을 쓸지 말지 선택하는 것은 오로지 여자의 몫이다. 만약 여자가 쓰기로 한다면 쓰는 것이고 벗기로 한다면 벗는 것이다. 그건 그가 감히 벗으라 마라 할 문제가 아니었다. 차는 양쪽으로 녹색 나무가 우거진 곳을 달리고 있었다. 우리는 숲속을 달리고 있는 것만 같았다.

그 순간 여자가 부드러운 손길로 옷 안에 손을 집어넣어 무언가를 꺼낸다. 그것은 총이다. 새까만 총이다. 창밖으로, 어느새 빽빽이 펼쳐지던 나무숲은 끝이 났고, 낮은 잡초들의 땅이 죽 펼쳐지고 있었다. 나는 숨을 헉 들이켜 마셨다.

"저기, 저기 원숭이가 있어요." 여자가 총을 꺼냄과 동시에 바스마가 외쳤다. 원숭이가 도로 한복판에 앉아 있었다. 가이드는 급브레이크를 밟았다. 나는 자리에서 튕겨져 나가 앞 시트에 이마를 박았다.

총은 사라졌다. 아니, 애초에 여자는 총을 꺼낸 적 없다. 여자는 다만 원숭이를 바라보고 있었을 뿐이다. 원숭이는 풀밭에서 튀어나온 모양이었는데, 자칫하면 위험한 상황

272

에 놓일 뻔했다.

나는 아픈 이마를 어루만지며 곰곰이 생각에 잠겼다.

누군가 반드시 총을 쥐어야 한다면, 그건 내가 되어야 했다. 누군가 반드시 칼을 쥐어야 하고, 그 죄 때문에 돌 팔매질을 당해야 한다면, 그건 내가 되어야 했다. 그녀는 먼 타국의 사람이고, 내 증오는 그 타국에서 시작된 것이 아니었기 때문이다. 나는 원숭이로부터 고개를 돌려 왼쪽 창밖을 바라보았다. 저 멀리 초록 나무들이 보였다.

내 증오는 저 먼 곳에서, 숲과 들판과 바다를 건너야만 도착할 수 있는 그 먼 곳에서, 내가 태어나고 자란 땅에서 시작된 것이었고, 누군가 총을 쥐는 일이 벌어져야만 한 다면 그건 그 땅에서 이루어져야만 했다.

그러자 나는 꿈에서—혹은 상상 속에서—혹은 다른 차원의 삶에서—초록빛 숲을 심장 터지도록 달리거나 들 판을 뒹굴며 눈물을 흘렸었던 것만 같다는 기묘한 기분에 휩싸였고, 어쩌면 그건 사막으로 출발하기 전에 일어난 일일 수도 있다는 생각이 들었지만, 동시에, 내 생에 그렇 게 자유로웠던 적은 사실 단 한 번도 없었다는 생각도, 그 모든 일이 창밖 세계처럼 스쳐 지나가는 순간에 불과했다 는 생각도 들었다.

"이런, 불쌍한 원숭이 같으니라고." 가이드가 말했을 때, 나는 녹색 풍경에서 고개를 돌려 원숭이를 바라보았다. 원숭이의 얼굴은 무심했다. 나는 거울을 보는 기분으로 원숭이를 빤히 들여다보았다.

그 무심한 얼굴이 이렇게 말하는 것만 같았다. 아, **불쌍한 것들.**

가이드는 조심스레 후진한 뒤 다시 전진하며 갓길에 차를 댔다. 그는 잊고 있던 자신의 직업적 명분을 기억해낸 듯 이렇게 말하기 시작했다. "아, 맞아. 이곳은 원숭이들이 출몰하는 곳이야. 어서 구경들 하라고. 놀라게 하지는 말고." 가이드가 운전석에서 내려 차 문을 닫았다. 담배를 피우러 가는 것 같았다.

그 틈을 타 여자가 기다렸다는 듯 조수석에서 운전석으로 갈아탄 후 핸들을 쥔다. 옥색 히잡을 쓴 여자는 피아노를 연주하듯 운전할 것이다. 아주 부드럽게 페달을 밟고, 속도를 높여야 할 때만 속도를 높이며, 배의 항해사처럼 우아하게 운전대를 돌릴 것이다. 이제 우리는 공범이고, 언제 어디선가 사람을 죽인 죄로부터 멀리멀리 도망칠 것이다. 우리의 목적은 사람을 죽이는 것이 아니라 사막으로 가는 것이니까. 그러나 여자는 핸들을 쥐는 대신 딸깍

소리를 내며 차 문을 열고 밖으로 나가려고 했다.

"실례가 아니라면, 뭐 하나 물어봐도 될까요?" 나는 다급히 물었다. 여자는 나를 돌아보았고, 바스마의 통역 후에 짧게 끄덕였다. 뭐, 그러라는 듯이.

"당신의 이름이 뭐예요?" 내가 백미러로 여자와 눈을 마주치며 물었다.

"아말." 바스마의 통역이 시작도 되기 전에, 여자가 대답했다.

나중에 바스마에게 듣게 된 것이지만, 그건 거짓말이었다. 바스마는 여자의 이름이 아말이 아닌 것을 어렴풋이 알고 있었기 때문이다. 그러나 달리 생각해보자면 그건 거짓말이 아니었다. **나를 아말이라고 불러라.** 그녀는 그렇게 말하고 싶었을 것이다. **그게 지금부터 나의 이름이야.**

내가 아말과 바스마를 번갈아 바라보는 동안, 차의 왼쪽에서 원숭이 세 마리가 더 나타났다. 그들은 수풀 속에서 총총총 걸어 나와 우리를 구경하고 있었다. 바스마와 나는 창밖을 바라보며 함박웃음을 지었고, 약속이나 한 듯 차에서 내렸다. 원숭이들의 땅에는 작은 돌들이 가득했다. 우리는 원숭이들을 끔벅끔벅 구경했다. 원숭이들도 우리를 끔벅끔벅 구경했다.

"먹이를 주면 안 된다. 만지려고 해서도 안 돼." 저 멀리서 가이드가 말했다. 그는 담배를 길게 길게 들이마시며 스스로를 진정시키고 있는 것 같았다. 나는 그를 쳐다보다가 원숭이들에게 다시 고개를 돌렸다.

그제야 바스마와 나는 아말의 동생이 죽어간다는 사실을 기억해냈다. "어서 가요." 우리는 가이드를 재촉했다. 가이드는 담배꽁초를 플라스틱 담배 케이스에 지져 껐다가 그 안에 집어넣었다. 나, 바스마, 가이드는 차례차례 차에 올라탔다. 그러나 아말은 바로 차에 올라타지 않았다. 아말은 가장 먼저 나타났던 원숭이에게 다가가고 있었다.

"저 여자는 뭐하는 거야?" 가이드가 창밖으로 아말을 바라보며 말했다.

아말과 원숭이는 서로를 바라보고 있었다. 차 안에서 우리는 아말과 원숭이가 어떤 대화를 나누고 있는지 들을 수 없었다.

"그냥 내버려둬요." 바스마가 말했다. "부탁해요."

가이드는 기묘하게 차분해져 있었다. 그는 한숨을 푹 내쉬더니 핸들에서 손을 내려놓으며 말했다. "어차피 지금은 출발 못 해. 원숭이가 저기 저러고 있으니."

여행 중에는 주기적으로 정적이 찾아온다. 들뜸과 설렘

은 지나가고 사람들은 지치기 마련이다. 장기간의 이동은 몸을 피로하게 만든다.

"정말로 동생이 죽어가는 중일 수도 있잖아요." 바스마가 말했다. 그걸 바스마는 언제 내게 통역해주었던가? "왜 그렇게 매정하세요?" 바스마가 물었다.

가이드는 한참을 침묵한 후에 답했다. "작년에 15년을 살았던 내 개가 죽었어." 그는 잠깐 뜸을 들인 뒤 대답했다. "태어난 것들은 어차피 다 죽게 돼 있어. 그런 게 우리 삶의 유일한 진리야."

바스마의 미간에 주름이 졌다.

가이드가 아말로부터 고개를 돌려 왼쪽 창문으로 원숭이들을 바라보며 중얼거렸다. "슬퍼할 건 없어." 그의 목소리가 처음으로 슬프게 들렸다. "슬퍼할 건 없는 거야."

나는 그들의 대화를 흘려들으면서 아말을 바라보고 있었다. 바람 한 점 불지 않던 땅에 바람이 불었다. 아말의 히잡이 흔들렸다.

그러자 아말과 원숭이는 초록 땅에 서 있다. 영원히 끝나지 않는 푸르른 초원이다.

원숭이가 자리를 뜨자 초원은 사라졌다. 아말이 뒤돌아 우리에게 다가왔다. 아말이 차 문을 연 채—곧바로 차에 타지 않고—가이드에게 말했다. "당신 말이 맞아."

가이드는 운전대를 붙잡은 채 인상을 쓰고 아말을 바라보며 물었다. "무슨 말?"

"내 동생은 이미 죽었을 거야."

아말의 얼굴은 다소 축축했고, 두 눈은 새빨갛게 충혈되어 있었다. 허리를 구부정하게 펴고 서 있던 아말은 한 손을 열린 차 문에, 다른 한 손은 문틀에 기댄 채 우리를 들여다보는 중이었다. 마치 숨바꼭질 놀이에서 동굴 속에 숨은 친구들을 찾아낸 술래처럼. 나는 동굴 속에 숨어 키득키득 웃다가 술래의 눈을 올려다보며 깨닫는다. 놀이는 이제 끝났다는 것을.

잠시 침묵이 흘렀다.

"나는 죽은 몸을 보러 가야 해." 아말이 두 눈을 동그랗게 뜨고 가이드에게 물었다. "내 말 이해했니?"

당연히, 가이드는 당연히 그녀의 말을 이해했을 것이다. 그렇다면 왜 그런 질문을 하는가? 가이드는 잠자코 그녀를 바라보더니 우울한 표정을 지으며 앞으로 고개를 돌렸다. 바스마가 언제 이 모든 말을 통역해주었던가? 적어도 차에 타고 있을 때는 아니었다. 나는 영문을 알 수 없어 잔뜩 긴장한 채로 아말과 백미러 속 가이드를 번갈아 바라보았다. 아말이 깊은 숨을 내쉬며 회담을 종식했고, 조수석에 올라타 차 문을 닫았다.

"갑시다." 아말이 말했다. 가이드가 침통한 얼굴로 차를 출발시켰다.

차 안에 정적이 감돌았고, 눈을 감았다 뜨자 저 멀리 사막이 보였다.

드디어 사하라사막이었다. 누군가 세상을 반 접었다가 펼쳐놓은 것처럼 중간 지대에 선이 하나 길게 그어져 있었고, 그 선을 기준으로 위는 구름 한 점 없이 새파란 하늘, 아래는 황금빛 땅이었다. 바스마와 나는 동시에 탄성을 질렀다. 가이드가 페달을 밟자 사막이 자동차를 집어삼켰다. 자동차의 모든 유리창으로 사막이 보였다.

"도착했다. 이제부턴 다른 가이드가 통솔할 거야." 가이드가 차를 세우며 말했다.

우리는 차에서 내렸다. 사하라사막의 공기는 건조했다. 우리는 버석버석 소리를 내며 모래를 밟았다.

사막의 순례자들은 모래를 막기 위해 온 얼굴에 기다란 천을 칭칭 감싼다. 아말, 바스마, 나 역시 파란색 천을 온 얼굴에 단단히 둘러쌌다. 우리의 천은 모두 푸른색이었다. 아말은 옥색 히잡 위로 푸른색의 천을 한 번 더 둘렀다.

모래가 들어오는 것이 싫은 모양인지 눈만 간신히 내놓고 얼굴을 싹 가렸다.

우리 앞에 새초롬하게 앉아 있는 낙타들이 보였다. 그들은 일렬로 길게 앉아 있었다. 칙칙폭폭 기차놀이를 하는 아이들처럼. 평생 기차놀이를 멈출 수 없는 불행한 노예들처럼.

우리는 낙타에 올라타기 시작했다. 맨 앞에 아말이, 바스마가 그다음, 내가 그 뒤, 맨 마지막에 새로 만난 가이드가 탔다. 낙타들은 자신의 운명을 받아들이고 순순히 출발했다. 우리의 앞과 뒤, 양옆으로 온통 황금빛 모래뿐이었다. 영원히 끝나지 않을 것 같은 아름다운 모래땅이었다.

"나는 거짓말을 하는 게 아니야."

아말이 뒤를 돌아보지 않은 채 말했고, 바스마 역시 뒤를 돌아보지 않은 채 통역해주었다. 그들은 마치 혼잣말을 하는 사람들 같았다. 새로 만난 가이드가 내 뒤에서 "뭐라고요?"라고 영어로 물었고, 나는 뒤를 돌아보며 그에게 "아무것도 아니에요"라고 답했다. 그 가이드는 친절했다. 그는 사람 좋은 수더분한 얼굴을 하고 서글서글 웃으면서 온몸으로 이렇게 말을 하고 있었다: 당신들이 이곳에서 즐거웠으면 좋겠네요.

적어도 내가 모로코를 여행하는 동안 그런 가이드가 있었다는 것을, 사실 그런 가이드들이 더 많았다는 것을 부정할 수는 없다.

"믿어요. 그리고 동생은 살아 있을 거예요."

나는 아말에게 말했다. 바스마 너머로 푸른 천을 둘러싼 아말의 뒷모습이 보였다. 낙타를 탄, 푸른 천의 아말. 사막을 가로지르는 순례자. 바스마가 내 말을 통역해주었지만 아말은 답이 없었다. 아말은 오래오래 침묵했다. 나는 뒤늦게 내가 실수했다는 사실을 알았다. 우리는 잠시 동안 말없이 사막을 가로질러 나아갔다.

사막을 가로질러 우리가 묵을 곳에 도착했을 때는 해가 완전히 져 있었다.

아말은 낙타에서 내린 다음 우리에게 말했다. "사막에서 행복한 시간을 보내길 바란다."

우리가 낙타에서 내리고 있을 때 아말은 이미 숙소 부지 안쪽으로 들어가고 있었다. 숙소 부지는 큼직하고 흰 움막—두툼한 천을 겹겹이 연결하고 쌓아 올려 만든 움막—을 여러 채 연달아 세워놓은 곳으로, 마치 하나의 마을처럼 보였다. 그러니까, 사막 마을.

바스마와 나는 아말을 따라 걸었다. 말은 씨앗이 된다. 그러나 우리는 동생이 죽을 거라고도 말했고 살아 있을 거라고도 말했다. 그때 다시 한번 모래바람이 불었다. 나는 마을에 들어가기 전 뒤를 돌아보았다. 눈앞에 보인 것은 사람 한 명 없는 드넓은 사막이었다. 버려진 세계였다.

기이한 충동, 해명 불가능한 충동이 나를 집어 당기고 나를 밀어붙여서 이곳에 도착시켰다. 익숙한 일이었다. 불가해한 것이 나를 흠뻑 매료하고, 나는 그것이 무의미하다는 사실을 알면서—혹은 바로 그 무의미함 때문에—온몸을 던져 다이빙한다. 무시무시한 풀장에 뛰어들면서, 나는 비밀스럽게 생각한다. 어쩌면 이 풀장만이 유의미한지도 모른다고, 어쩌면. 나는 뒤를 돌아 마을 안으로 걸어 들어갔다.

그 어디에도 아말은 보이지 않았다. 바스마는 데스크에 서 있는 남자에게 다가가 방금 이곳을 지나간 여자를 본 적 있느냐고 물었다. 남자는 그 여자가 이미 자기 방 안에 들어갔다고 답하며 그 이상 다른 손님에 대해 어떤 정보를 알려줄 순 없다고 말했다. 사막 마을의 그 남자는 머리 위에 흰 천을 똬리 튼 뱀처럼 말아 올려 쓰고 있었고, 그건 그곳의 다른 가이드들도 마찬가지였다.

차를 운전했던 가이드, 처음 만난 그 가이드에게 다급히 연락이 온 건 그날 밤 아주 늦은 시간이었다. 통화를 하는 동안 천천히 굳어가는 바스마의 표정을 보면서 나는 불길함을 느꼈고, 바스마가 그의 말을 어서 전해주길 기다렸다. 바스마는 단호한 말투로 그에게 몇 번 답하기도 했다. 그건 모두 아랍어였다.

잠시 후, 바스마가 전화를 끊고 생각에 잠긴 얼굴로 입을 다물고 있었다.

"무슨 일이야?"

나는 바스마에게 속삭였다. 그러나 바스마는 말없이 움막의 문을 열고—정확히 말하자면 문이 아니라 천이었다. 두꺼운 천을 여러 겹 연결해서 움막의 입구에 덧대어 놓은 것이었다— 바깥으로 나아갔다. 나는 바스마를 뒤따라 걸었다. 관광객들과 아랍인 가이드들이 묵고 있는 숙소는 놀라울 만큼 고요했다. 줄줄이 이어져 있는 흰 움막들이 죄다 잠들어 있었다. 움막 앞에 설치되어 있는 은은한 노란빛 조명들을 제외하고서는 온 세상이 칠흑 같았다.

"지금 모로코 경찰들이 우리와 함께 차를 탔던 그 여자를 쫓고 있대."

바스마가 앞서가며 말했다. 그 말을 듣고 나는 처음에

는 놀라움을 느꼈지만, 곧이어 슬픔을 느꼈다.

"왜?" 나는 종종걸음으로 바스마를 따라가며 물었다. 잠들 준비를 하고 있었던 우리는 나풀나풀 거적때기 차림이었다. 한밤의 유령, 속치마만 입은 무용수, 태초의 인간들, 문명을 벗어난 유목민들처럼.

바스마가 앞서가다 말고 나를 한 번 돌아보며 입을 열었다. "가이드가 사춘기 소년처럼 달달 떨고 있더군. 그는 내게 말했어. '그 여자를 찾지 못하면 내 입장이 난처해질 거야. 내가 운전을 했잖아. 공범으로 몰릴 거라고. 내가 누명을 쓰고 감옥에 가면 어떡하지?' 그래서 나는 이렇게 답했지. '진정하세요. 블랙박스에 우리 대화가 녹음되어 있잖아요. 그게 증거물이라고요.' 그러자 그는 어린애처럼 안도하는 것 같아 보였어."

말을 마친 바스마가 헛웃음을 지었다. 그리고 다시 앞을 바라보며 죽죽 걸어갔다. 여전히 빠른 걸음으로 나를 앞서가며.

"맞아. 블랙박스가 있었지."

나는 혼자 중얼거렸다. 사실 우리는 블랙박스가 아니라 카마라 데 타블레로라고 말하고 있었다. 아니, **까마라 데 따블레로**cámara de tablero라고 말하고 있었다. 아니, 그냥

284

까마라 빠라 엘 꼬췌cámara para el coche라고 말했을 수도 있다. 우리가 영어를 하고 있었다면 **대쉬캠**dashcam이라고 말했을 것이다. 영어나 스페인에서의 **블랙 박스**black box(**까하 네그라**caja negra)는 한국인들이 말하는 그 블랙박스가 아니라 비행기에 설치되는 비행 자동 기록 장치를 의미하기 때문이다. 그것은 비행기 사고 시에 수십 번 재생되며 조종사의 죄를 판별해낼 때 쓰인다. 동시에 **블랙 박스**(**까하 네그라**) 즉 검은 상자라는 말은 정체를 알 수 없는 미지의 상자나 기계를 의미하기도 한다.

"그는 아마 운전을 할 때마다 블랙박스를 향해 이렇게 노래를 부를 거야. '고맙습니다. 고맙습니다. 저를 살려주어서 정말 고맙습니다.' 그는 그 노래를 부르면서 기쁨의 눈물을 줄줄 흘릴 거야."

우리는 마을을 둘러싸고 세워진 울타리를 따라 걷다가 벙 뚫린 공간을 발견했다. 입구이자 출구인 그 구멍을 통해 우리는 마을을 빠져나왔다. 그러자 눈앞에 펼쳐진 것은 드넓은 사막이었다. 새까만 어둠이었다. 모래땅과 하늘의 경계가 싹 사라진 검은 세계였다.

문명도 절망도 축제도 고통도 없는 곳이었다.

저 멀리, 사막의 달이 보였다. 붉은 달이었다. 바스마는 좌우를 둘러보았다. 사람의 기척이라곤 전혀 느껴지지 않았다. 무시무시한 적막이었다.

"혹시 여자가 보여?"

바스마가 물었고, 나는 주위를 둘러보았다. 굽이굽이 이어지는 사막의 모래 능선 위로 툭 튀어나온 사람의 그림자를 찾아서. 낙타를 타고 푸른 천을 둘러싼 채 사막을 횡단하는 사람을 찾아서. 아말을 찾아서.

"아니, 아무것도 보이지 않아."

나는 진술했다.

그때 우리 뒤에서, 방금 전 빠져나온 마을 전체가 소란스러워지는 소리가 들렸다. 밤의 축제라도 시작된 것처럼 부지 전체의 불빛이 조금씩 밝아지고 사람들이 잠에서 깨어나 웅성거렸다. 울타리 사이사이로 가이드들이 경보하듯 걸어 다니는 모습이 보였다. 그들은 움막을 싹 뒤지고 있었다. 경찰의 연락을 받은 게 분명했다. 손전등을 들고 돌아다니던 어떤 가이드 한 명이 출구를 나오다 말고 고개를 돌려 우리를 발견했다. 그는 손전등 불빛을 우리에게 정면으로 치켜세운 채 무시무시한 표정으로 성큼성큼 다가왔다. 그리고 손전등 불빛을 얼굴에다 바짝 들이밀었다. 우리는 눈살을 찌푸렸다. 그러나 그는 내 얼굴을 보고 우리가 영락없는 관광객이라고 생각했는지 순식간에 표정을 누그러뜨렸다. 위협적이진 않은, 그러나 짜증 가득한 목소리로 그는 우릴 추궁했다. "왜 바깥에 있는 거야? 어서 들어와. 탈주자가 돌아다니고 있을지도 몰라."

"탈주자요?"

바스마는 놀란 척 굴었다. 아무리 생각해도 그녀는 지나치게 총명하다. 외교와 화술의 기재가 타고난 사람 같다.

그는 우리에게 마을 안으로 들어오라고 명했다. 바스마와 나는 순순히 그를 따라나섰다. 그를 따라 걷는 동안 나는 아말이 했던 모든 말, 그중에서도 특히 사건에 대한 진술들을 되짚어보았다.

1. 동생이 죽어가고 있어. 죽기 직전이라고. 동생은 사막에서 아주 오랜 시간을 일했어.

2. 차에 태워줘서 정말 고마워. 나는 당장 사막으로 가야 해. 그가 죽어가고 있대. 그는 관광객들이 잠드는 하얀 텐트의 침구를 정리하고 식당을 청소하는 일을 했어. 나는 그가 죽기 전에 사막에 도착해야만 해.

3. 당신 말이 맞아. 내 동생은 이미 죽었을 거야. 나는 죽은 몸을 보러 가야 해. 내 말 이해했니?

4. 나는 거짓말을 하는 게 아니야.

나는 아말의 어느 말이 거짓말이고, 어느 말이 진실인지 분간할 수 없었다. 왜냐하면 나에게는 아말의 말을 감히 해석할 능력도, 아말의 말을 판가름할 자격도 없었기 때문이다. 무엇보다 이 모든 말은 바스마의 통역을 통해 전달되었던 것이었다. 어떤 외교관이나 번역가처럼 바스마는 아말의 말을 훼손했던 것일 수도 있고, 혹은 그보다 더 훌륭하게—원래의 말보다 더 나은 방식으로—전달했을 수도 있었다.

한 가지 결정적인 문제가 더 있었는데, 이 모든 말이 누군가에 의해 기록되었다는 것이었고, 그 누군가가 고작 나라는 것이었다. 나는 그들의 이야기를 훼손하고 있는 것일 수도 있었다. 다만 훼손하고.

나는 차 문을 연 채—차에 곧장 올라타지 않고—가이드를 내려다보며 말하던 아말의 모습을, 그녀의 슬픈 두 눈을 떠올렸다.

마을로 들어가는 구멍으로 돌아오자마자 또 다른 가이드가 다가와 손전등을 들고 있는 남자에게 말했다. "아무리 찾아봐도 없어. 낙타 한 마리를 훔쳐서 사막 안으로 깊숙이 들어간 것 같아." 그가 말하자마자 바스마가 통역해주었다. 바스마는 가이드의 연락을 받자마자 아말이 낙타를 훔쳐

288

사막을 건넜을 거라고 짐작했던 것이 틀림없었다.

바스마는 지금 야말이 사막을 막 가로지르고 있을 거라고 믿고 있는 것 같았다. 붉은 달이 뜬 새까만 사막을.

나와 바스마는 가이드들의 지휘를 받아 움막 안으로 들어가야 했다. 우리는 오래오래 뒤척인 후에야 잠에 들었다.

꿈에서 나는 사막에 있었다 — 아니, 사막에 있다.

저 너머에, 사막의 끝에 쇠창살이 길게 이어지는 것이 보인다. 사막의 모래 산맥에 가려져서 보이지 않던 곳. 뾰족한 가시가 잔뜩 돋아나 있는 철조망은 존재만으로 무시무시하다. 격자무늬 형태를 가진 철조망의 직선들 위로 동그란 철조망들이 또 다른 겹을 그리며 빙글빙글 선을 그리고 있다. 이 이상하고 혼란한 철조망 너머로 평평한 땅이 있다. 철조망의 안팎으로 반듯이 직립한 군인들이 있다. 철조망 군인들. 그들은 망치에 머리통을 얻어맞아 그 자리에 못 박힌 것처럼 서 있다. 거대한 총을 한 손에 쥔 채 무심하고 불행한 얼굴로 땅을 감시하고 있다. 땅의 모든 것 — 사람들, 총, 분노와 광기, 전쟁의 시작을 알리는 전조 — 을 죄다 감시하고 있다. 그러나 사실상 감시당하는 것은 그들이며, 그들의 삶은 황폐하고 비극적이다. 군인들은 철조망이라는 거대한 감옥 울타리에서 한

시도 벗어나지 못하고 총을 짊어지고 있다가 무자비하게 죽는다. 가장 비참한 방식 중 하나로 젊은 신체를 훼손당한다.

나의 낙타는 바로 그 철조망을 향해 모래바람을 일으키며 간다. 그리고 철조망 앞에서 우뚝 선다. 금빛 해가 움직일 때마다 사막 모래 위로 드리워진 철조망의 그림자가 동시에 움직인다. 그것은 황금 모래 위에 새겨진 살아 있는 검은 성 같다. 어마어마하게 많은 선—직선들, 곡선들, 대각선들, 경계들—이 일렁일렁 동시에 춤을 춘다. 그 무수한 선은 바람이 불 때마다 거대한 몸집으로 자라났다가 다시 오그라든다. 그 무수한 선이 나를 잘게 쪼개놓고, 나를 이곳에 세웠다가 저곳에 세우고, 나를 종이처럼 납작 뭉갰다가 고무처럼 길게 늘여버리며, 딱딱하게 굳혔다가 숨결처럼 공중분해시킨다.

그러나 꿈속에서, 나는 누구인가? 꿈속에서 나는 내가 맞는가? 그렇다면 나는 왜 도주하고 있는가? 도주하는 것은 '나'인가, '내가 아닌 다른 누군가'인가? 혹은 '나이자 내가 아닌 다른 누군가인 존재'인가?

어찌 되었든 나는 '그 존재'를 '나'라고 부르기로 한다.

나는 쇠창살을 넘어 지뢰밭에 놀러 간다. 철조망이 두

손바닥, 옆구리, 허벅지, 발목을 긁어댄다. 아니, 철조망은 검은 그림자다. 아니, 내가 그림자다. 나는 그림자를 지나가듯이 철조망을 통과한다. 온몸 구석구석 붉은 피를 흘리며, 아니, 피를 단 한 방울도 흘리지 않으며 나는 철조망을 건너 지뢰밭으로—진짜 사막으로—DMZ로 간다.

불모지로

낯선 영토로

매혹적인 땅으로

다 죽어버린 전쟁터로

죽은 자들이 활활 살아서 춤추는 곳으로

무수히 많은 낙타가 비쩍 말라가는 벌판으로

간다. 나는 그곳에서 슬픔의 춤을 출 것이다. 나의 춤을 본 사람들은 하나같이 이렇게 증언할 것이다. "그녀는 아무렇게나 춤추고 달리는 것 같았지만, 기가 막히게 지뢰를 밟지는 않았어." 혹은 이렇게 증언할 것이다. "그녀는 펑 펑 터지는 지뢰의 리듬에 맞추어 기어코 춤을 추었어." 혹은 이렇게 증언할 것이다. "그녀가 분명히 지뢰를 밟은 것 같았는데, 기이하게도 그 지뢰는 결코 터지지 않았어." 혹은 이렇게 증언할 것이다. "그녀가 걷는 곳마다 폭죽처럼 무수히 지뢰가 터졌어." 내 춤이 끝나갈 즈음에 그들은 이렇게 증언할 것이다. "그녀가 춤추는 DMZ는 바로 그 DMZ, 동명이지(同名異地) DMZ도 아닌 오직 그 DMZ, 우리가 아는 바로 그 DMZ, 그 어떤 다른 땅도 아닌 바로 그 DMZ였어. 그녀의 DMZ는 단지 DMZ일 뿐이며, 가상으로 구현된 땅도 아니고, DMZ를 가상한 땅도 아니었어."

그냥 믿으라. 믿지 않아도 별수 없다. 당신은 이미 믿고 있으니까. 왜냐하면 당신의 머릿속에서—혹은 눈앞에서—그녀가 이미 춤추고 있기 때문이다. 나는 그녀고, 그녀는 나지만, 나는 그녀가 아니고, 그녀는 내가 아니다.

내가 춤춘다,라고 말하면 그녀는 춤춘다. 내가 운다,라고 말하면 그녀는 운다. 내가 자지러진다,라고 말하면 그녀는 자지러진다. 내가 지뢰밭 위에서 그녀는 죽지도 않고 살아남는다,라고 말하자 그녀는 살아남는다. 이 허무맹랑한 이야기가 믿기지 않는가? 그렇다면 저기 보라! 저기 읽으라!

그러자 당신은 읽는다!

그녀는 온몸 멀쩡히 가시 돋친 철조망을 건너 저 너머로 간다. 그리고 다시는 돌아오지 않는다. 영영 자유로워진다.

다음 날 아침이 되었을 때 가이드들은 마치 아무 일도 일어나지 않았던 것처럼 행동했다. 관광객들은 전날 밤의 작은 소란에 대해 궁금해했지만 가이드들은 답을 회피했다. 혹은 "고양이 때문이었어!"라고 말했다. 어떤 고양이가 식당의 음식을 훔쳐 한바탕 난리를 피우고, 움막에 들어가서 관광객들을 놀라게 했기 때문이라는 것이다. 그 이야기를 듣고 있던 순진한 관광객들은 "사막에서라면 그런 일이 벌어질 수도 있지!"라고 생각하며 가이드들의 말을 믿었다.

바스마와 나는 이제 다시 사막을 가로질러서 또 다른 도시로 가야 했다. 이번에 우리는 다른 관광객들과 섞여 낙타를 탔다.

"아말은 지금쯤 어디 있을까?"

나는 바스마에게 물었다.

그러자 바스마는 한쪽 손가락을 높이 들어 사막 저 끝을 가리켰다. 국적을 묻는 질문에 자기가 서 있는 땅을 가리켰듯이 검지를 화살표 삼아서, 이번에는 밑이 아닌 저 너머를, 모래 지평선 너머를 가리키며 그녀가 말했다.

"저 멀리."

그녀는 마치 나와 같은 꿈을 꾸기라도 한 것 같았다.

우리가 탄 낙타가 출발했다. 불쌍한 낙타들. 우리는 사막 주변을 조금 돌아다니다가 다른 가이드의 차에 올라타 페즈로 떠날 예정이었다. 사막의 연극에 충실하다가 정해진 시간이 되면 원래 속한 곳으로 돌아가는 일, 그게 관광객의 본분이었다.

사막을 걷는 낙타 위에서, 나는 아말의 눈을 떠올렸다. 차 문을 열고 우리를 들여다보던 아말의 붉은 눈을.

나는 죽은 몸을 보러 가야 해.

내 말 이해했니?

그녀의 말과 함께 내가 감히 올라탄 낙타, 사막의 모래들, 선인장, 구름 한 점 없는 하늘이 모두 말하기 시작한다. 아스팔트 도로 한가운데에 앉아 있던 원숭이도 말하기 시작한다. 그건 불협화음이 섞인 합창처럼, 불가능한 노래처럼 들리기도 한다. 나는 그 모든 말을, 그 모든 노래를, 그 모든 발화를 옮겨 적을 수 없다.

어쩌면 그날 우리가 타고 있던 블랙박스에 그녀의 말은 녹음되어 있지 않을 수도 있다. 그러니까 그녀의 말을 닮은 어떤 것은 녹음되어 있겠지만, 그녀의 말은 녹음되어 있지 않을 수도 있으며, 치직거리는 슬픈 소음과 어린 것들의 울음소리만이, 혹은, 슬픔에 빠진 어린 것이 흥얼흥얼 부르는 노래만이, 혹은, 누군가가 고독하게 중얼거리는 혼잣말만이 녹음되어 있을 수도 있다.

　그때 바람이 불었고, 모래가 눈으로 들어왔다. 나는 낙타에서 내려와 사막을 기어다니고만 싶었다.

　낙타의 종아리에서,

　눈물을 흘리며,

　사막을 기어다니고만 싶었다.

푸른 생을 위한 경이로운 규칙들

다이빙의 최대 목적은 출수다. 안전하게 돌아오라.

이건 규칙이다. 세상의 어떤 규칙은 경이롭고, 어떤 규칙은 경이롭지 않다. 경이롭지 않은 규칙은 사람들의 숨을 막히게 만든다. 경이로운 규칙은 사람들의 숨을 트이게 만든다.

만약 나의 소중한 동료가 규칙을 어긴다면? 나는 기꺼이 구조대원이 되고 싶다. 그러나 어린 시절에 만난—그 시절의 나를 살려주었던—상담사는 이렇게 말했었다. "네가 수영을 못하는데 바다에 빠진 사람을 구하려든다면, 그건 사랑이 아니야."

나는 수영은 할 수 있다. 어쨌든 구조는 할 수 없다. CPR

교육이 포함된 EFR 교육이나 레스큐 다이버 교육을 수강한다고 구조 능력이 생기는 것은 아니었다. 1. 다치지 않은 깨끗한 팔에 부목을 댄 다음 흰 붕대로 감기. 2. 영혼이 없는 상반신 인형에 CPR 하기. 3. 산소마스크를 내 입에 쓰고 숨 쉬어보기. 이런 연습을 한다고 심장을 다시 뛰게 할 수 있는 능력이 생기는 것은 결코 아니었다. 그런 건 알고 있었다.

실제 현장에서 방해나 안 되면 다행이지. 나는 사실 셀프 레스큐가 급선무고, 도움받지 않기 위해 내 스쿠버 장비나 꼼꼼히 챙겨야 하고, 평소에 틈틈이 기초 체력을 더 다져야 한다. 그러니까 이런 거나 더. 0. 헬스장 트레드밀 위를 오랫동안 걷기.

2024년 | 필리핀 | 리브어보드

내가 탄 배는 필리핀의 섬과 섬 사이를 돌고 있었다. 배를 타는 일은 황홀한 것이었다. 사실 필리핀같이 아름다운 나라에서는 모든 일이 좀더 산뜻해진다. 몇몇 한국인은 필리핀 거리에서 총을 맞는 일을 요란하게 걱정하지만, 한국의 거리에서 칼에 맞거나 질식해 죽는 일은 걱정하지 않으며, 그런 문제는 예외일 뿐이라고 말한다. 그건 내게 이렇게 들린다. "죽음에 대한 문제만 빼면, 우리나라는 아주 살기가 좋아."

죽음에 대한 문제만 빼면……

필리핀에서 배에 탄 후 처음 이틀은 지독한 멀미라는 홍역을 치러야 했다. 그동안 먹은 것을 모조리 게워낸 다음 누구에게 바치는지 모를 기도를 치른 끝에 고문에서 벗어났고, 셋째 날 잠에서 깼을 때 내가 더 이상 어지럼증을 느끼지 않는다는 사실을 알게 되었다.

나는 2층 침대 사다리를 타고 내려왔다. 전날 엄청났던 파도 때문에 선반에서 떨어진 세면 용품 세트를 폴짝폴짝 건너뛰어 방문을 열자 객실 문이 죽 늘어져 있는 폭 좁은 지하 복도가 나타났다. 나는 객실 안에 숨어 비밀스럽고 진지한 대화를 나누는 사람들의 목소리를 흘려들으면서(한 명은 2층 침대에 나른하게 누워 있고, 다른 한 명은 침대 난간에 몸을 기댄 채 누워 있는 사람에게 말을 걸고 있을 것이다), 혹은 어딘가에서 빵 터져 나오는 웃음소리의 주인들을 상상하면서 복도의 끝에 도달했고, 위태로울 만큼 폭이 좁고 가파른 계단을 올라 1층 실내 홀로 올라갔다. 그러자 삼삼오오 모여 보드게임을 즐기는 사람들이 보였다.

나는 그들에게 "죄송해요, 잠시만요, 죄송해요"라고 말하며 조심조심—돌담을 건너듯이—넘어갔다. 그렇게 1층의 자그마한 홀을 빠져나와 문을 열어젖히자 비명을 지르고 싶을 만큼 새파랗고 투명한 하늘과 바다 풍경이 펼쳐졌다.

햇살이 푸른 수면에서 보석처럼 쪼개지고 있었다. 윤슬이었다. 나는 바다에서 반사되는 빛 때문인지 하늘에서 쏟아지는 빛 때문인지 혹은 그 전부인지 모를 눈부신 것들 때문에 인상을 잔뜩 쓰고 앞으로 걸어가 멈추었다.

그곳에 그렇게 가만히 서 있으려니 온몸이 열대 과일처럼 익는 기분이었다. 나쁘지 않았다. 이런 비슷한 기분을 제주의 목장을 산책하며 느꼈던 것 같기도 하고, 발렌시아의 해변에서 대자로 누워 느꼈던 것도 같다. 그러나 내가 이런 순간들의 아름다움에 대해 이야기할 자격이 있는진 모르겠다. 나는 그 배에 머무는 동안 스쿠버다이빙을 하면서 해양 쓰레기를 몇 개 줍고, 담배를 피우던 누군가가 꽁초를 바다에 던지려고 하면 두 손을 모으면서 이 안에 버리라고 말했는데, 그 생물들은 그냥 내 존재 자체를 경멸했을 것 같기도 하다—그러니까 내가 살아 숨 쉬는 것 자체를.

그때 스피드보트 하나가 가까이 다가오는 것이 보였다. 보트에서 사람들이 내려서 우리 배에 올라탔다. 육지에서 요리 재료를 사 온 필리핀인 선원들이었다. 그들 중 내 이모뻘이었던 여자 R은 "이제 좀 괜찮니?"라고 물으며 내 어깨를 툭 치고 갔다. 나는 먹은 것이 없어 지친 몸으로 비실비실 흔들리며 답했다. "그럼요, 아주 좋아요." 선원들이 웃음을 빵 터뜨리며 멀어졌다. 그들은 운전실이나 주방으로 자취를 감추었다. R도 짧게 깎은 머리 위로 모자를 쓰며 어딘가로 사라졌다. 스피드보트는 배의 오른쪽에 정박되었다.

스피드보트는 다이빙을 할 때마다 큰 배인 리브어보드에서 옮겨 타는 용도였다. R은 능숙한 다이빙 실력을 가진 다이브 마스터이자 필리핀 바다의 가이드로 매 로그마다 스피드보트에서 먼저 입수하여 조류가 어느 방향으로 흐르는지, 얼마나 강한지, 시야는 어떠한지 등등을 확인하고 돌아오곤 했다. 그리고 본격적인 다이빙이 시작되면 무리의 선두에 섰다.

실력 있는 다이버들은 반듯하게 엎드려서 유유히 바닷속을 돌아다닌다. 그들은 다이빙 내내 중성 부력을 훌륭하게 유지하는데, 조류가 없을 때 그들의 모습은 물속에 있는 것이 아니라 차라리 공중에 우뚝 솟은 듯이 보인다. 나 같은 다이버가 부력의 영향을 받아 위아래로 흔들리는 동안 그들이 손목에 찬 다이빙 컴퓨터 속 수심은 일정한 것이다.

바닷속에서 고요하고 적확하게 움직이는 그들의 다이빙을 보는 일은 그 자체로 경이롭다.

저 멀리 R이 보인다.
필리핀 바다는 내가 몸을 담갔던 바다 중 가장 아름다웠다.

그들은 배의 주인인 필리핀인들과 손님인 한국인들이었다. 한국인들 중에는 두 개의 앨범을 낸 가수, 육군, 헬스 트레이너, 회사원, 배관공, 사육사가 있었다. 그들은 어른스러워 보였고, 나보다 배를 탄 경험이 훨씬 많았고, 이런 곳에서 타인들에게 기본적으로 어떤 태도를 취해야 하는지 본능적으로 아는 부류의 사람들—혹은 오랜 시간의 자기 단련을 통해 그런 태도를 깨우친 사람들—아직 그들만큼 세련되게 타인을 대하진 못하는 어리숙한 내게도 친절하게 대해주었다.

뿔뿔뿔뿔……

나는 이곳저곳을 돌아다니다가—충전 중인 공기통들, 건장한 선원이 주방에서 썰고 있던 샛노란 망고의 형태, 햇볕에 마르고 있는 웻슈트와 비키니 들의 색감을 구경하다가—2층으로 올라갔다. 정글짐처럼, 정글짐처럼, 어린 날의 정글짐처럼.

사실 그 작고 낡았던 배에 딱히 2층이랄 건 없었고 내가 오른 곳은 1층 외부에 연결된 배의 갑판이었다. 그날부터—어지럼증이 나를 해방시킨 날부터—나는 갑판 위에 펼쳐진 흰 선베드에 누워 책을 읽을 수도 있게 되었고, 바닥에 굴러다니는 큼직한 빈백에 엉뚱한 자세로 누워 가져

온 수첩에 무언가를 적을 수도 있게 되었다. (빈백은 반죽 같았다. 내가 만지는 대로 물컹물컹 모양이 변했기 때문이다.)

수첩에 이런저런 것을 끼적이거나 콜롬비아 소설가의 책을 읽는 동안, 수첩과 책을 바닥에 집어 던지고 물속에 뛰어들고 싶다는 충동이 들 때가 있었다. 그러나 충동은 자유가 아니다. 배가 정박되어 있을 때가 아니면 뛰어들어선 안 된다. 나 하나 잘못 뛰어들었다가는 배에 탄 사람들 모두가 지옥을 맛볼 수도 있다.

"안 돼."

어머니의 목소리가 들리는 것 같다. 안 돼.

이 말이 누군가에게는 기묘하게 들릴 수도 있겠지만, 그녀에게는 나 같은 딸이 아니라 키우기 수월하고, 마음 씨도 다정다감한 딸을 낳을 권리가 있었다. 나는 다른 정자들과의 치열한 우격다짐 끝에 그녀의 딸 자리를 쟁취하고 말았고, 그녀를 육아 우울증과 조울증의 늪에 밀어 넣었다. 물론 그녀의 우울 증세는 내가 태어나지 않았을 때부터 존재했던 것이었고, 어느 경우에든 육아 우울증을 자식 탓으로 돌릴 수는 없다는 것을 나도 잘 알고 있다.

결코 내 탓이 아니지만, 내 탓처럼 느껴지는 일이 있다.

내가 가출했다가 돌아왔을 때 어머니는 택시 안에서 울

었다. 본래 나는 어머니의 우는 소리를 미쳐버릴 만큼 싫어했지만 그날은 그렇지 않았다. 택시 안의 나는 무언가를 열정적으로 싫어하기 위한 힘도 의지도 상실해 있었다. 증오에도 동력이 필요하다.

어머니가 울음을 겨우겨우 그치고 말했다. "집을 떠나서 행복했니?"

나는 이렇게 답하고 싶었다. 네, 저는 행복했어요. 좋은 사람도 많이 만났고요. 그건 정말 사실이었다.

그러나 나는 그날 어머니의 곁에서 안락함을 느끼고 있었다. 그걸 깨닫는 순간 온몸에서 수치심으로 열이 오르며 눈물이 흘렀다. 나는 어머니처럼 울고 있었다. 어머니는 그 틈을 타서 나를 안아주려고 했다.

나는 부드럽게 손을 뻗어 어머니를 밀어내며 말했다.

"그건 싫어요."

날짜 데이터 없음 | 국가 데이터 없음 | 해양 실습을 위한 VR 교육장

나는 기다랗고 폭이 좁은 직사각형 모양의 수영장 안에

몸을 담글 준비를 하고 있었다. 물속에서 몇 분 동안 숨을
쉴 수 있게 만드는 알약을 집어삼키면서.

A가 내게 VR 헤드셋을 건네주었다. (VR 헤드셋, 고글,
스노클 마스크는 모두 비슷비슷하게 생겼다.) VR 헤드셋을
쓰자 눈앞으로 바다 풍경이 펼쳐졌다. 풍경의 정중앙에
해파리 한 마리가 보였다. 수영장 밖에서 A가 VR 헤드셋
을 내 머리통 크기에 맞춰 조절해주는 게 느껴졌다. 초점
이 점점 맞아갔다. 초점이 정확히 맞아떨어지는 순간 해
파리의 모습이 선명해졌다.

"그만. 그만." 내가 한쪽 손을 흔들며 말했다. "이제 건들
지 마. 지금 정말 잘 보여."

"알겠어. 시작한다."

그 말과 동시에 나는 수영장 물속으로 온몸을 담갔다.
온몸이 죽 가라앉았고, 머리끝까지 흠뻑 젖었으며, 눈앞
으로 무궁무진한 바다가 펼쳐졌다. 파랗고, 투명하고, 반
짝이는 곳이었다. 눈앞의 해파리가 떠나가자마자 저 멀리
목적지를 가리키는 표시 ◇가 보였다.

공중에 설명문이 떴다.

◇를 찾으시오.

찾으라는 명령문이 떴지만, 실상은 직진만 하면 되었다. 나는 왼쪽 손목에 시계처럼 찬 나침반을 보았다. 아날로그 다이브 컴퍼스였다. A가 2010년대를 기준으로 다이빙을 재현했기 때문이다. 나는 ◇를 향해 직진할 수 있도록 나침반을 세팅했다. 러버라인이 225도를 가리켰다.

"자, 부유물이 들어온다." A가 말함과 동시에 시야가 나빠졌다.

"아무것도 보이지 않는데." 내가 말했다.

"나름 덜 넣은 거야. 실제 바다는 더할 때도 많아." A가 말했다.

나는 정면과 나침반을 번갈아 바라보며 앞으로 나아가다가 유리 벽에 쿵 부딪쳤다. 실패였다. 나는 물 밖으로 나와 VR 헤드셋을 벗었다.

"너무 슬퍼 마. 다시 하면 되지." A가 나를 위로했다. 내가 표정을 숨길 수 없었나 보다. 나는 속상하고 미안한 마음에 침통한 얼굴이 되었다.

벌써 몇 번째 실패인지.

안 돼. 어머니가 말했었지만 나는 집을 뛰쳐나왔다. 그리고 서울과 경기도에서 이곳저곳을 돌아다니며 일을 했다. 그 시절 내가 가장 오래 일한 곳은 호텔이었다.

그곳에는 내 또래의 아이들이 많았는데, 아이들의 수만큼이나 꿈의 종류도 다양했다. 그들은 소설가, 연극배우, 바리스타, 밴드 보컬, 메이크업 아티스트, 제빵사, 댄서, 세계여행하는 사람, 스키장 안전 요원과 같은 꿈을 꾸고 있었다. (그들 중에 그때 원했던 꿈을 이룬 이는 총 세 명이다.) 그들은 내가 이상한 제목의 책을 읽고, 다소 엉뚱한 질문을 하고, 예상 불가능한 행동을 해도 기묘하게 무관심하고 다정한 방식으로 그러려니 해주는 사람들이었다. (그러니 내가 그들을 사랑하지 않을 수 없었다.)

5성급도 4성급도 아닌 3성급 호텔에서, 누군가는 모텔이라고 부르는 그 후진 건물 안에서 호텔의 아이들은 발이 통통 붓도록 서빙을 하거나 손이 부르트도록 설거지를 했다. 그리고 더 후진 숙소에서 함께 지쳐 잠에 들었다.

언니들은 내게 1. 옷을 편안하고 멋지게 입는 법 2. 우울할 때 이겨내는 법(웹툰 보기, 유튜브 보기, 공원 트랙 위를 죽도록 달리기) 3. 친해지고 싶은 친구와 대화하는 법을 가르쳐주었다. 아무래도 3번이 가장 결정적인 수업이었다고 생각하는 데, 말하자면 그건 화법 수업이었다. 언니들의 화법 수업을 통해 나는 센스 있게 대답하는 법을 알게 되었고 곧이 곧대로 들어야 할 말과 의례적으로 흘려들어야 하는 말을 어느 정도 구분할 줄 알게 되었다.

나는 이 모든 게 좋은 경험이었다고, 혹은 성장담이랍시고 떠들어대고 있는 것이 아니다. 그냥 이랬었다고, 내가 그냥 이렇게 살아왔다고 말하고 있는 것이다.

젠장, 그냥 이렇게 살아왔다고.

내 생이 겨우

이랬었다고.

호텔의 일이 행복하기만 했던 것은 아니다. 언니들은 서로의 화장품을 몰래 훔쳐 쓰거나 손님들에 대한 상스러운 험담을 쏟아내기도 했고, 자기 우울을 견딜 수 없을 때면 내게 벅벅 짜증을 냈다. 어느 날은 나도 열이 올라서 언니들에게 버럭 화를 냈다가—좀 과하게 화를 냈다가—가장 무서웠던 세 언니의 감시 아래 벽을 보고 선 채 혼쭐이 났다. 나는 훌쩍훌쩍 울며 한참을 빌고서야 풀려났다. 확실히 언니들이 천사 같은 사람들은 아니었다. 그래도 이상하게 언니들은 싫어지지가 않았다. 밉다가도 금방 풀어졌다.

내가 진심으로 증오했던 건 매니저였다. 호텔의 아이들을 관리 감독하던 그 젊은 매니저는 포악한 군대 선임처럼 상명하복을 끊임없이 강조했고 그것을 잘 따르지 않는 직원은 한 명씩 엎드려뻗쳐를 시킨 채 각목으로 때렸다. 그놈은 교묘한 위치들, 그러니까 허벅지 뒤쪽같이 유니폼을 입으면 보이지 않는 곳을 각목으로 때렸다. 그는 우리가 갈 곳이 없다는 사실을 알고 있었다. 그를 신고해봤자 우리의 삶이 더 비참해진다는 사실도.

나도 한 번 서빙을 하다가 기상천외한 것을 요구하던 손님들 앞에서 무심결에 의문을 제기하고 눈살을 찌푸린 탓에 각목으로 맞은 적이 있었다. 엎드려뻗쳐를 한 채, 직원들만 드나들 수 있는 복도에서.

그 복도에서 한 번, 두 번, 세번째 맞았을 때 내가 고통을 참지 못하고 자세를 흐트러뜨리며 무너졌던 순간이 왜 여전히 생생하게 떠오르는지 모르겠다. 어째서 맞은 고통보다도 그 별것도 아닌 찰나의 순간이 아직도 이렇게 고통스러운 모욕감으로 남아 있는지. 나는 동물처럼 네 발로 서 있고, 그가 나를 내리깔아 보고, 다른 직원들이 애

312

써 모른 체하며 지나갔을 때, 그리고 내 자세가 아주 잠깐 무너졌을 때, 몇 초 되지 않았던 그 찰나의 순간이 어째서 10년도 더 지난 지금까지 이토록 나를 고문시키는지.

맞은 날 밤 팬티 차림으로 화장실 거울을 등지고 서서 뒤를 돌아보았을 때—눈알이 빠질 것만 같았다—허벅지가 온통 진보랏빛으로 물들어 있는 게 보였다. 그걸 사진으로라도 찍어둘 걸 그랬다. 그랬어야 했다.

그날 이후로 나는 설거지 일을 전담하다가 그릇 하나를 깼다. 주방의 요리사는 내게 혼쭐을 냈고, 다행히 그 자리에 매니저는 없었고, 나를 지켜보고 있던 어떤 언니 E가 조용히 다가와 속삭였다. "설거지할 때는 설거지에 집중해. 설거짓거리를 열심히 바라보는 거야. 그럼 딴생각이 들더라도 금방 돌아올 수 있어."

설거지할 때는 설거지에 집중해.
설거짓거리를 열심히 바라보는 거야.
그럼 딴생각이 들더라도 금방 돌아올 수 있어.

그렇게 나는 설거지 훈련을 시작했다. 세면대 물을 틀고. 수세미에 세제를 짜고. 그릇, 젓가락, 칼을 닦고. 종류

별로 분류하고. 꽃문양 찻주전자는 더욱 조심히. 커피 자국은 뽀득뽀득하게. 아, 이 접시는 살짝 금이 가 있다. (이건 버리자.) 포크 사이사이에 묻은 것들은 어떡하지? 그러자 확실히 실수가 줄었고, 그릇을 깨는 일도 없어졌는데, 그럼에도 매니저는 접시 뒷면에 핀 곰팡이를 깨끗하게 닦지 않았다며 내게 폭언을 했다.

그날 나는 복도 구석에서 질질 짜다가 이런 그림을 발견했다.

피난 안내도 그림이었다. 피난 동선과 소화기는 붉은색이었고, 비상구는 초록색이었다. (나의 피난 안내도 그림의 선들이 삐죽삐죽한 것을 이 세상의 존경스러운 건축학도들과 디자이너들과 소방대원들이 부디 용서해주기를 바란다. 내게는 이것도 치열한 작업이었다.)

그런 나를 발견하고 E가 다가왔다. 나는 E가 내게 '넌 역시 독특한 구석이 있구나' 혹은 '이럴 시간에 일이라도 해라'와 같은 말을 할 줄 알고 바짝 긴장해 있었다. 그러나 E는 그러지 않았다.

"나도 똥 쌀 때 맨날 샴푸 성분을 읽어." E가 말했다. 나는 히히 웃었다. 내가 웃자 E가 이것저것 더 이야기해주었다. 똥을 싸면서 E가 읽는 것들:

낡은 수건에 적힌 정체불명의 기관 이름, 로션 성분, 곰팡이 개수, 휴지를 어떻게 걸 것인지에 대한 학계의 첨예한 논쟁들, 마스크팩 사용 설명서, 웬일로 들고 들어간 자기계발서.

"그런데 똥 쌀 때 뭔가 읽으면 치질 걸린다더라." E가 덧붙였고, 나는 또 히히 웃었다. E가 설거지 훈련을 가르쳐준 선생님이 아니었더라면, 나는 E가 나를 놀리고 있다고 생각했을 수도 있다. 그러나 그녀의 의도는 지극히 단순했다. 웃어.

웃으며 살아라.

나는 누군가의 말하는 방식과 삶의 태도가 어떤 식으로는 비례한다고 생각하지 않는다. 그 둘은 정비례하지도

반비례하지도 않는다. 지금 나는 결코 세상의 모든 농담이 용인되어야 한다고 말하고 있는 것이 아니다. 어떤 농담은 분명 웃음을 명분으로 한 가장 비열한 폭력이 되기도 한다. 지금 나는 그런 농담을 하는 사람과 그런 농담을 하지 않는 사람이 견고하게 정해져 있다고 말하고 있는 것도 아니다.

당시 E는 당장 책임지고 있는 것들이 많았다. 아픈 누군가를 부양해야 했고 또 어떤 이에게는 생활비도 보내야 했다. E는 숭고하고 대단한 책들, 지금 우리 생에 대해서는 그 어떤 것도 알려주지 않는 존경스러운 문학책들을 읽기에는 삶이 너무 고단했다. 아무튼 E는 지금 잘 지낸다. 내가 소설가가 됐다는 소식을 듣고 E가 축하한다고 말했을 때 나는 "똥을 싸는 거죠"라고 말했다.

E는 피난 안내도 앞에서 우리가 나누었던 대화를 잊은 것 같았고, 이렇게 답했다. "무슨! 꿈을 이룬 거지. 정말 대단해. 기특하고."

현재 E는 호텔에서 꿈꾸던 삶과는 정반대의 삶을 살고 있다. 그리고 정반대의 꿈을 꾸고 있다. 우리는 모두 붙잡을 것이 필요하다. 사랑하고 갈망하고 붙잡을 것이 필요하다. 사랑을 연기하고 갈망을 연기하고 붙잡음을 연기하기 위한 어떤 것이 필요하다. 그것을 통해 어떻게든 이 삶에 의미를 만들어야만 한다.

호텔의 언니들이 늘 나와 놀아주는 건 아니었다. 나는 외로웠기 때문에 호텔 근처에서 일하던 배달원과 사귀었다. 남자랑 소꿉장난 같은 연애질을 한다고 외로움이 해소되지 않으리라는 건 그때의 나조차도 알고 있었다. 어쨌든 그는 대단히 낭만적이지도 않았지만 대단히 나쁘지도 않은 놈이었고, 그와 함께 있으면 두 명부터 주문이 가능한 음식을 먹을 수 있다는 점과 눈빛이 이상한 호텔의 손님들이 두렵지 않다는 점이 좋았다. 할머니와 함께 살았던 그의 집에서 할머니가 차려 준 집밥을 먹을 수 있다는 것도 좋았다. 당시 그는 경찰공무원 시험 준비를 병행하면서 배달을 했는데, 배달 일을 하면서 시험을 준비하는 건 사실상 불가능에 가까운 일이라는 것을 누구보다 그 자신이 잘 알고 있었지만 어쨌든 그는 계속 경찰이 될 거라고 말했다. 그에게는 시험에 계속 낙방하면 입대를 하겠다는 계획까지 있었다.

그는 배달을 하다가 비 내리는 날 고속도로에서 사고를 당해 죽었다. 그 후로 얼마 지나지 않아 그의 할머니도 세상을 떴다. 아주 나중에야 듣게 된 둘의 부고에 내가 크게 슬퍼할 만큼 그들을 사랑했던 건 아니었다. 다만 그의 할머니가 매우 다정했었다는 것, 그동안 내게 한 번쯤은 그녀를 만나러 갈 시간이 충분했었다는 것, 그리고 그가 생전에 인도 여행을 가고 싶다고 말했던 것이 떠올라서 혼자 담배를 피웠을 뿐이다. 다만 그가 캄캄한 관 속에, 혹은 회색빛 아스팔트 도로 위에 누워 있는 모습을 상상하며 혼자 가만히 누워 있었을 뿐이다.

상상 속에서 그는 멍하니 두 눈을 뜬 채 누워 있다. 그가 누워 있는 회색 도로에는 빗물이 가득한데, 종종 그건 밀려 들어오는 바닷물이 되기도 한다.

그러자 그는 창백한 얼굴로 아스팔트가 아닌 모래 위에 누워 있다.

해변의 모래 위에.

할머니의 얼굴은 아무리 떠올리려고 애써도 잘 떠오르지 않았다. 그리고 나는 할머니가 어떻게 돌아가셨는지까지는 듣지도 못했고 묻지도 못했다. 다만 그녀가 만들어주었던 김치볶음밥이, 녹두죽이, 감자조림이 떠올랐을 뿐이다. 아, 치즈계란말이랑 꽁치김치찌개도.

그녀가 가장 통통한 꽁치를 자신의 손주가 아닌 내게 주었던 것도.

그러나 호텔이 문을 닫으면서 우리는 헤어졌었고, 그가 죽었다는 소식을 듣기 전까지 우리가 다시 만나거나 연락한 적은 없었다. 호텔의 아이들은 뿔뿔이 흩어져야 했는데, 나는 어떤 언니의 집에 살다가 눈치껏 짐을 싸고 나왔다. 그리고 찜질방에서 혼자 묵다가 발각되어 경찰서로 끌려갔다. 경찰 앞에서 나는 끝까지 무연고자인 척했고, 나를 대놓고 깔보고 무시했던 한 경찰과 달리 끝까지 친절했던 어떤 경찰에 의해 어떤 집으로 인도되었다. '어떤 경찰'은 내게 순대국밥도 사주었다.

인도된 집은 나 같은 떠돌이 여자들이 묵을 수 있도록 한 민간인 여자가 내준 곳이었다. 적어도 내가 거리를 떠돌던 시절에만 해도 떠돌이 여자들이 묵을 만한 공공기관을 찾기가 힘겨웠다. 그곳에는 나와 같이 불쌍해 보이는 여자들이 오가며 지냈고, 그 우울한 생의 여자들은 기이하게도 아주 밝고 명랑했다. 그중에서 내가 주로 어울린 것은 J와 K였다.

나이가 나보다 서른 살은 더 많았던 J는 청소원, 학습지 선생님, 콜센터 상담원으로 일했었고, 매일 "좋은 아침이야!"라고 외치길 좋아했다. J는 거의 매일같이 오전 수영을 다녀왔는데, 물속에서 허리 통증이 사라지는 게 좋다는 이유 때문이었다. 그 허리 통증은 전남편에게 얻어맞은 이후로 심해진 것이었다. J는 남편을 경찰에 신고한 뒤 남편으로부터 집에서 쫓겨났다고 했다.

나는 J를 따라 요양원과 미술 학원에서 청소를 했다. 집 근처의 작은 수족관에서 어항 청소도 했다. 그럴 때마다 호텔에서의 경험이 많은 도움이 되었다. 특히 설거지 훈련은 삶의 많은 영역에서 내게 도움을 주었다. 언니들에게 배운 화법은 그때그때 취할 수 있는 전략에 가까웠지만 설거지 훈련은 나의 생 전체를 도와주는 것이었다.

이를 테면 호텔의 영수증을 정리하는 일을 할 때 나는 내게 명령했다. 영수증에 집중하라. 사람들과 대화를 할 때에도 나는 내게 명령했다. 타인의 저의를 함부로 판단하려 들지 마라. 눈빛과 상황과 말 자체에 집중하라. 그러니까 나는 내게 수천 번을 이렇게 명령해왔다. 지금 여기에 집중하라.

고만고만했던 나와 J와 달리 키가 훌쩍 컸던 J가 수영을 함께 다니자고 했을 때, 나는 좋다고 답했다. (K는 말수가 적고 독립적인 사람이었고, 혼자 삶은 계란과 과일과 물을 챙겨서 등산을 다녀오길 좋아했다. 그녀는 한 초등학교의 기간제 교사였다.) 한국의 실내 수영장은 수경과 수영모를 반드시 써야 하기 때문에 J는 내게 수영복, 수경, 수영모를 다 사주었다. (같이 쇼핑을 하는 동안 J는 요즘 옷들이 새 모이처럼 작게 나온다고 말했다.) J는 종종 내게 수영을 가르쳐주기도 했다. 나는 어린 시절에 기초 수영을 배워본 게 전부였기 때문이다.

J와 수영장을 함께 다니면서 알게 된 것은 그녀가 수영장의 여자들과 종종 신경전을 벌인다는 것이었다. 그들은 별 것 아닌 것들, 그러니까 수영 가방을 놓는 자리나 자유 수영 시간에서의 레일 선택과 같은 문제로 서로 툴툴거리곤 했다. 그들 중에는 특히 눈에 띌 정도로 불친절한 여자도 있었는데, J는 대놓고 쏘아붙이는 방식으로 그녀를 대적함으로써 상황을 해결했다. 수영장은 그녀들 생의 거의 유일한 놀이터였고, 그녀들은 자신의 영역을 조금이라도 빼앗길까 봐 미숙한 방식으로 서로를 경계하고 있었다.

자유 수영 시간에 사람이 적을 때면 나와 J는 두 팔을 수영장 바닥의 턱에다 괴고 J와 대화를 나누곤 했다. 당시 나는 작가가 되는 것 말곤 딱히 꿈이 없었는데, J는 지중해를 떠돌고 싶어 했다. "언젠가 반드시 바다 여행을 갈 거야. 커다란 배를 타고."

J의 말투는 종종 내 또래의 여자애 같았다.

"갑판 위에서 다이빙도 하고…… 그렇게 사는 사람들이

있더라고. 그런데 이 아줌마는 이제 그런 걸 할 수 있을지 모르겠다."

"왜 못 해요?" 고백하건대, 내 말투는 퉁명스러웠다. 따지려드는 애처럼.

"나는 너무 늦었지."

"전혀요." 다이빙을 시작한 뒤 알게 된 것이지만, 역시 내가 옳았었다. 다이빙을 하며 사는 멋진 중년 여자들이 종종 있었다. 아주 많지는 않았고……

"얘, 너는 꼭 뛰어들어! 여행도 하고, 바다도 보고, 그렇게 살아! 정 아니다 싶으면 당장 그곳에서 나오라고! 나처럼 되지 말고. 너는 아직 어리니까 행복하게 살 수 있어. 달리는 열차도 막아 세울 기세로 이 지옥 같은 삶을 벗어나야 한다."

"아주머니가 어때서요?" 나는 여전히 퉁명스럽게 묻고 있었다.

"우리 다음 주에 수족관에 갈까? 물고기 떼도 보고, 돌고래도 보자." J가 돌연히 생각난 듯이 나를 돌아보며 말했다. 결론부터 말하자면 우리는 수족관에 가지 못했다. 그리고 지금의 나는 돌고래가 있는 수족관에는 방문하고 싶지 않다.

우리는 수영이 끝날 때마다 근처 편의점에 나란히 붙어 앉아 컵라면과 삼각김밥을 먹었다. 컵라면, 삼각김밥과 가격이 비슷한 햄버거를 먹기도 했다. 수중에 돈이 많지 않았던 우리는 J가 월급을 받는 날이 되면 정육 식당에 갔다. 나는 그때 정말 어렸고, 입 주변에 묻은 고깃기름을 닦지도 않은 채 소설가가 되고 싶다고 말했고, J는 소설가가 되면 자기 이야기를 멋지게 써달라고 말했다. 그러면서 J가 한창 때에 세 명에게 동시에 고백받은 이야기, 싸가지 없던 동료 직원을 말로 한 방 먹인 이야기, 친구들과의 화투에서 큰돈을 딴 이야기를 위풍당당하게 들려주며 나를 깔깔 웃게 만들었다.

언젠가 내가 나이를 먹으면 더 좋은 식당에서 한턱 크게 쏘라고 J가 말했었는데, 나는 결의에 찬 눈빛으로 그러겠다고 말했었는데, 지금의 나는 그녀와 목장의 카페에서 커피를 한잔하고 싶다. 마음 같아서는 내가 차를 몰아 그녀를 그곳에 데려다주고, 근사한 하루를 선물해주고 싶다. 그녀가 직접 운전을 하겠다고, 괜찮다고, 마음만으로 고맙다고 말해도 내가 그녀를 제대로 모셔주고 싶다. 그래서 그녀와 함께 드넓은 초원에 방목된 동물들을 바라보고, 청량한 공기를 들이마시고, 선선한 바람에 기분이 좋아져서 부르르 떨며 그때와 마찬가지로 시답잖은 이야기들을 주고받고 싶다. 출판사에서 연락을 받은 날 혼자 어떤 춤을 췄는지 몸소 보여주어서 이번에는 내가 그녀를 깔깔 웃게 만들고도 싶다.

함께 살던 시절, 내가 방문을 잠그고 이불 속에 웅크린 채 눈물만 줄줄 흘리고 있을 때에도 J는 기어코 나를 깔깔 웃게 만들었다. 방문을 따고 들어와 이불을 빼앗고 나를 폭력적으로 잡아끌어 수영장에 데려갔던 것이다. J가 수영장에서 자꾸 내게 장난을 치는 바람에 결국 우리는 안전요원에게 경고를 듣기도 했다. 그녀는 호각을 부르며 우리에게 다가와 한 번만 더 장난을 치면 쫓겨날 거라고 말했다.

아무리 생각해도, J가 완벽한 어른은 아니었다. J는 K가 수면제를 과다 복용하고 입원한 병실에서 다른 환자들이 "불 좀 꺼! 잠 좀 자자고!"라고 외치자 병실의 흰 커튼을 거칠게 열어젖히며 소리소리를 지르다가 간호사에게 저지를 당하기도 했기 때문이다(J는 "이 못된 년들아! 어두운 게 무섭다잖아!"라고 외쳤다).

나는 윤리의식이 아니라 창피함 때문에 J의 손목을 붙들어 잡으면서 "그만하세요, 제발 그만하세요"라고 빌며

324

울었다(아, 불쌍한 간호사).

그곳에 대체 '못된 년'이 어디 있었겠는가? 죄다 아픈 인간들이었을 뿐이다.

K가 퇴원한 후 J와 나는 교대로 수영장을 가기 시작했다. K를 돌보기 위해서였다. 아니, 정확히 말하자면 그건 우리의 불안 때문이었다.

K는 주로 무기력하게 누워 있었고, 그러던 어느 날 내게 J가 사둔 초록 사과를 껍질 없이 먹고 싶다고 말했다. 책을 읽고 있던 나는 K의 지령을 듣고 책을 덮었다. 그리고 엄청난 결심 끝에 K의 앞에서 사과를 직접 깎아주기 시작했다(나는 설거지 일을 맡아본 적은 있어도 요리를 해본 적은 없었다).

K는 다 깎은 사과를 내 손에서 빼앗아 들더니 이리저리 관찰하면서 말했다.

"조각을 했구나. 간도 했고."

K가 말했다. 나는 히히 웃었다.

"너는 꼭 예술을 해라."

K가 나를 바라보며 말했다. 나는 또 한 번 히히 웃었다. K도 어이가 없다는 듯이 웃었다.

두번째 사과는 그냥 K가 몸을 일으켜 세워서 직접 깎아

먹었다. 나는 K가 깎아준 사과를 옆에서 얻어먹었다.

"그냥 집에 들어가. 대학교도 들어가고. 반드시 졸업을 해." K가 매우 능숙하게 사과를 깎으며 말했다. 그런 말을 하는 자기 자신이 지겹다는 얼굴이었다.

나는 내가 사과조차 잘 깎지 못해서 K가 그런 말을 한다고 생각했다. 그래서 조금 서글픈 기분이 되어 대답 없이 K의 사과 깎기 묘기를 바라보았다. K의 실력은 굉장했다. 아주아주 얇은 껍질이 끊어지지도 않고 고불고불하게 쭉 이어졌다.

초록 사과를 깎은 이후로 K는 혼자 요리를 하기 시작했다. 나는 얻어먹는 쪽이었다. 함께 밥을 먹다가 K는 금방이라도 어디 먼 하늘로 날아갈 사람처럼 불쑥불쑥 멍한 눈이 되곤 했다. 나는 그녀를 돌보아주고 싶었지만, 내가 할 수 있었던 건 일부러 괴상한 자세로 젓가락질을 해서 그녀를 웃게 해주는 것뿐이었다. 혹은 그녀가 화장실에 들어갈 때마다 고양이처럼 문밖을 서성이며 불안해하는 것뿐이었다. 혹은 그녀가 긴 잠을 잘 때마다 조용히 방문을 열어보며 뒤척이는지 뒤척이지 않는지 몰래 훔쳐보는 것뿐이었다. 죽은 듯이 잠들어 있는 그 여자는 K가 아니라 낯선 타인 같았다.

K가 회복된 후, 나는 갑자기 앓아누웠다. 지독한 감기에 걸렸던 것이다. J가 K 몫까지 일을 하러 나가는 동안 K가 나를 돌보아주었다. K는 외출을 해서 마트에 들렀다가 요리 재료를 잔뜩 사 온 뒤 이런저런 죽을 해주기 시작했고, 감기는 이상할 정도로 길게 이어졌으며, 나는 이곳에서 내가 짐이 되었다는 사실을 알았다. 결국 돌보아진 건 나였다.

나는 감기가 낫자마자 짐을 싸서 나왔다. 그리고 어머니에게 연락했다. 어머니가 택시를 타고 나를 찾으러 왔다. 그날 나는 J에게 전화를 했고, J는 바로 전화를 받아 집에 잘 도착했느냐고 물었고, K가 휴대폰을 옮겨 받아 잘 지내라고 말했다.

그건 불길한 말이었다. 그런 말을 듣다니 이제 나는 그들을 다시는 만나지 못할 것만 같았다. 하지만 나는 그들을 다시 만나고 싶었고, 분명 다시 만날 거였고, 그래서 집으로 돌아간 후 혼자 사과 깎는 훈련을 열심히 했다. 껍질이 몇 번 끊어지지 않고 길쭉하게 이어질 수 있을 만큼 실력을 갈고 닦았다.

그러나 그들이 내 연락을 다시 받아주는 일은 일어나지 않았다. 기다란 껍질 사진을 보낸 것을 포함하여 몇 번이나 연락을 해보았지만, 그들은 받아주지 않았다.

딱 한 번, J가 이렇게 답장을 하기는 했다.

글 열심히 써.

따뜻하고 좋은 글을 써야 한다.

예쁜 인생 살아라.

이건 규칙일까?

그때의 나는 정말로, 물리적으로 많이 어렸고, 연락을 받지 않는 J가 사실 나를 싫어했거나 내심 귀찮아했던 거라고, 그게 모든 전말이라고 생각했다.

나는 그런 식으로 생각했던 내 자신이 수치스럽다. 내고통에 잠식되어 있던 탓에 나는 언제나 구조받아야 하는 존재이고 타인은 나를 구조해야 하는 존재라고만 상정했던 것이 부끄럽다.

아주 나중에야 알게 된 것이지만, 내가 떠난 후 J는 극심한 허리 통증 때문에 휠체어를 타고 생활하면서 K와 수영을 다녔다고 했다. 허리 통증이 완화되어 J가 휠체어를 타지 않게 되었을 때, K는 우리가 살던 집을 떠났고, 머지않아 J도 떠나야 했다고 했다.

그로부터 몇 년 후 홍수가 크게 난 날 J는 반지하방에서 죽었다. 그 반지하방의 계단도 리브어보드의 계단처럼 폭이 좁고 가팔랐을까.

나는 J가 죽었다는 소식을 듣고 처음에는 믿지 못했다. 그리고 정말로 죽었다는 것을 알고는 방 안에서 서커스단원처럼 울었다. 온몸에 열이 돌듯이 기이하고 흉측한 슬픔이 나를 집어삼켰고, 나는 펄쩍펄쩍 뛰고 춤을 추고 바닥을 기어다니고 이리저리 뒹굴다가 바닥에 주저앉았다. 그리고 해수욕장에서 모래 장난을 하는 꼬마처럼 내 허벅지를 철퍽철퍽 치며 울었다. 그러나 내 얼굴은 서커스단원처럼 평온하지도, 해수욕장 꼬마처럼 신나 보이지도 않았다. 나는 온 얼굴을 일그러뜨린 채 붉으락푸르락하며 추한 꼴로 울었다.

그날 나는 누군가를 죽이고 싶었지만, 누구를 죽여야 하는지는 몰랐다. 진실의 신이 나타나 "J가 죽은 건 이 사람 때문이야"라고 내게 알려주었다면, 나는 그 사람을 죽이고 싶었을 것이다.

아니다. 나는 그 신의 바짓가랑이를 붙잡고 비명을 지르듯 물었을 것이다. 제가 뭘 그리 잘못했나요? 제가 뭘 그리 잘못했나요? 제가 뭘 그리 잘못했나요?

어쩌면 J가 죽은 건 나 때문이었을 수도 있었다. 내가 어머니의 도움과 지원을 받아 안온한 방에 묵고 있었기 때문이었을 수도 있었다. 나는 정말이지 별난 얼굴로 비명을 지르며 울다가 누군가 벽에 노크를 하고서야 헉 헉 헉 헉 하면서 울음을 멈추었다. 그 이웃은 친절했다. "미안해요. 너무 크게 울려서요."

나는 으으으으 울면서 말했다. "아, 죄송해요, 죄송해요." 으으으으. "정말 죄송해요."

잠깐의 정적 후에 그 이웃이 말했다. "아니에요, 제가 죄송해요. 마저 우세요." 그리고 그 이웃은 방을 떠났다. 도어락이 잠기는 기계음이 들렸다.

그 이웃은 떠났지만, 나는 또 다른 이웃이 우리의 대화를 듣고 있을지도 모른다고 생각했고, 내 울음소리가 그 미지의 이웃에게도 시끄러울 거라고 판단했다. 그래서 두 손에 얼굴을 묻은 다음 억지로 눈물을 멈추었다. 그러자 두개골이 쩡 깨지는 듯 아팠고, 나는 두 손으로 머리를 감쌌다가 두통을 줄이기 위해 주먹으로 쿵쿵 때리며 소리 없이 줄줄 울었다.

누군가가 죽을 때, 특히 사랑했던 이가 죽을 때는 설거지 훈련과 화법 수업도 무용해졌다. 나는 어린 동물처럼 울었다.

살아생전 J는 집에서 알음알음 수선 일을 하며 돈을 벌었다. 동네 손님들의 예약 명단과 수선 일을 하며 오간 돈을 기록한 메모장이 발견되었던 것이다. 집 요리 레시피를 잔뜩 기록한 수첩도, 이것저것 생각나는 사념들을 적은 작은 공책도 발견되었다. 그 종이들은 그녀가 커다란 플라스틱 상자에 넣어두었기 때문에 젖지 않고 구조될 수 있었다.

J의 장례식은 매우 조촐했다. J만을 위했던 그 작은 공간은 미니어처처럼 느껴졌다. 나와 K는 몸을 옹송그린 채 앉아 있었다. 우리 말고도 한두 명 정도가 J의 마지막 길을 배웅하러 왔다. 나는 그날 그곳에 가만히 앉아 J의 화질 낮은 영정 사진—J의 주민등록증 사진을 복사한 것 같았다—을 올려다보며 인생이란 건 이런 거라고 생각했다.

이런 거.

□이/가 내게 명령했다.

이런 거 말고 예쁜 인생 살아라.

장례식에 다녀온 후로 나는 종종 꿈에서 J를 만났다. 뒷모습의 그녀는 샛노란 원피스 차림으로 모래사장에 앉아 바다를 바라보고 있었다.

나는 J를 향해 걸어갔다. 그러나 걸어도 걸어도 그녀와 가까워지는 일은 일어나지 않았다. 그날 그곳에서 내가 그녀와 가까워질 수 있었더라면, 그리하여 말을 걸 수 있었더라면 이렇게 물었을 것이다.

아주머니,

아주머니가 어때서요?

너는 아직 어리니까 행복하게 살 수 있어.

달리는 열차도 막아 세울 기세로

이 지옥 같은 삶을 벗어나야 한다.

수영장에서, J가 그런 말을 할 때마다 그녀의 눈이 아이처럼 반짝였던 것을 기억한다. 그녀는 내 대답도 듣지 않고 이야기를 이어가곤 했다.

"이 세상에 아름다운 곳이 얼마나 많니. 넓은 곳으로 가. 더 넓은 곳으로. 더 아름다운 곳으로." 그런 이야기를, J는 우울한 방에서 나를 꺼내놓고 꼬박꼬박 수영장에 데려가면서 질릴 정도로 했다.

수영을 가르치면서. 생존시키면서.

사람 목숨을 우습게 여기는 지휘관이 넘쳐 나는 이 세상에 아직 어린 것이 무턱대고 무대 위에 오르는 일이 얼마나 많단 말인가. 지휘관은 무대 뒤편에서 팔짱을 끼고 구경하다가 어린 것이 관중들에게 계란이라도 맞으면 훌쩍 도망가버린다. 어린 것은 계란 비린내를 풍기며 어리둥절한 얼굴로 욕받이가 되거나 황급히 세상을 떠나 신의 아이가 되어버린다. 기억하자. 준비도 안 된 어린 것을 무대에 올리려고 드는 이가 있다면 일단 경계해야 한다. 수영도 하지 못하는 어린 것을 물살 센 날에 바다로 던져버리는 건 사랑이 아니다. 그건 훈련도 교육도 구조도 아니다. 그건 살인이다. 그러나 반드시 바다로 뛰어내려야 하는 순간에 움직이지 말라고 말하는 것 역시 사랑이 아니다.

도대체 언제 물로 뛰어내려야 하고, 언제 물가에서 벗어나야 한단 말인가. 정답을 어떻게 알 수 있는가. 그런 것을 가르치는 신의 수업이 하늘에서는 개설되는가. 우리는 신을 만날 수 없으니 스스로 판단하는 수밖에 없다. 뛰어내려야 할 때 움직이지 말라는 명령이 내려온다면 뛰어들라. 결코 물에 들어가지 않아야 하는 날에 입수하라는 명령이 내려온다면 수치심을 무릅쓰고 그곳에서 도망치라. 겉옷을 벗어던지고, 명령을 거역하고, 삶을 모욕의 구렁텅이에 빠뜨리는 수가 있더라도 일단 살아남으라. 일단 살아남아 돌아오라.

단, 아비규환은 위험하다. 아비규환이 일어나면 모두가 죽음에 이를 수도 있다. 그러니 뛰쳐나오되 최소한의 질서를 무너뜨리지 않아야 한다. 과연 이런 일은 가능한가. 쑥대밭 같은 구조 속에서 비뚤어진 명령 아래에서 살아남는 일이 가능한가. 어쨌든 우리는 살아남아야 한다. '이 길은 죽으러 가는 것이다' 싶으면 무조건 후퇴하라. 집으로 방으로 따뜻한 침대로 돌아와서 잠에 들라. 나이만 먹은 괴물 같은 인간들이 더러운 주둥이로 요즘 애들은 이래서 안 된다 같은 식으로 함부로 지껄이고 비웃으며 자존심을 건드리고 시험에 들게 하더라도 "그래요, 죄송하네요. 그렇지만 나는 철수하겠습니다. 나는 집으로 돌아가야겠습니다"라고 말한 뒤 집으로 돌아가라.

마지막으로 기억해야 할 것. 극한의 상황에 처했을 때 어린 것에게 떠오를 수 있는 무모한 생각들──자신을 희생하겠다든지 죽음으로써 무언가를 해내겠다든지 같은 야망들──은 금물이다. 불나방은 안 돼. 나는 기이한 목소리로 외치고 싶다. 불나방은 안 돼. 그 기름을 치워라. 나는 불타는 산의 엄중한 목소리를 빌려 감히 명령하고 싶다. 불나방은 안 돼. 그 기름을 차에 넣고 멋진 곳으로 드라이브를 떠나도록 해.

살아남는 것은 불변의 원칙입니다. 일상은 가벼운 게 좋습니다.

제발 모두 그래주었으면 합니다.

"내 말 듣고 있어?" J가 손으로 물을 튕기면서 내게 말했다. 수영장 물이 내 얼굴에 닿으며 나를 다시 현실로 불러왔다. 그러고 보면, J는 좋은 지휘관이었다. J는 내 방문을 수도 없이 두드리고, 나를 질질 끌어 수영장에 집어넣고, 몇 번이고 수영을 시키면서 이렇게 말했기 때문이다. 너는 아직 어리니까 뭐든 할 수 있어! 이건 아니다 싶으면 반드시 떠나. 알았지?

바다로 가는 거야.

더 아름다운 곳으로.

"네, 듣고 있었어요. '더 아름다운 곳'을 상상하느라 정신이 팔렸어요." 나는 J를 바라보며 순종적인 말투로 대답했다. J의 말들에 사랑이 담겨 있었는지는 여전히 알 수 없었다. J는 사실 내게 그런 이야기를 하며 스스로 행복해 보였기 때문이다. 무엇보다, 내가 J의 말들을 사랑이었다 고 이야기해버린다면, 그 여자는 사랑이라는 책무까지 짊 어지게 될 수도 있지 않겠는가? 나는 J가 이제 무언가를 제공하는 역할이 아니라 그저 휴식을 취할 수 있었으면 한다.

사랑의 문제와 별도로, 나는 J가 최고의 지휘관이었다 고 생각한다.

혹은 최고의 수영장 동료였다고 생각한다.

날짜 데이터 없음 | 국가 데이터 없음 | 해양 실습을 위한 VR 교육장

"잠깐 쉬는 게 좋겠어." A가 부유물을 없애주며 말했다. 한순간에 시야가 깨끗해졌다. 실패였다.

"미안해. 부유물이 생길 때마다 무서워서. 그냥 실내 수 영장이라는 걸 아는데도." 나는 출수한 뒤 기계를 벗으며 말했다.

그곳은 우레탄 판넬로 지어진 공장이었다. 이제 아무도

336

찾지 않는 그 폐건물 안에 A는 길쭉한 직사각형 모양의 어항을 설치하고 물을 채워 넣었다. 물을 낭비할 수는 없어서 우리는 정해진 시간 안에 모든 실험을 마쳐야 했다. 그렇게 우리의 실험 장소가 된 폐건물에는 아래와 같은 사물들이 있었다:

직사각형 모양의 어항, A의 작업용 컴퓨터가 놓인 걸상, 촬영된 실험을 보기 위해 설치한 모니터, 회의용 테이블과 접이식 의자 세 개.

나는 모니터를 가로질러 걸어간 다음 폐공장의 출입구인 거대한 슬라이딩 도어를 온몸으로 열고 그곳에서 빠져나왔다. 그리고 초록빛 허허벌판 한가운데에 임시로 설치한 공용 샤워실로 들어갔다. 내가 수영복을 벗지 않고 물을 틀어 간단히 씻은 다음 다시 건물 안으로 들어왔을 때, A의 모습이 보이지 않았다.

테이블 위에 A의 메모가 놓여 있었다.

급한 일이 생겼어.

금방 돌아올게. 해가 지기 전에.

나침반 보는 연습 계속하고 있어.

메모를 읽자마자 자전거가 달려 나가는 소리가 들렸다. 나는 건물 출입구의 맞은편에 놓여 있는 자그마한 창문으로 다가가 까치발을 들고 밖을 바라보았다. 들판을 가로지르며 A가 교육장을 떠나고 있었다. 나는 창문에서 멀어지며 다시 테이블로 돌아왔지만, 어디론가 날아갔는지 메모는 보이지 않았다. 어쨌든 A의 지시대로 나침반 보는 연습을 해야 했다.

VR 헤드셋을 쓰자 바닷속이었다. 부유물은 하나도 없는, 무궁무진한 바다, 파랗고 투명하고 반짝이는 바다였다. 나는 바닷속 한가운데에 우뚝 솟아 걸어 다니는 사람처럼 이곳을 걸을 수도 있었다. 공기통이나 호흡기 같은 장비도 없이 숨을 쉴 수도 있었다.

누군가 그날 그 바닷속에서 나를 발견했다면, 나는 바다 맵에 버그처럼 등장한 오류로 보였을 것이다. 나는 바다에서 휘청거리지도, 두둥실 떠다니지도, 붕 떠오르거나 한껏 가라앉지도 않은 채 반듯하게 서 있었기 때문이다. 어쩌면 나는 바닷속 트레드밀 위에서 제자리걸음을 하는 사람처럼 보였을 수도 있다. 하지만 잘 관찰하고 있으면, 내가 정말로 걷고 있음을—어딘가로 가고 있음을—눈치챌 수 있다. 트레드밀이 아니라 트랙을, 보이지 않는 트랙을 걸고 있다고 말해야 함을 깨달을 수 있다.

그렇다. 나는 바닷속을 걷고 있었다.

저 멀리 어떤 형체가 보였다. 그건 해파리처럼 보였지만, 해파리는 아니었으며, 물에 흠뻑 젖은 종이 같기도 한게, 사실 무언가라고 부르기에는 여러모로 모호한 모습이었고, A의 영상 속에서 종종 생겨나던 오류에 불과했다. 나는 그 오류에게 다가갔다. 오류는 아무 말도 없이, 유령처럼, 혹은 바다 맵의 단순한 버그처럼 고요하게 존재했다.

"오랜만이에요."

VR 헤드셋, 고글, 스노클 마스크는 모두 비슷비슷하게 생겼다. VR 헤드셋, 고글, 스노클 마스크를 쓸 때는 울어선 안 된다. 그런 걸 쓴 채로 울면 상황이 위험해질 수 있다. 물론 다이빙을 할 때 스쿠버마스크 안으로 물이 들어올 수도 있다. 그런 상황에 대비하는 방법을 오픈 워터 때 배운다. 마스크 위로 콧잔등을 잡고 어린애가 코를 풀듯이 흥 하면 물이 푸르르 빠져나간다.

나는 그걸 이미 여러 차례 연습했다. 그러니 VR 헤드셋, 고글, 스쿠버마스크를 쓴 채로 우는 건 내 안의 금기가 되어 있었다. 만약 내가 눈물을 닦기 위해 기계를 벗어 던진다면 바다에서 황급히 출수되어 무뚝뚝한 폐건물 안에 버려질 것이었다. 그래서 나는 울지 않았다.

"잘 지내셨어요?"

그러자 어마어마하게 많은 양의 부유물이 바다 안에 생기기 시작했다. 형체는 흔적도 없이 사라졌다. 나는 잠자코 서 있었다. 부유물은 금방 사라질 수도 있었다. 나는 줄곧 하고 싶었던 말을 했다.

"저는 잘 지냈어요."

부유물이 더 심해졌다. 다시 그 형체가 나타나는 일은 없었다.

분명 돌아온다고 말했으면서 해가 질 때까지 A는 돌아오지 않았다. 이런 일에 대해서 의연해질 법도 했다. 그러나 나는 기계도 벗지 않고 폐건물 어딘가에 주저앉아 고집불통 어린애처럼 A를 기다렸다. 누군가 그날 그 바닷속에서 나를 발견했다면, 나는 바다 맵에 버그처럼 등장한 오류로 보였을 것이다.

이제 누군가 우리의 실험용 건물에 들어와 내 머리통에서 VR 헤드셋을 억지로 벗기려고 들지도 몰랐다, 장난감을 망가뜨리듯이.

그럼 나는 "싫어요. 싫어요"라고 답해야지. "이건 내 거예요"라고도.

340

나는 VR 헤드셋을 계속 독점하고 싶었다. 바다에서 출수하지 않고 영원히 그렇게 살고 싶었다.

폐기 로봇처럼.

2019년 | 스페인 | 방과 해변

스페인의 많은 도시 중에서 발렌시아를 선택했던 것은 바다와 가까웠기 때문이다. 바닷가 근처의 한적한 마을도 고려해봤지만 이방인으로서 살기에는 여러 인종이 섞인 도시가 낫다고 생각했었다.

발렌시아에서 나는 아주 작은 테라스가 있는 방을 구했고, 죽고 싶을 때마다 그 테라스에서 주홍빛 밤거리를 내려다보며 담배를 피웠다. 내가 살던 집은 화장실과 부엌, 좁은 거실을 공용으로 사용해야 하는 곳이었고, 나 말고도 묵는 이들이 몇 있었다. 나와 친하게 지냈던 옆방의 여자도 종종 자기 방의 테라스로 나와 담배를 피웠는데, 우리는 약속이라도 한 것처럼 누구 하나가 담배를 피우고 있으면 나오지 않고 순서를 기다려주었다.

그 집에는 일주일에 한 번씩 스페인 여자가 청소하러

왔다. 그녀는 항상 어린 딸을 데리고 다녔다. 나는 그 어린 아이가 너무 귀여웠고 그 아이가 내게 철부지처럼 우다다다 달려와서 "니하오"라고 말하는 것도 좋았다. (나중에 그 아이가 케이팝 팬이 된다면 내게 "안녕!"이라고 인사해줄까?) 아이의 곱슬머리를 질끈 묶고 있던 체리 모양 머리끈도, 어린이용 신발도, 그 어떠한 악의도 없는 동그란 두 눈도 아무튼 다 좋았다. 그래서 아이가 오는 날에 꾹 참고 담배를 피우지 않고 기다렸다가 아이의 어머니에게 스페인어로 말을 걸기도 했다.

아이의 이름이 무엇인가요?

그러자 아이의 어머니는 내가 별 볼 일 없는 동양 여자 주제에 선민의식을 발휘하며 친절하게 군다는 듯이 경멸을 잔뜩 담은 기묘한 무표정으로 나를 슬쩍 쳐다본 후 마저 청소를 했다. 어머니에게 무슨 언질을 받았는지 그날 이후로 아이가 내게 우다다다 달려오거나 중국말로 인사를 하는 일은 벌어지지 않았다.

다 이상 나는 아이의 근처에 얼씬도 하지 않았다. 그리고 우울할 때면 스페인어 학원에서 만난 친구들과 바다에 갔다. 솔직히 고백하자면 나는 스페인어 실력도 영어 실력도 그저 그랬는데, 어쨌든 소통은 다 됐다. 현실에서 친구들과의 대화는 말 자체보다도 호의, 비언어적 표현, 상황에 따른 이해 같은 것으로 진행되곤 했다.

그날 그 바닷가에는 나와 스위스인 N 둘뿐이었다. 우리는 함께 어울려 다니던 무리 안에서도 취향이 잘 맞았다. 둘 다 사람 없는 곳과 엉뚱한 행동과 말장난을 좋아했던 것이다.

우리는 해변에 갈 때에도 맥주나 칵테일을 파는 상점 하나 없는 인적 드문 곳을 찾아 깊숙이 들어가곤 했다.

발렌시아의 한 해변에서 발견한 약국 표지판.
N이 '약국' 글자를 손으로 가리고 있다.

바다 앞에서 우리는 비키니 위에 입고 있던 옷들을 벗었다. 나는 연보라색 비키니, N은 주홍색 체크무늬 비키니 차림이었다. 내가 검은 머리카락을 하나로 묶는 동안, 턱 끝까지 내려오는 밝은 갈색 머리였던 N은 천천히 바다로 걸어갔다. 나도 머리를 다 묶고 N을 따라잡았다. 우리는 앞서거니 뒤서거니 가다가 어느 순간 신호탄이 울린 것처럼 동시에 달려 나가며 웃음을 터뜨렸다. 바다 앞에서 천천히 걸어가다가 어느 순간 견딜 수 없다는 듯이 달려가는 일, 그건 잠깐이나마 이 생 전체를 사랑하게 만드는 일이었다.

푸르고 투명한 바다를 향해, 숨을 확 트이게 할 만큼 뼛속 깊이 시원한 바닷물을 향해 우다다다 달려 나가던 우리는 우뚝 멈추어 발목만을 담그며 더욱 큰 소리로 웃었다. 심장이 멈출 수도 있으니까 발목과 손을 먼저 적셔야 해. 그리고 머리끝까지 입수하는 거야. 알았지. 바닷물이 너무 너무 차가워서 온몸이 찌르르 떨렸다.

우리는 몸을 숙여서 손과 심장께를 마저 물로 적시기 시작했고, 그러다가 벌떡 일어나 빙글빙글 돌고 이상한 춤을 추었다. 진짜 차갑다! 비상이다! 우리는 누군가 출발하라고 외치는 소리를 들은 것처럼 동시에 바다로 뛰어들기 시작했다. 자, 이제 진짜로 입수한다!

바닷속에 머리 끝까지 몸을 담그자 온 정신이 어질했다. 적당히 깊은 곳까지 들어간 나는 비키니 탑을 벗었고, 그것이 생명줄이라도 되는 듯이 한 손에 꼭 쥔 채 조류에 휩쓸려 다녔다. 스페인에서만큼은 물 밖에서도 세 살 어린이처럼 자유롭고 싶었지만 전혀 그러지 못했다. 동양 여자가 해변에서 탑을 벗고 있으면 가끔씩 유럽 사람들이 자기들도 벗고 있으면서 무슨 동물 구경하듯이 쳐다본다는 이야길 전해 들었기 때문이다.

파도가 한 번 치고 두 번, 세 번, 연달아 치는 게 느껴졌다. 나는 다시 탑을 갖춰 입고 물 밖으로 올라왔다. 물살이 거세지고 있었다. 저 멀리 N도 올라와 있는 모습이 보였다. 시야에서 N이 사라졌다가 다시 떠올랐다가 했다.

나와 N은 손짓으로 대화하기 시작했다. 두번째 손가락으로 모래밭을 가리킨 다음 피아노를 치는 자세로—혹은 누군가 내게 우정 반지를 끼워주기를 바라는 손동작으로—파도 모양을 흉내 내는 일, 그건 우리의 대화법이었다.

물 밖으로 나가자. 파도가 거세다.

좋아.

우리는 물 밖으로 헤엄치기 시작했다.

해변은 증오를 지워준다. 불같은 슬픔을 달래준다. 해변에는 사람을 어르고 달래는 마술적인 힘이 있다.

그날 밤 나는 내 방의 테라스 난간에 기대어 담배를 피웠다. 인스타그램 스토리로 올린 칵테일 사진을 멍하니 바라보다가, 발렌시아 거리를 풍경으로 셀피를 찍어보다가, 이게 다 뭐 하고 자빠진 건지 모르겠다는 생각이 들어 휴대폰을 방 안으로─침대 위로─집어 던졌다.

담배나 마저 피우자. 밤이 찾아온 거리는 어둑어둑했고, 주홍색 조명 불빛이 점점이 반짝이고 있었다. 나는 그 불빛들을 가만히 내려다보면서, 확 떨어져버릴까, 아무래도 그냥 그게 가장 즐겁지 않을까, 내게 우울해할 자격이 있는지도 모르겠지만, 자격도 없으면서 우울해하면 더 최악인가, 역시 확 떨어져버릴까, 그럼 자격이 생기는 거 아닌가,라는 생각들이 불쑥 들기 시작할 때쯤, 그러니까 사실 전혀 체계적이지 않지만 매우 체계적인 논리처럼 둔갑하곤 하는 불행의 회로가 돌아가기 시작할 때쯤 나는 황급히 담뱃불을 껐다. 그런 회로는 머릿속 깊은 어딘가에서 가스처럼 새어 나와 나를 사로잡는다.

그 가스 같은 우울 속에서는 어떤 숭고한 이론도, 어떤 대단한 사명도, 어떤 찬란한 이상도 죄다 무력해진다. 오히려 그런 것들은 우울의 양분이 된다. 그러므로 나는 살아남기 위해 샤워를 했고, 편한 잠옷 원피스로 갈아입었고, 시원한 맥주를 마셨다. 휴대폰을 블루투스 스피커에 연결시키자 사랑하지 않을 수 없는 노래들이 낮은 볼륨으로 흘러나왔다. 그 노래들에 맞추어 흥얼거리고, 이불 위로 손가락을 튕기다 보면 맥주 기운에 온몸이 노곤해지고 잠이 몰려왔다.

수면 유도제를 복용하기 시작한 건 가을께였다. 수면제를 복용하려면 정신의학과 처방이 필요했는데, 인종차별주의자 의사를 만나면 완전히 무너질까 봐 두려웠던 탓에 가보지 못했다. (지금 생각하면 가보기는 할 걸 그랬다 싶기도 하다.)

수면 유도제를 구매하기 위해 방문한 집 근처 약국의 약사 부부는 당황스러울 만큼 친절했다. 이런저런 종류의 약을 다 보여주며 하나하나 설명해주었던 것이다. 내가 알아듣지 못하는 단어는 두어 번 설명해주기도 했다.

약이 다 떨어져서 다시 방문했을 때, 약사 부부는 다정하게 물었다. "좀 효과가 있나요?"

내가 뭐라고 답했더라. "네, 그럼요. 고마워요"라고 했던 것 같다. 웃으면서. 활짝 웃으면서.

약이 잘 듣지는 않았지만.

2024년 | 필리핀 | 리브어보드

배가 오래 정박되어 있었다.

나는 붉은 미니 원피스 차림으로 선베드에 누워 책을 읽던 중이었다. 사람들의 환호성 소리가 들렸다. 나는 책을 엎어두고 선베드에서 일어나 난간 끝으로 갔다. 리브어보드 1층에서 사람들이 스쿠버 장비도 없이 뛰어들고 있었다.

나는 갑판에서 계단을 내려가 그들에게 걸어갔다. 내가 마지막 타자였다. 그리고 어린 시절에 고등학교 담벼락을 넘었듯이 갑판 울타리에 한쪽 다리를 걸치고 반동을 이용해 폴짝 올라섰다. 울타리 안쪽이 아니라 바깥에서, 두 팔을 뒤로 접어 녹슨 울타리를 쥔 채로, 발꿈치는 바다와 가장 낮은 울타리 사이에 걸치듯이 끼워 넣고(이게 무슨 말인지 이해가 되시려나? 뭐, 오해가 생긴다면 그건 그거대로 재밌겠다), 사람들에게 소리를 질렀다.

"저도 뛰어들어도 되나요?"

환한 얼굴의 사람들이 저 멀리서 두 팔로 ○를 그려 보였다.

그때 사람들 너머로 저 멀리서 돌고래 한 마리가 푸른 수면에 균열을 일으키며 튀어나오는 모습이 보였다. 나는 발뒤꿈치를 펄쩍 들며 휘파람을 불었다.

휘휘!

저기 돌고래예요. 자유로운 돌고래예요. 어항 속에 살지 않는 돌고래예요. 그 누구도 붙잡을 수 없고 그래서는 안 되는 돌고래예요.

왜냐하면 우리는 그 누가 됐든 돌고래를 가장 먼저 발견한 사람이 큰 소리로 휘파람을 불기로 약속했기 때문이다. 왜냐하면 우리는 누구 혼자서만 얌체같이 돌고래 보기를 독식해선 안 된다고, 이 배에서 그런 극악무도한 일이 벌어져서는 안 된다고 이 세상의 진지한 지도자들처럼 둥글게 모여 엄숙한 얼굴로 끄덕끄덕 약속했기 때문이다. 동시에 우리는 돌고래를 놓치더라도 지나치게 슬퍼하거나 한탄하거나 후회해선 안 된다는 규칙도 정했다. 다른 규칙들도 있었다. 손가락으로 휘파람을 부는 것은 되지만 진짜 호루라기를 불어서는 안 되며, 아무튼 간에 돌고래가 놀랄 정도로 큰 소리를 내서는 안 된다는 것이다.

그러니까 이건 놀이 같은 거였다. 놀이에는 정복도 지배도 없었다. 진지한 슬픔도 후회도 없었다. 만약 진지한 슬픔이나 후회를 느낀다면, 그건 완벽한 실패이자 패배였다.

휘휘!

나는 휘파람을 불며 지평선 너머를 가리키듯이 쭉 손을 뻗었다. 두 팔로 ○를 그리던 사람들은 이제 내 손끝을 따라 고개를 돌리고 있었다.

그 순간 수면에서 돌고래가 사라졌다. 우리는 아쉬움이 적당히 섞인 환호성을 질렀다. 아니다, 몇몇은 진지하게 슬퍼했다. 사실 나도 많이 슬퍼했다. 놀이란 본래 진지한 슬픔이나 후회가 없을수록 더욱 세련되어진다는 것을 알면서 말이다.

나는 나 자신에게 이야기했다.

너무 슬퍼하지 마라.

어머니는 웬만해서는―그곳이 어떤 곳이든, 얼마나 아름답든―뛰어들지 않는 게 낫다고 나를 가르쳤다. 그녀가 정확히 그렇게 말한 적은 없지만, 그녀의 삶의 자세가 나를 가르쳤다. 종종 나는 어머니가 하지 않은 말을 그녀의 목소리로 듣는다.

당신이 뛰어들 곳이 충분히 깊고 안전한가?

충분히 주변을 둘러보았는가?

혹시 누군가가 밑에서 물장구를 치며 놀고 있는가?

당신이 떨어짐으로써 누군가가 다칠 위험이 있는가?

사실 나의 어머니는 나보다도 더 총명했던 여자였다. 어머니는 지금의 나와 비슷한 나이에 미국에서 간호사로 일할 기회가 주어졌었다. 괌에 있는 NCLEX 시험 센터에서 치른 시험에 합격했던 것이다. 그때가 1995년이었는데, 어머니가 미국에 다시 가는 일이 일어나지는 않았다.

어머니가 미국에서 일할 기회를 포기했던 이유는 결혼 때문이었다. 누군가가 나의 이야기를 듣고 지나치게 전형적이라고 말할 수도 있겠다. 그러나 우리의 삶은 종종 그게 전부일 때가 있다. 어머니는 '혼기에 찬 여자'가 미국에 가서 일하게 될 경우 벌어질 수 있었던 최악의 상황들을 심사숙고했었다. 그 먼 타국에서 홀로 생활하는 작은 동양 여자가 되어 환영받지도 못하고 소통하지도 못하고 끝내 미국 생활을 정리하고 귀국함으로써 한국의 중매 시장에서 매력적이지 않은 여자가 되는 상황 같은 것을. 그리고 그녀는 미국에서 일할 기회를 포기하고 나를 낳았다.

요즘 어머니는 틈틈이 시간을 내서 영어책을 읽고, 단어를 외우고, 필리핀인 선생님과 전화로 더듬더듬 영어

대화를 한다.

　나는 미국인들의 삶이 겉으로는 꽤나 화려하고 반짝여 보이지만 가만 들여다보고 있으면 그리 대단치도 않다는 것을 잘 알고 있다. 그럼에도 불구하고 나는 어머니가 나를 낳지 않고 미국에 갔으면 좋았겠다고 생각한다. 반드시 미국이 아니어도 괜찮다. 이 모든 말이 누군가에게는 기묘하게 들릴 수도 있겠지만, 나는 그녀가 나를 낳을 시간에 이 세상의 이곳저곳을 망아지처럼 돌아다니면서 실컷 상처받고, 진창을 뒹굴고, 기분 나쁜 멸시를 당하기도 하면서 살았으면 좋았겠다고 생각한다.

　그래서 너는 뛰어들 거니?

　어머니의 목소리가 들린다.

　다이빙, 그것도 J가 생각한 **예쁜** 인생의 일종이었을 수도 있다. 실제로 바다에 빠지는 일은 황홀하고 아름답다.

　그러나 나는 바다에 빠지는 일이야말로 **이런 거**라는 생각이 들기도 한다. 나는 꿈속에서 J의 뒤꽁무니를 열심히 쫓아가며 천 번이고 반복해 묻는다.

　아주머니,

　아주머니가 어때서요?

스페인에서 한국으로 돌아올 즈음 코로나가 터졌다. 코로나 때문에 귀국한 것은 아니었고 돈이 떨어져가서 어차피 와야 했다. 불면은 한국에서 더 심해졌고, 나는 정신의학과에 다니기 시작했다.

수업을 할 때를 제외하면 매일매일 책을 읽고 글을 쓰니 온몸이 굽어가서 운동도 시작했다. 트레드밀과 트랙 위를 심장이 터지도록 달리거나 필라테스 선생님의 지령에 맞춰 몸을 움직이면서 잡념들을 지우려고 악착같이 노력했던 것이다. **지금 여기에 집중하라.** 잡념들, 사실은 내가 가장 사랑하는 나의 그 상념들은 종종 잡념이 되었고, 나는 끊임없이 돌아가는 내 머릿속 공장이 제발 생산적인 방식으로, 건강한 방식으로 가동되기를 빌면서 운동을 했다. 그걸 딱 떨어지게 구별하는 기준이 무엇인지는 아직도 모르겠다. 아마 영원히 알 수 없거나, 그걸 안다는 확신과 함께 나는 노인이 될 것이다. 아이 같은 눈빛도 없는, 단순하고 적적한 노인이.

"파란색 스프링을 하나 거세요." 필라테스 선생님이 말했고, 나는 그 명령을 따랐다. "양손으로 핸드 스트랩을 잡

으세요." 지금 여기에 **집중하라.** "복부에 힘을 주며 핸드 스
트랩을 천천히 뒤로 당기세요." 지금 여기에 **집중하라.** 줄.
줄을 잡아당겨야 한다. "여기까지 합시다. 오늘도 수고했
어요." 필라테스 선생님이 수업을 마친 후, 이용한 리포머
를 물티슈로 슥슥 닦으면서도.

지금 여기에 집중하라.

  한국으로 돌아온 후, 나는 세상을 떠난 배달원과 그의
할머니가 있는 봉안당에 가는 것을 미루고 미루다가—몇
번이고 그 봉안당이 있는 역으로 향하는 지하철에 올라탔
다가 돌아오는 지하철 타기를 반복했다가—마침내 굳은
결심을 하고 찾아갔다.

  봉안당은 아파트 단지의 미니어처 같은 곳이었다. 모든
아파트는 하나의 방처럼 조촐했다. 방에는 죽은 이들과
그들을 그리워하는 사람들의 사진, 편지, 작은 꽃다발, 진
짜 미니어처 제품 같은 것이 들어 있었다. 아무것도 없는
방도 있었다.

  봉안당 어딘가에 J의 방이 있을 것만 같았다. 나는 봉안
당 한쪽에 놓여 있는 의자에 가만히 앉아 한참 동안 멍하

니 있었다. 그곳에서 눈을 감으면 작은 꽃다발 속에 숨어 있던 작은 사람이 튀어나오기라도 할 것 같았다. 그 요정처럼 작은 사람들이 비밀스럽게 진지한 대화를 나누고, 몰래 다른 방으로 건너가 약속한 친구들과 삼삼오오 모여 허리를 잔뜩 굽힌 채 루미큐브와 화투를 즐기고 있을 것 같았다. 나는 그들과 함께 춤추고 노래하고 철없는 아이처럼 놀고 싶었다. 사다리도 타고 배의 갑판에도 오르고 아파트 옥상에서 돌고래를 발견하고 싶었다.

정글짐처럼, 정글짐처럼, 어린 날의 정글짐처럼.

이제 나는 햇살 잘 드는 어느 방의 흰 선베드에 누워 있다가 책과 수첩을 집어 던지고 바닷속에 뛰어들고 싶다. 물론 어머니의 질문들에 대한 답으로 ○○××가 나오면 말이다.

그러자 어느새 봉안당은 수족관이 되어 있다. 혹은 여러 개의 방이 가지런히 쌓인 아파트. 모든 방에 투명하고 파란 물이 가득 차 있고, 다들 미니 꽃다발 속에 숨겨 두었던 몸을 바깥으로 내밀고 상자를 돌아다니며, 편지와 사진들은 흠뻑 젖어 있다. 사람들은 스노클링을 하다 수면 밖으로 고개를 내밀거나 바나나보트를 타고 벽을 부수며 옆방으로 건너간다. 혹은 한 사람 몫의 공기통을 배낭처럼 등에 멘 채 물속에서 호흡기로 숨을 쉰다.

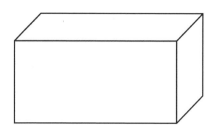

다른 방들보다 아주 조금 더 넓은 방들에는 사람들이 삼삼오오 모여 이야기를 나눈다. 그들은 환경미화원, 편의점 아르바이트생, 배달원, 가수, 육군, 헬스 트레이너, 회사원, 배관공, 사육사, 소설가, 연극배우, 바리스타, 밴드 보컬, 메이크업 아티스트, 제빵사, 댄서, 세계여행하는 사람, 스키장 안전 요원이다.

아니, 이곳에는 세상의 모든 직업이 다 있다.

아니, 이곳에는 직업이 없는 사람도 많이 있다. 있었다가 없어진 사람도 있고, 있다고 말하기 애매한 경우의 사람도 있으며, 단 한 번도 있어본 적 없는 사람도 많이 있다.

아무튼 모든 사람이 바보처럼 웃으면서 물놀이를 한다.

내가 서핑을 시작하자 저 멀리서 바나나보트 운전수가 속도를 최고로 높여 인공 파도를 만들어준다. 지나치게 높은 파도가 나를 집어삼키는 바람에 나는 푸른 바다 한가운데로 쿵 떨어지며 까르르 웃는다.

불현듯 눈이 떠졌다. 여전히 봉안당 안이었고, 온 얼굴이 축축했다. 나는 이곳에서 내가 불청객이라는 사실을 알았다. 그래서 자리에서 일어나 봉안당을 빠져나왔다.

그날 올라탄 지하철 칸에는 열 명이 채 되지 않는 사람들이 있었다. 지하철의 맨 마지막 칸이었다. 나는 은빛 기둥에 머리를 통 통 부딪치며 졸았고, 꿈에서 제야의 종이 되었다.

아니, 나는 당목이다. 거대한 종에 머리통을 치받아대는 두툼한 나무 기둥 말이다. 나는 딱딱하게 굳은 시체가 되어 반듯이 누워 있고, 같은 칸에 타고 있었던 사람들이 상하좌우에서 나를 들어 올리고 종에 치받아댄다. 머리통이 뎅— 뎅— 뎅— 울린다. 머리통이 붉은 피로 뜨거워진다. 아니, 나는 돌고래다. 이곳은 수족관이고, 나는 유리창에 달려들며 비명을 지른다.

분노는 증오와 다른 것이다. 분노는 심장 가장 깊은 곳에서 흘러나와 사람을 울부짖고 연설하게 만드는 것이다.

분노는 거대한 슬픔이다.

나를 살려줘. 누가 나를 이곳에서 구해줘. 아무리 악을 써도 소리가 새어나가지 않는다. 심장이 뎅— 뎅— 뎅— 울린다. 가슴이 답답해지고 숨 쉬는 일이 버거워진다.

그러자 나는 다시 지하철 안이다. 지하철 창밖으로 파란 물이 가득하다. 이건 심해를 달리는 지하철이다. 이건 상식적으로 불가능한 지하철이다.

푸른 물속에 무언가가 보인다. 그건 해파리 같지만 해파리는 아니다. 나는 그 형체를 쫓아 빠른 걸음으로 걷기 시작한다. 한 칸이 끝날 때마다 자동문을 열고.

너무 슬퍼하지 마라.

한 칸이 끝날 때마다 자동문을 열고.

너무 슬퍼하지 마라.

한 칸이 끝날 때마다 자동문을 열고.

너무 슬퍼하지 마라.

한 칸이 끝날 때마다 자동문을 열고.

그런 건 어찌합니까.

한 칸이 끝날 때마다 자동문을 열고.

그런 건 어찌합니까.

한 칸이 끝날 때마다 자동문을 열고.

그런 건 어찌합니까.

한 칸이 끝날 때마다 자동문을 열고.

물이 들어온다.

한 칸이 끝날 때마다 자동문을 열고.

물이 들어온다.

한 칸이 끝날 때마다 자동문을 열고.

물이 들어온다.

한 칸이 끝날 때마다 자동문을 열고.

그렇게 살겠습니다, 하면 그렇게 살아지나. 그런 식으로, 마음먹은 대로 살아올 수 있었더라면 내가 나의 생을 지금보다는 더 사랑했을까.

지하철이 정차한다. 역의 이름을 알리는 안내음이 들린다. 지하철 출입문이 열리지만 물은 쏟아져 들어오지 않는다. 나는 출입문으로 걸어가 손을 들어 푸른 물을 만진다. 저 먼 곳까지 한 줄의 트랙이 보인다. 나는 트랙을 따라 걷기 시작한다.

해파리처럼. 나는 해파리처럼 심폐소생술을 하고 싶다. 이곳에서는 생명줄도 필요 없다. 해파리는 태생적으로 발가벗은 존재이고, 서로가 서로를 빠르게 구조할 수도 있다. 인간적인 수치심 대신 무심한 의지로 해파리는 할 일을 한다. 눈물을 흘리느라 골든타임을 놓치는 대신 해파리는 덤덤한 눈으로 말한다. 심장박동이 들리지 않습니까. 그 사람은 의식이 없습니까. 아무 일도 벌어지지 않았다는 듯이 평온하게 굴어봅시다. 하지만 나는 추한 얼굴로 비명을 질렀었다. 해수욕장 꼬마처럼 허벅지를 철퍽철퍽 치며 울기도 했었다. 어느 날 불현듯이 다시 그렇게 울 수도 있다. 나는 부정하지 않는다. 이곳은 종종 침수된다. 그곳도 종종 침수된다.

이곳과 그곳이 어찌 정확히 분리됩니까. 죽은 사람이 산 사람이고 산 사람이 죽은 사람입니다. 적어도 내 머릿속에서는 그렇습니다. 나는 둘을 다르게 기억하지 않습니다. 나는 고백하면서 뚜벅뚜벅 걸어간다.

아니, 걸음으로는 부족하다. 나는 속도를 높여 달려간다. 만약 바다가 평온하고, 조류가 원하는 방향으로 흐른다면, 나는 풀쩍 뛰어올라 조류를 타고 갈 수도 있다. 만약 바다가 도와준다면, 그런 천운이 따라준다면, 나는 조류를 타고 원하는 목적지에 빠르게 도착할 수도 있다.

날아가듯이.

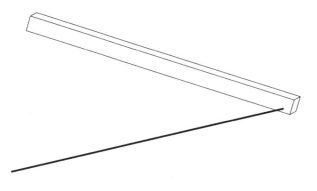

심해를 달리는 지하철과
나의 트랙

2022년 | 한국 | 바닷가

스쿠버다이빙을 시작한 이유는 단순했다. 물이 좋아서. 바다를 사랑해서. 그냥 늘 해보고 싶었던 것이어서. (스쿠버다이빙은 언제나 버킷리스트 최상위권 항목이었다.) 때마침 맡은 수업도 늘었고, 내가 쓴 글 덕분에 운 좋게 돈도 좀 생겼고, 코로나가 끝나가면서 한국의 스쿠버다이빙샵들도 다시 활발히 교육을 시작하고 있었다.

스쿠버다이빙을 처음 배울 때 만난 선생님은 내 또래의

여자인 P였다. P는 존경스러울 정도의 다이빙 실력을 갖고 있었다. 물속에서 P는 한 치의 미동도 없이 우뚝 존재했다. P가 내게 가르쳐준 무수한 것 중 하나는 숨을 쉬는 법이었다. 그건 더운 여름날 부채질을 하는 손짓과 비슷하지만, 훨씬 더 고요하고 규칙적이다. 천천히 차분하게.

손을 바깥쪽에서 안쪽으로. 숨을 들이마시세요.

손을 안쪽에서 바깥쪽으로. 숨을 내쉬세요.

나는 호흡기를 물고 P의 손짓에 따라 이 세상에 처음 태어난 것처럼 숨 쉬는 법을 배웠다. 숨 쉬는 법 말고도 스쿠버다이빙에는 약속된 수신호가 여럿 있다.

공기통의 공기가 고갈되어 갑니다.

귀에 이상이 생겼습니다. (귀를 가리키고 문제가 있습니다라는 수신호를 보내야 한다.)

상승합시다.

괜찮아요? (내가 허둥거릴 때마다 그녀는 매우 침착하게 묻곤 했다. OK?와 동일하다.)

괜찮습니다. OK.

P도 나처럼 체구가 큰 편은 아니었는데, 나와는 다르게 탱크를 들 때 단 한 번도 휘청거린 적이 없었다. P는 온몸이 근육으로 이루어진 사람 같았다.

한 번은, P와 함께 다이빙을 하던 도중에 나와 같은 어떤 초보 다이버가 조류에 떠밀려 사라진 적이 있었다. 시야가 무척 좋지 않았던 날이라 조금만 멀어져도 눈앞에서 형체가 사라지던 날이었다. P는 한 손으로 밧줄을 힘주어 쥐는 시늉을 하면서 나를 쳐다보았다. 그건 내가 저 사람 지금 당장 데려올 테니까 그때까지 밧줄 꽉 잡고 기다리고 있으세요 허튼짓 하지 말고라는 뜻으로, 방금 만들어진 임시 수신호였다. 나는 놀라서 끄덕였다. 방해나 안 되면 다행이지. 정말로 나는 방해나 안 되면 다행이지.

그리고 P는 순식간에 사라졌다. 나는 밧줄을 꽉 쥐고 있었고, 얼마 되지 않아 P가 초보 다이버의 한쪽 팔을 잡은 채 밧줄 쪽으로 끌고 오는 모습이 천천히 나타났다.

스쿠버다이빙을 처음 배우면 교재와 함께 로그북을 주는데, 나는 그 수첩에다 이런 일들을, 매 다이빙에서 일어난 돌발 상황이나 우연히 마주친 해양 생물들을 기록하기 시작했다. 그렇게 21번째 로그가 되었다. 나는 젊은 여자 둘, 젊은 남자 여섯, 나이 든 남자 하나, 나이 든 여자 하나와 함께였다.

젊은 여자 둘 중 하나는 공군이었는데, 내 머리카락이 후드 바깥으로 빠져나온 것을 지적해주며 씩 웃었다. 나는 허둥지둥 머리카락을 정리하며 고맙다고 말했다.

나이 든 남자는 민간 잠수사였고, 그는 스쿠버다이빙을 업으로 삼아 살면서 전문적인 구조 활동을 해온 사람이었으며, 내가 존경하는 몇 안 되는 남자 중 하나였다. 그는 개구쟁이처럼 장난을 치다가도 누군가 다이빙을 하다 큰 실수를 하면 엄중하게 혼을 냈다.

다이빙을 하면서 만난 모든 다이버가 모두 나의 선생들 같았던 것은 아니다. 어느 영역이나 그렇듯이 다이빙의 세계에도 고약한 인간들이 있다. 어떤 다이빙 선생들은 최소한의 안전 수칙에 무감하여 교육생의 목숨을 위협하고, 실제로 큰 사고에 이르게 한다.

강사가 아닌 일반 다이버들 중에도 해괴한 인간들이 있다. 어떤 다이버들은 해양 생물을 마구잡이로 채집함으로써 생태계를 망가뜨리고 해녀들과 어민들의 영역을 침범한다. 해녀들과 어민들은 바다가 생의 본거지인 사람들로, 생의 전체가 바다와 뿌리 깊이 연결되어 있곤 한다. 내가 해녀였다면, 나는 모든 다이버를 증오했을지도 모른다. 해녀들의 식당을 방문할 때, 나는 스쿠버다이빙슈트를 입고 가지 않는다. 사복을 입고 가서 공손한 말투로 음식을 주문한 다음 남기지 않고 다 먹는다.

채집을 금했던 나의 다이빙 선생들을 포함하여, 내가 함께해온 다이버들은 자랑스러운 사람들이었다. 이들과 같이 다이빙을 한다는 게—해보았다는 게—자랑스러운.

다시 보트로 돌아오자. 몇 명이 벌써 물에 입수하였다. 이제 내가 뛰어들 순서다. 1. 부력 조절기로 BCD에 공기를 더 **확보시킨다. 2. 호흡기를 물어본 뒤 숨을 또 쉬어본다. 3. 뛰어들 자리를 둘러보아 다이버와 충돌할 위험이 있는지 확인한다.** 그리고 입수.

BCD 덕분에 나는 수면 밖으로 둥둥 떴다. 마지막 순서였던 두 다이버가 마저 뛰어든 후, 그날 다이빙의 버디들—팀원들—이 모두 함께 서로 마주 보며 엄지로 바다를 가리켰다. 하강 신호다. 나는 왼손으로 부력 조절기를 들어 BCD에서 바람을 뺐다.

바람 빠지는 소리와 함께 몸이 수면 밑으로 내려갔다. 온 세상이 점점 파래졌다. 오른쪽 손목에 찬 다이빙 컴퓨터에서 수심을 가리키는 숫자가 조금씩 올라가고 있었다. 나는 귀에 가해진 압력을 풀기 위해 이퀄라이징을 하며 수심 38미터로 천천히 떨어졌다.

나는 지금 깊은 바닷속이다.

바다의 시야도 좋고 조류조차 잔잔할 때, 다이빙 기술

이 어느 정도 숙련되었을 때, 중성 부력도 완벽하게 유지되고 있을 때, 버디들의 상태도 모두 괜찮을 때, 광막한 고요 속에서 내 호흡 소리만이 들려올 때, 그럴 때에는 견디기 힘든 경이가 찾아온다.

그건 깊은 바닷속에 떨어진 사람만이 느낄 수 있는 얼얼한 해방감이다. 하물며 그날 시야가 좋지 않고 부유물이 많은 날에도 바닷속에서는 경이가 찾아온다. 그날의 파랑이 어떤 파랑이든 바다는 사람을 해방시키고, 살아 있음을 축복으로 여기게 만든다.

그렇다고 바다 안에서 '딴생각'은 금물이다. 몸으로는 그 모든 경이를 느끼면서도 자동기계처럼 원칙들을 지켜야 하고, 어찌할 수 없이 잠깐잠깐 '딴생각'이 들 때에는 최대한 빨리 여기 이 바다로 돌아와야 한다. 만약 내가 지나가는 물고기나 산호의 아름다움에 지나치게 매료되어버린다면, 혹은 이곳에서 어떤 슬픈 일들이 있었는지를 떠올리며 두려움에 잠긴다면 모두를 위험에 빠뜨리게 될 수도 있다.

바닷속에서 나는 E의 목소리를 듣는다.

다이빙을 할 때는 다이빙에 집중해.

눈앞의 바다와 내 옆의 버디를 더 열심히 바라보는 거야.

그럼 딴생각이 들더라도 금방 돌아올 수 있어.

스쿠버다이빙 시 지켜야 하는 중요한 원칙들 중 하나는 버디의 공기가 부족해지거나 아예 고갈됐을 경우, 자신의 예비 호흡기를 버디에게 건네주어야 한다는 것이다. 딱 한 번, 나는 실내 다이빙 풀장에서 예비 호흡기를 버디에게 물려준 적이 있다. 29번째 로그였다.

마찬가지로 딱 한 번, 나는 동해 바다에서 버디의 예비 호흡기를 물고 출수한 적이 있다. 52번째 로그였다. 새로 입게 된 드라이슈트가 익숙하지 않아 예상보다 많은 양의 공기를 소모해버렸던 것이다. 출수 시 곧장 수면으로 올라오면 감압병 위험이 높아지기 때문에 다이버들은 아주 천천히 상승하여 수심 5미터까지 올라온 다음 그곳에서 3분 동안 멈춰 있어야 하는데, 나는 그 3분 동안 버디의 예비 호흡기를 물고 있어야 했다. 사실 수면이 가까웠고, 내 공기통에 공기가 약간 남아 있었던 데다, 우리 말고도 주변에 다른 버디들이 여럿 더 있었기 때문에 그다지 극적인 상황은 아니었음에도 불구하고 나는 숨을 나눠준 버디의 눈을 빤히 바라보면서 내 몸이 잔뜩 긴장되어 있음을 느꼈다.

나는 살고 싶었고 출수하고 싶었다.

52번째 로그—다이빙 컴퓨터 토대로 기록.

다이빙 포인트: ??어초 (이름 뭐였지)

시간: 8:59am-9:27am (28min)

수심: 최대 31.5m 평균 18.5m

시야: 3-4m 정도

수온: 최대 23℃ 최소 10℃ 평균 16℃

슈트: 드라이. 딥다이빙

웨이트: 포켓 4+ 허리 6kg

잔압: 200bar→20bar (언니가 예비 호흡기 물려줌)

메모: 버디 관계＝서로의 비상용 숨이 된다는 것

다이빙이 끝나고 로그북을 적으며, 나는 바다에 가는 일과 글을 쓰는 일이 내게 생존의 문제였음을 알았다. 그러니까 예비 호흡기를 물고 있던 그 순간뿐만이 아니라 정말이지 평생 동안 내가 살고 싶어 했음을, 그러니까 아주 어렸을 때부터 지금까지 적잖은 양의 소설과 시를, 일기를, 이런저런 기록들을, 여러 장의 유서를, 거창한 버킷리스트를 쏟아내듯이 쓰는 일을 통하여 내가 생존해왔음을 알았다.

그러므로—이 말이 누군가에게는 기묘하게 들릴 수도 있겠지만—어느 날 내가 지나가던 이웃에게 묻지 마 살인을 당해 변사체로 남겨진다면 사람들이 '이 여자는 평생 우울했으니까 기필코 자살했을 거야'라고 결론 내린 다음 내 몸을 바로 화장하지는 않았으면 좋겠다. 그 전에 이런저런 조사를 반드시 했으면 좋겠다.

나는 자살하지 않을 것이다.

나는 평생 동안 죽는 일을 상상해왔지만 스스로 죽지는 않을 것이다. 나는 목을 매달거나 손목을 긋거나 건물에서 추락하거나 바다에서 스스로 출수하지 않는 방식으로는 결코 죽지 않을 것이다. 안락사와 조력 사망은 사실 여전히 구미가 당긴다. 그렇다면 나는 이렇게 말해야겠다. 만약 언젠가 내가 스스로 죽음의 길을 향해 걸어가게 된다 하더라도, 나는 빌어먹을 행정적 절차를 충실히 따를 것이다. 그러니 내가 어느 날 어느 순간 부지불식간에 시체로 발견된다면 최소한의 조사가 행해졌으면 좋겠다.

이런 나의 이야기가 누군가에게는 조롱거리가 될 수도 있겠다. 슬픔에 빠진 어린 것이 떠들어대는 귀엽고 우스운 소리 정도로 치부될 수도 있겠다.

익숙한 일이다. 그런 말들에 대한 답이 준비되어 있다.

그렇군요. 감사합니다.

한국의 바닷가 도시 양양에서 발견한
'어린이 !! 옴' 표지판

물론 나는 여차저차 장수하는 바람에 이런 소릴 떠든 것을 진지하게 조소당할 수도 있다. 혹은 신체적인 질병이나 비극적인 재난에 조만간 휩쓸릴 수도 있다. 어쩌면 오늘 당장에라도 길을 걷다가 뚜껑 없는 맨홀에 발을 헛디뎌 생을 마감할 수도 있다.

모든 인간의 마지막이 숭고하다면 얼마나 좋을까. 그러

나 죽음은 대개 허망하다. 이제 우리는 생의 끝이 갑작스럽고 엉뚱할지도 모른다는 절망적인 사실과 평생을 싸워야 한다. 남은 사람들이 그 엉뚱한 죽음을 조리돌림하며 비웃거나, 하루하루 버티는 것에 지쳐 그냥 잊어버리거나, 지나가는 소문으로 접한 뒤 "애고, 안타깝네"라고 연민하리라는 사실과도. 하루하루를 잘 살아보려는 개인적이고 비장한 결심을 이 세상 누군가가 반드시 우습게 여기리라는 사실과도.

냉소적인 사람과 천진한 사람이 명확하게 구분되어 있는 건 아니라는 사실과도. 내가 그렇듯이 타인이 한 치의 흠결 없이 완벽한 사람이 될 수 없다는 사실과도. 타인이 그렇듯이 내가 속절없이 옹졸하고 볼품없이 살아간다는 사실과도. 우리가 우리에게 증오와 사랑의 대상이라는 사실과도. 우리라는 말이 허울 좋은 텅 빈 단어라는 사실과도. 그럼에도 불구하고 우리에 대해 생각할 수밖에 없다는 사실과도.

우리가 잠재적인 적군이자 암묵적인 동료라는 진실과도.

어린 시절의 나를 살렸던—그리고 여전히, 그녀의 말로 나를 살리고 있는—상담사는 이렇게 말했었다. "네가 수영을 하지 못하는데 바다에 빠진 사람을 구하려든다면, 그건 사랑이 아니야." 성인이 되어서 우연히 만난 어떤 수상 인명 구조원은 이렇게 말했었다. "물에 빠진 사람은 보통 매우 놀란 상태이기 때문에 손에 잡히는 것을 무엇이든 잡으려고 해요. 패닉에 빠져서 상황 판단이 안 되거든요. 그 사람이 당신 위로 올라오려고 할 수도 있겠지요. 대신 당신은 물에 가라앉고." 현명한 방법은 즉시 119에 신고한 뒤 물에 뜨는 물건을 줄이나 로프와 연결해 던지는 것이었다. 물론, 잘 던져야 했다.

레스큐 다이버 교육을 받을 때, 나는 기다란 밧줄이 달린 구명환을 던져보았다. 조난자 역할을 맡은 다이버가 멀리서 구명환 위로 올라왔고, 나는 어린 시절 줄다리기 게임을 하듯이 밧줄을 잡아당겼다. (주변에 구명환이 없다면 튜브, 1/3정도 채워진 페트병, 비어 있는 아이스박스 등을 던질 수 있다.)

만약 조난자가 완전히 의식이 없다면 직접 데리고 나와야 해서 이런 경우도 훈련을 받았다: 물속에서 나침반을 보면서, 선생님이 SMB를 묶어 숨겨둔 웨이트를 찾아내는 훈련. 수중에서 의식을 잃은 조난자를 뒤에서 껴안고 물 밖으로 올라오는 훈련. 해변까지 데리고 나왔다고 가

정하고, 해변에 대자로 누워 있는 조난자의 스쿠버다이빙 장비를 해체하는 훈련. 다 해체했다고 치고, 조난자의 몸을 들쳐 메고 물 바깥으로 걸어 나오는 훈련.

조난자의 몸을 들쳐 메고 걸어 나오는 훈련을 할 때, 나는 한 번은 구조자 역할을, 한 번은 조난자 역할을 맡았다. 내 또래의 젊은 여자와 내가 버디가 되었다. 나는 버디의 두 팔을 Ⅹ자로 교차해 잡은 다음 내 등에 들쳐 멘 채 물 밖까지 걸어 나왔다. 동료 연기자는 온몸에 힘을 다 빼고 내 등에서 축 늘어져 있었다.

이런 훈련을 몇 번 한다고 내게 죽은 이들을 살아 돌아오게 만드는 능력이 생기는 것은 아니었다. 누군가를 실질적으로 구조할 능력이 생기는 것도 아니었다. 그런 건 알고 있었다. 레스큐 교육은 겨우 이틀짜리 과정이니까. 날씨나 바다 상태가 도와주지 않으면 더 길어질 수도 있겠지만, 어쨌든 이건 스쿠버다이빙 세계에 막 입문한 다이버들이 혹시 모를 상황을 경험하기 위해 사실상 필수적으로 거치는 기초 교육에 불과하다.

그러니까 내가 이런 훈련을 받은 것에는 솔직히 별 대단한 이유도 사명도 목적도 없었다.

그냥 나는 사람 하나를 짊어지고 물 밖으로 걸어 나와

보고 싶었을 뿐이다.

그마저도 나는 무력해 보였기 때문에 나와 체구가 비슷한 젊은 여자를 배정받았다. 마음씨 따뜻했던 그 젊은 여자는 전문적으로 운동을 하는 사람이었고, 내게 업히는 걸 미안해했다. 찰나의 순간이었지만 내가 편안하게 업을 수 있도록 그녀가 스스로 힘 조절을 하는 것이 느껴지기도 했다. 만약 내가 덩치가 더 크고, 근육이 잘 붙는 체형이었더라면, 이 모든 건 핑계에 불과할 수도 있지만 내가 만약 지금보다는 더 듬직한 모습의 인간이었더라면, 나는 들쳐 멜 인간을 내가 직접 고를 수도 있었을 것이고, 동료 연기자를 미안하게 만들지도 않았을 것이며, 눈에 보이는 사람이라면 누구든 구조하는 연습을 할 수도 있었을 것이다.

고작 이틀짜리 과정을 하면서, 도중에 하품을 하거나 집중을 못 할 때도 있었으면서, 나는 화장실 변기의 뚜껑을 닫고 그 위에 앉아 울었다. 그 젊은 여자가 나를 들쳐 메는 순서가 됐을 때, 그 여자는 아주 부드럽고 능숙하게 나를 들쳐 멨다. 그렇다. 나는 방해나 안 되면 다행이지.

다이빙을 하다 보면 아주아주 가끔씩 단체로 교육 및 훈련 중인 해경이나 해군, 소방대원, 민간 해양 구조대원과 같은 사람들을 마주칠 때가 있다. 그들은 척척 장비를 메고 바다에 들어갔다가 출수해서 척척 장비를 해체한다. 이 말이 누군가에게는 기묘하게 들릴 수도 있겠지만 나는 그들이 진심으로 부러울 때가 있다. 그러나 구조대원들을 위한 구조대원들은 어디에 있는가, 이런 생각이 들 때면 부러움조차 부끄러워진다.

레스큐 교육과 그 이후에 이어진 펀다이빙이 끝나고 양양에서 서울로 돌아오는 버스 안에서 나는 1인용 좌석에 앉았고, 곯아떨어졌다. 곯아떨어진 와중에 왼쪽 앞의 여자들이 대화를 나누는 목소리가 아주 미세하게 들려왔다. (새벽 시간의 버스는 아니었고, 깨어 있는 사람들이 몇 있었다.) "서핑 재밌었어." 한 여자가 말했다. "난 너무 추웠어. 여름에 다시 해보자. 종강하고." 다른 여자가 말했다. 대학생들인 것 같았다. 나도 몇 년 전까지는 대학생이었는데, 이제 나도 어리지만은 않네, 뭐 이런 생각들을 하다가 까무룩 잠에 들었다.

꿈에서 나는 누군가를 들쳐 멘 채 걷고 있었다. 나보다 훨씬 키 혹은 덩치가 크거나, 체중이 나가거나, 아니면 죽은 사람 같았다. 죽은 사람은 인정사정없이 축 늘어지기 마련이다. 나는 꿈에서 눈물을 흘리며 말했다. "미안합니다. 미안합니다." 앞으로 고꾸라지기 일보 직전에 나는 잠에서 깨어났다. 주변이 고요한 것을 보니 다행히 입 밖으로 말을 하지는 않았나 보다(혹은 사람들이 모르는 척해준 것이거나). 온몸에 땀이 나 있었는데, 이런 일은 사실 이미 몇 번이고 겪어봤던 것이었지만, 그때는 상황이 좀 달랐다. 밀폐된 공간인 고속버스 안에서, 새까만 어둠과 무거운 정적 속에서—아주 늦은 시각이었고 이제 사람들이 모두 잠들어 있었다—가슴이 답답해지고 숨 쉬기가 어려워졌던 것이다. 공황이었다.

몸이 뜨거울수록 정신이 차가워져야 한다는 사실을 기억해야 했다. 나는 차분함을 되찾기 위해 급격히 정신을 차갑게 식혔다.

숨을 들이마시세요.

숨을 내쉬세요.

눈앞으로 아까 그 종강 이야기를 하던 대학생 여자가 보였다. 그러나 저 여자는 어째서 고개를 푹 꺾고 있는가. 왜 오른쪽 팔을 의자 손잡이에 힘없이 걸치고 있으며 어째서 손바닥이 아래가 아니라 위를 향해 있는가. 여자의 잠든 자세가 심상치 않았다. 물론 여자는 단지 곯아떨어진 것뿐이었다. 그러나 공황은 극심한 불안을 불러오고,

모든 상황을 극단적으로 변모시킨다. 여자는 마치 죽은 사람처럼 보였다.

그녀는 Q였다. 당신은 저 사람을 구할 수 있습니까?

만약 우리가 이 고속버스에서 당장 탈출해야만 하고, Q는 정말로 의식이 없는 거라면, 나는 Q를 구조해낼 수 있을까? 만약 이 고속버스가 어떤 강에 빠져 침수되고 있고, Q는 정말로 의식이 없는 거라면, 나는 Q와 함께 출수할 수 있을까? 다른 조건의 사람들이라면 내가 사실 자신이 없는데 체구가 비슷한 Q만큼은 내가 구해낼 수 있을 것 같다. 아니, 구해내야 한다. Q라도 내가 구해내야만 한다. 나는 식은땀을 흘리며—천천히 규칙적으로 숨을 쉬며—의자에 앉은 채로 벌떡 일어나는 상상을 한다. 그리고 비상용 망치를 찾아내 유리창을 깨는 상상을 한다. 창의 가장자리를 있는 힘껏 내려쳐야 한다. 아니다. 깨진 유리는 날카롭고 위험해 보인다. 실전에서라면 작은 상처는 감안될 수도 있겠지만 상상 속에서는 조난자의 몸을 아주 조금도 다치게 하고 싶지 않다.

그러므로 고속버스의 천장을 지워버린다. 고개를 들자 천장이 온통 새파랗다. 날이 밝았나 보다. 이제 나는 Q를 등에 업고 스쿠버 장비도 없이 강 위로 떠오를 것이다. 장비의 부력도 없이 함께 천천히 상승할 것이다. 수면에 도착하면 Q를 데리고 물 밖으로 걸어 나갈 것이다. Q를 업고 언제까지고 영원히 걸어볼 것이다.

나는 다시 숨이 차는 것을 느낀다. 그래서 신의 섭리를 거역하고 등 뒤의 시간을 돌린다. 한순간에 Q가 가벼워진다. Q의 무게는 이제 놀다 지쳐 기진맥진 잠든 한 명의 아이 같다. 나는 아이에게 먼 시간의 고속버스에서 왔다고 말해주고 싶지만, 만약 아이가 정말로 깨어나면 실제로는 이렇게 말할 것 같다. 이렇게 뻗은 걸 보니 진짜진짜 재밌게 놀았나 보다. 뭘 하고 놀았어? 들려줄 수 있을까?

얼마나 걸었을까. 숨이 천천히 고르게 쉬어지고 온몸의 긴장이 풀렸다는 사실을 알았다. 그때 Q가 잠에서 깨어나 고개를 드는 모습이 보였다. Q는 찌뿌드드한지 오른손으로 뒷목을 마사지하기 시작했다. 나는 Q에게서 고개를 돌려 창밖을 보았다. 서울의 도로가 보였다.

바닷바람에 붉은 원피스 끝이 훨훨 흩날리고 있다. 어머니의 질문에 빠르게 답해보자.

어린 것을 위한 최소한의 안전 지침		
당신이 뛰어들 곳이 충분히 깊고 안전한가?	○	×
충분히 주변을 둘러보았는가?	○	×
혹시 누군가가 밑에서 물장구를 치며 놀고 있는가?	○	×
당신이 떨어짐으로써 누군가가 다칠 위험이 있는가?	○	×

○○××가 나온다면 이제 정말로 뛰어들어도 좋겠다. 웬만해서는 뛰어들지 않는 게 낫다는 어머니의 말이 물론 옳을 수도 있다.

그때 J가 외친다. 뛰어들어! 당장 그곳에서 나와! 나는 금방이라도 난간을 붙들고 있는 손에 힘을 빼고 푸른 바다로 뛰어내리고 싶다.

그러나 □의 명령도 있다. 이런 거 말고 예쁜 인생 살아라. 나는 바다에 빠지는 일이야말로 이런 거라는 생각이 들기도 한다. 그리고 나는 **이런 거를** 진심으로 사랑한다.

나는 발뒤꿈치를 난간 밑에서 빼내 까치발을 들었다가 미세한 반동을 일으키며 펄쩍 뛰어내린다. 나는 죽지 않을 것이다. 어느 날 어느 순간에, 단순한 충동으로 손목을 긋거나 목을 매는 방식으로, 혹은 건물에서 추락하거나 스스로 출수하지 않는 방식으로 죽지는 않을 것이다.

아니, ……하지 않을 것이라고 말하면 ……하고 싶어지는 것이 인간이므로, 말과 생각이란 종종 생을 쥐었다 폈다 할 수 있는 것이므로, 나는 다르게 이야기하기로 한다.

《 생을 사랑하기 위한 훈련법 》

금연을 하자. 그러면 필라테스 선생님의 말씀을 더 잘 따를 수도 있고 다이빙을 더 잘하게 될 수도 있다.

ㄴ, 이렇게 글을 써놓고 나는 정말로 4개월 동안 한 대도 피우지 않았다. 4개월째가 됐을 때 지독한 우울이 찾아왔고, 담배에 다시 손을 댔다. 며칠 동안 연달아 피운 후, 남은 담배는 세면대 물에 흠뻑 적셔 버렸다.

금연은 계속 도전할 것이다. 지금처럼 몇 달에 한 번씩, 허무와 우울을 견딜 수 없는 구간이 오고, 그러면 또다시 손을 대더라도.

서울의 실내 다이빙 풀장에서 SMB 쏘는 연습을 하자. 그래야 언젠가 바다에서 혼자 남겨지는 비상사태가 됐을 때 안전하게 SMB를 쏘고 출수할 수 있으니까.

└, 이렇게 글을 써놓고 정말로 실내 다이빙 풀장에 방문해서 SMB 쏘는 연습을 했다. 한 번에 성공해서 기분이 엄청 좋았다!

동해가 더 오염되기 전에 최대한 많이 들어가자. 고프로11로 바다 촬영을 하고 돌돔 떼를 만나고 싶다.

└, 이렇게 글을 써놓고 정말로 고성 바다에 방문해서 쓰레기 몇 개를 주워 왔다. 돌돔 떼는 못 만났지만 누디브랜치들을 만났다.

서핑을 다시 배워보자. (아, 그러고 보니 강릉에서 만났던 서퍼 부부의 딸이 엄청 귀여웠는데. 그 작은 아이가 "오늘은 엄마 아빠랑 서핑을 했어요"라고 말을 하던 모습이.)

※ 바다를 가지 못할 때 할 수 있는 것들의 목록: 실내 클라이밍(한 번 해봤는데 재밌었음. 더럽게 못했지만…… 다음에 더 어려운 색깔 도전해봐야지), 스키(상급 코스 도전했을 때 사색이 되어 내려옴. 그래도 해냈다), 스노보드(초중급 코스까지 해봄. 낙엽 말고 S자로 내려와 보고 싶다), 스케이트보드(스페인에서 살 때 중고로 구매한 다음 공원에서 혼자 연습해봤는데, 한번 제대로 엎어져보니까 좀 무서움. 언젠가 다시 해보기), 등산(가끔 가자. 한국에는 야트막한 산이 많아서 어디서든 하기 좋다!)

J가 내게 **따뜻하고 좋은 글을 써야 한다**고 말했는데, 아무리 생각해도 내 글들이 J가 말한 "따뜻하고 좋은 글"은 아닌 것 같다. 살아생전 J가 읽었다던 소설들로 말미암아 생각해보면 더욱 그런 확신이 든다. J의 말을 따르지 않은 대가로 어쩌면 나는 어느 순간에 소리 소문 없이 사라질 수도 있다.

나는 고독함에 익숙하고, 나를 달래는 일에 천부적이다. 그러므로 나는 나를 달래면서 쓴다.

숨을 들이마시세요.

숨을 내쉬세요.

그냥 내가 더 노력하자. 뭐라도 더 노력하면 어느 정도는 쓰다가 갈 수 있겠지. 노력으로도 안 되는 것이 있다면, 정 혼자가 된다면 바다로 가야겠어. 바다에서 물장구치며 웃고, 멍청한 농담을 실컷 하고, 온갖 수영복을 다 도전해보고, 공기통도 나르고, 리조트의 바닥을 닦으면서 살아야겠어. 머나먼 나라의 바다도 좋겠어. 어디든 바다가 있다면……

나는 고독함에 익숙하고, 나를 달래는 일에 천부적이다. 그러므로 나는 나를 달래면서 산다.

이렇게 살든 저렇게 살든 내가 바다에 파도 하나 일으킬 수 없는 신세라면, 오늘 불안해할 이유는 무엇인가,

이렇게 죽든 저렇게 죽든 내 생이 바다의 기포와 같다면, 내가 내 것이 아닌 생에 미련을 가질 이유는 무엇인가.

어머니의 배 속에 있었을 때 나는 분명 최초의 숨을 꿈꾸었을 것이다. 갓 태어난 후에는 분명 생에 대한 의지로 충만했을 것이다. 그러니 옹알옹알 말도 하고, 두 손을 쥐었다 폈다 하고, 맨바닥에서 휘청휘청 두 발로 일어섰을 것이다. 그 무심했던 의지들은 다 어디로 갔는가.

무심, 무심으로 가기 위해 나는 내게 명령한다. 자, 마지막 훈련이야. 너는 이제부터 흘러가는 나뭇잎이야. 그러자 나는 흘러가는 나뭇잎이다.

고요히.

숨을 들이마시세요.

고요히.

숨을 내쉬세요.

수영장에 사람들이 별로 없을 때 J와 나는 종종 잠수 놀이를 하곤 했다. 사다리를 짚고 버티면 몸이 떠오르지 않았고, 그건 놀이를 빙자한 중대한 대결이었다.

수경과 수영모를 잘 챙겨 쓴 아주머니는 대결 중에 멋진

포즈를 취하곤 했다. 물속에서 포즈를 취하는 J의 재능은 정말이지 굉장했다. 보란 듯이, 웃으라는 듯이, 게임의 승리자는 자신이라는 듯이 J가 도도한 포즈를 취할 때마다 나는 손쓸 새도 없이 웃음을 터뜨렸고, 둥글둥글한 물방울을 푸흐흐 뿜어내며 물 밖으로 솟아오르곤 했다.

물 밖에서 J가 올라오기만을 기다렸지만, 아무리 기다려도 푸른 수면은 고요했다. 오래도록 고요했다. 나의 완벽한 패배였던 것이다.

고요히.

어떤 날은 눈물이 흐르고.

고요히.

어떤 날은 평온함이 찾아온다.

고요히.

어떤 날은 슬픔이 나를 정복하고.

고요히.

어떤 날은 평정심이 나를 다스린다.

고요히.

숨을 들이마시세요.

고요히.

숨을 내쉬세요.

고요히.

날짜 데이터 없음 | 국가 데이터 없음 | 해양 실습

해가 지고 밤이 되고 다시 해가 떴지만 A는 돌아오지 않았다. 나는 이런 일에 익숙했고 내가 A에게 버려졌음을 알았다.

혹시 몰라 폐건물의 문을 열어두었지만 사람의 기척은 없었다. 어찌나 고요한지, 세상의 생명들이 전부 다 떠나 버린 것 같다. 다른 행성으로.

어쩌면 A가 위험한 사고에 휘말렸을지도 몰랐다. 그러고 보면 A는 나쁜 사람이 아니었다. A는 내게 다정했고, 실패해도 괜찮다고 위로까지 해주었고, 가장 결정적으로, 아무리 나를 싫어했더라도 작업용 컴퓨터를 버리고 갔을 리가 없었다.

나는 더 이상 내가 구조 대상이고 타인은 구조대원이라고 생각하고 싶지 않았다. 그래서 A를 구하러 가기로 결심했다.

그렇지만 나는 아직 나침반 보는 연습을 마치지 못했다.

A가 **나침반 보는 연습 계속하고 있어**라고 말했는데 말이다. 사실 이건 진즉에 마쳤어야 하는 과정인데 마치지 못하고 말았다. 나는 우등생이 아니기 때문에 훈련의 순서는 종종 뒤죽박죽이 된다. 내 생각에, 아마 나는 평생 동안 이럴 것이고, 이건 어쩌면 가장 중요한 훈련이 될 수도 있다.

훈련들의 순서를 뒤죽박죽 섞으시오.

나침반 보는 연습과 A에 대한 구조를 동시에 하기 위해서 나는 열린 출입구를 정면으로 보고 섰다. 출입구가 완벽한 □모양이 되도록 말이다. 훈련 난이도가 너무 쉬운 것도 좋지 않기 때문에 슬라이딩 도어는 적당히 열어두었다. 두 손에 든 VR 헤드셋을 쓰자 눈앞에 바다가 펼쳐졌고, 손목에 찬 나침반이 보였다. 여기서 조금이라도 휘청거리거나 고개를 움직인다면 다시 기계를 벗어 방향을 맞추어야 했다. 시간을 지체하면 골든타임을 놓칠 수도 있었다. 나는 미동 없이 서서 정면을 바라보았다.

◇는 보이지 않았다. 나는 정신을 집중해서 방금 전에 보았던 □을/를 바닷속에 불러왔다—나의 상상으로, 나의 의식 속에.

그러자 □이/가 정말로 눈앞에 나타났다. 바다에 막 입수한 것 같은 희열이 느껴졌지만, 훈련을 마치기 위해서 흥분은 자제해야 했다. 나는 손목의 나침반이 눈앞에 수평으로 놓이도록 침착하게 팔꿈치를 접어 팔뚝을 들어 올린 다음 인덱스 마크에 자북침이 정확히 걸쳐질 때까지 베젤을 돌렸다. 러버라인이 135도를 가리켰다. 나는 135도를 향해, □을/를 향해 걸어갔다. 자북침이 인덱스 마크를 벗어나려고 하면 다시 방향을 맞추면서. 천천히. 천천히. 135도를 향해.

어느 순간, 온몸으로 햇빛이 쏟아졌다.

성공이었다. 벽이나 문틀에 부딪치지 않고 □을/를 통과한 것이다.

"친구야, 봤어? 드디어 성공했어!" 나는 들떠서 혼자 중얼거렸다. 그러자 까칠까칠한 무언가가 다리에 닿는 기분이 들었다. 해파리는 아니었고, 들판의 풀들이었다. "이런." 나는 뒷걸음질 친 다음 어린 동물처럼 바짝 엎드렸고, 기어다니면서 땅을 더듬기 시작했다. 어느새 나는 이놀이 자체를 진심으로 즐기고 있었고, 어디까지 헤드셋을 벗지 않고 걸을 수 있는지 궁금해진 상태였다. 그래서 풀밭과 흙길 사이의 경계를 더듬거리다가 손바닥으로 길게 쓸어보았다. 경계는 하나의 선처럼 곧은 모양이었다.

나는 경계와 내 몸통이 수직이 되도록 앉은 다음 체조 선수처럼 균형을 맞추며 자리에서 일어났다. 손끝에 풀들이 살짝살짝 닿았다. 풀에서 멀어지기 위해 흙길의 중앙으로 조금씩 위치를 옮기자 손끝에 풀들이 닿지 않았다.

심장이 터질 것 같았다. 나침반도 없이 직선으로 걷고 있었기 때문이다.

내가 나를 수리해낸 것이다.

"친구야, 내가 지금 널 구하러 가고 있어." 나는 웃으며 중얼거렸다. 그날 그 들판에서 누군가 나를 발견했다면, 탈주 중인 허수아비 기계가 있다고 말했을 것이다. 혹은 운명을 부정하는 폐기 로봇이 있다고 말했을 것이다. 내 꼴이 얼마나 가엾고 우스운지 들판의 사람들이 다 볼 수 있는데 나만 보지 못하면서 나는 계속 걸었다. 아니, 나를 보아주는 사람들도 없었다.

들판은 적막했고 고독은 매일 새로워졌다. 어쩌면 정말로, 그냥 그 실험용 건물에 혼자 남아 여생을 보냈어야 했는지도, 그게 가장 현명한 생의 방식이었는지도 몰랐다. 어쩌면 사실은, 나는 아직 그 실험용 건물에 혼자 남아 실패를 반복하고 있는 것인지도 몰랐다.

그러나 이게 내가 사는 방식이었다. 고작 이런 연습을 한다고 심장을 다시 뛰게 할 수 있는 능력이 생기는 것도 아니었다. 그런 건 이미 알고 있었다. 어떻게 모를 수 있겠는가.

그러나 이렇게 살 때에만 나는 진실로 살아 있었다.

자, 이제 진짜로 마지막 훈련이야.

머릿속에 어떤 명령이 들려오고 그것은 단 하나의 문장이고

이것이 초록 풀의 목소리인지

나를 두고 떠난 친구의 목소리인지 알 수 없으면서

나는 천천히 속력을 높여 바다를 달리기 시작한다. 조류를 타고

조류를 타고

그러자 흰 눈 쌓인 바닷속이다. 황금빛 바닷속이다. 검은 바닷속이다. 무한한 바닷속이다.

아니다. 나는 다만 맑은 바닷속이다. 아주 깊은 곳은 검고, 내가 있는 곳은 파랗고, 저기 저 수면 가까운 곳은 하늘빛으로 반짝이는 바닷속이다. 경이로울 만큼 고요한 바

닷속이다. 어느새 조류도 사라지고 없다. 원하는 곳이라면 어디든 다 갈 수 있을 것 같다.

신이 드디어 우리를 도우려나 보다. 이제야 좀 우리를 도와주려나 보다.

시야조차 완벽한 날이다. 바다가 어찌나 투명하고 새파란지 세상의 모든 사물이 한눈에 다 보인다. 저기 저 멀리 우르르 모여 헤엄쳐 가는 노란 물고기들 좀 보라. 그들은 새떼처럼 보이기도 한다.

이제 나는 바다 어딘가에 친구가 숨겨둔 ◇를 찾아낼 것이다. ◇를 소중하게 귀하게 품에 껴안고 함께 물 밖으로 나갈 것이다.

친구가 기뻐 했으면 좋겠지만

기뻐하지 않더라도 받아들일 것이다.

어쨌든 나는

약속을 지키고 싶다.

다이빙의 최대 목적은 출수다.

안전하게 돌아오라.

저기 저 멀리에서 하늘빛으로 반짝이던 수면이

여기 이렇게 가까워질 때마다

나는 그 사람을 생각했다.

그 사람과

그 사람과

그 사람이

그 많은 사람이

하늘에 다 모여 있었다.

런, 리셋, 리플레이

김보경
(문학평론가)

나는 동물의 영혼처럼 강해질 것이고*

─클라리시 리스펙토르

탈주

한 철학자에 따르면 세상에는 '손으로 쓴 글'과 '발로 쓴 글'이라는 두 종류의 글이 있다.** 그가 이에 대해 자세한 설명을 남겨놓지는 않았지만, '발로 쓴 글'은 보통 산책이

---

* 『야생의 심장 가까이』, 민승남 옮김, 을유문화사, 2022, p. 325.

사유와 글쓰기에 주는 영감을 표현하는 것으로 읽혀왔다. 그런데 그는 '발로 쓴 글'을 묘사할 때 들판을 내달리는 동물의 이미지를 활용한다. 말하자면 그는 이 표현을 쓰며 달리기라는 동물적인 행위를 생각했던 것 같다. 우리의 가장 밑바닥 혹은 핵심부에 자리하는 본능의 분출이자 인간적인 도덕과 규율, 체계에 길들지 않는 야수적인 행위로서의 달리기. 『어린 심장 훈련』을 읽고 '발로 쓰기'에 대해 떠올린 것은 예컨대 다음과 같은 문장 때문이다. 소설집에 실린 첫 소설 「검은 말」은 "지금 당장 검은 말 한 마리를 상상하시라. 그것도 맹렬히 달리는 놈으로"(p. 9)라고 시작해 "나는 흥분하면 상상을 관둘 수가 없고 두려움에 벌벌 떨며 끝까지 간다. [……] 그렇다. 그녀가 신호총처럼 나를 출발시켰고, 나는 썼다"(p. 56)라는 문장으로 끝난다. 이 소설은 검은 말의 단단한 등허리를 닮은, 고모의 총에 매료되었던 한 여자아이가 바로 그 자신이 어떻게

** "발로 쓰다./나는 손으로만 쓰는 것은 아니다./발도 항상 글 쓰는 사람과 함께가길 원한다./내 발은 확고하고 자유롭고 용감하게 들판을, 종이 위를 달린다"(프리드리히 니체, 『즐거운 학문·메시나에서의 전원시·유고(1881년 봄~1882년 여름)』, 안성찬·홍사현 옮김, 책세상, 2005, p. 56).

말처럼 내달리듯 글을 쓰기 시작하게 되었는지에 관한 이야기다. 이 소설에서 검은 말은 말(馬)을 가리키지만, 작가의 말(言) 즉 글쓰기 자체를 표상하기도 한다. 소설에는 종종 어린 짐승으로 묘사되는, 광활한 대지를─상상 혹은 현실에서─끝없이 질주하는 길들지 않은 불온하고 불길한 여자아이들이 등장한다. 또한 이서아의 문장은 말처럼 거침없이 내달리면서도 총알처럼 정확하고 빠르게 표적에 꽂히며 독자에게 쾌감을 안겨준다. 검은 말을 닮은 이 반항적이고 야수적인 소설에 어떻게 매료되지 않을 수 있겠는가?

최근 한국문학에 등장하는 여자아이들은 순진무구하거나 명랑한 소녀라는 유구한 타자화된 표상에서 벗어나, 또래들의 세계는 물론 어른들의 세계를 지배하는 규칙과 원리를 꿰뚫어 보고 자기 욕망과 쾌락의 주체로서 그 규칙과 원리 들을 굴절시킬 줄 아는 능동적인 모습으로 그려지고 있다. 이서아의 소설도 마찬가지다. 『어린 심장 훈련』 속 여자아이들은 자기를 즐겁게 하거나 불행하게 하는 것이 무엇인지를 본능적으로 파악한다.

우선 여자아이들에게 명령을 내리거나 이들을 불행하게 하는 이는 대체로 권력을 쥔 남자 어른의 얼굴을 하고 있다. 이 어른들은 "입막음과 군기와 손가락질이 가득한"(p. 21) 한국의 가부장으로서 딸의 입을 틀어막는 아버지이기도 하고(「검은 말」), "규율과 질서와 체벌"(p. 104)을 기조로 학생들의 개성과 자율성을 탄압하는 교사들이기도 하고(「악단」), 어린 여자 직원들에게 추행이나 폭력을 일삼는 공장장이나 상사이기도 하다(「초록 땅의 수혜자들」「푸른 생을 위한 경이로운 규칙들」). 여자아이들은 국경을 넘어서도 인종주의(와 결합된 성차별주의)의 벽에 부딪힐뿐더러, '동물화'*된다(「서울 장미 배달」「사하라의 DMZ」「푸른 생을 위한 경이로운 규칙들」 등). 이같이 중층적인 차별과 폭력을 원리 삼아 작동하는 이 세계에 진입한 아이들은 깨닫고야 만다. '동양'의 '여자' '아이/청년'으로서는 이 세계에서 온전히 살아남을 확률이 지극히 낮다는 것.

하지만 그들은 위계질서와 명령, 괴롭힘, 폭력에 굴하지 않으며, 자기를 구속하는 세계로부터 탈주하며, 자기

---

* 이는 폭력을 행사하는 사람들이 모욕을 주기 위한 의도로 다른 인간을 (인간보다 열등하다고 간주되는) 동물과 동일시하며 하대한다는 의미다. 그런데 이서아의 소설 속 여자아이들은 동물과의 동질감을 모욕으로만 경험하지 않으며, 이는 주로 인간 사회의 질서와 규칙에 대한 강렬한 저항의 에너지로 표출된다.

혹은 사랑하는 대상을 괴롭힌 이들을 응징하는 데─비록 응징에 실패할지라도─거리낌이 없다. 「악단」의 아이들을 보자. "나는 학교에 불을 지르기로 결심했다"(p. 101)라는 인상적인 문장으로 시작하는 「악단」에 등장하는 아이들은 "학교를 다녀야 하지만 세상의 그 어떤 학교도 받아주지 않는"(p. 104) 버려진 아이들이다. 이들은 '민간 예절 학교'라 불리는 곳에 강제로 보내졌고, 이곳의 선생들은 체벌을 일삼으며 아이들을 통제하고 그들에게 복종을 명령한다. 이러한 명령에 대한 거부와 불복종의 표현으로 화자는 학교에서 여러 차례 탈주를 시도했지만, 매번 붙잡혔고 결국 학교에 불을 지르기로 결심한다. 화자는 공범을 모으기 위해 몇 아이에게 자기의 계획을 공유하는 과정에서 다음과 같은 원칙을 세우게 된다. 방화 때문에 사람이 죽어서는 안 되고, 산까지 불이 옮겨붙어서는 안 된다. 왜냐하면 산, 풀, 꽃, 작은 동물, 곤충들은 죄가 없으니 말이다. 화자는 아이들이 죄 없이 벌을 받고 있다는 것에 대한 응징과 복수를 하려는 것으로, 또 다른 죄 없는 희생양을 낳아서는 안 된다고 단언한다. 또한 소설에서 응징과 복수의 주체는 아이들만이 아니라 아이들을 체벌하는 용도로 쓰이기 위해 꺾이고 죽어간 자연이기도 하다는 점도 이러한 원칙을 세우게 된 이유로 이해된다.

　그런데 이러한 원칙이 변수의 개입으로 무너지기 시작하면서 상황은 파국으로 치닫는다. 산이 불타오르기 시작한 것이다. 화자는 아이들과 산을 구하려고 하지만 산은 활활 타오른다. "그들의 죽음은 하나의 투쟁과 같다. [……] **나를 보세요**, 그들이 말한다. **죽고 있는 나를 보세요**"(pp. 133~34). 마지막 대목에 이르러서 화자는 산의 절망과 분노를 온몸으로 느끼며 산의 말과 노래를 듣고 그 자신도 "나무, 숲, 죽은 동물 들"과 함께 "한 덩이가 되어 데굴데굴 구른다"(p. 135). 이때 산이 부르는 노래는 소설 중간중간 삽입되었던 악보로 그려진 아이들의 노래와 공명한다. 이 악보는 체벌로 인해 몸에 생긴 열다섯 겹짜리 붉은 줄과 닮은, 열다섯 줄로 되어 있는 악보다. 이러한 점에 비추어 볼 때 이 소설 전반에 흐르는 악보와 노래 들은 의미심장하게 읽힌다. 이는 아이들과 자연의 고통과 절망과 상처를 반영하는 노래이자, 또한 그것을 초래한 억압적 질서에 대한 저항 의식을 표출하는 노래이며, 고통과 분노 속에서도 떼 지어 유흿거리를 좇는 아이들('악단')의 태도를 암시하는 노래이기도 하다. 이 같은 음악의 상징성과 더불어 시적이고 강렬한 문체는 소설의 동화적 단순성을 압도하며 이 여자아이인 화자에게는 인간들의 질서와 규칙, 폭력에 맞서는 비극적 영웅으로서의 면모까지도 부여된다.

어른이 된다는 것은 세계의 억압적이고 파괴적인 규칙과 원리 들을 승인하거나 내면화한다는 의미이기에 소설의 여자아이들은 어른이 되기를 거부한다. 그리고 그러한 거부는 사회에서 일반적으로 비정상, 일탈이나 범죄로 여겨지기 마련이다. 영화「델마와 루이스」풍의 소설「사하라의 DMZ」는 사하라사막 여행을 떠난 두 친구가 우연히 한 여자와 동행하며 모종의 범죄에 휘말리게 되는 과정을 그린 작품이다. 한국 여자인 화자와 모로코 여자인 바스마는 서로에게 여행지에서 만난 최초의 친구다. 이들이 친구가 되었던 건 백인들 사이에서 은근한 차별과 이질감을 느낄 수밖에 없었던 경험을 공유하기 때문이다. 함께 모로코로 여행을 떠난 둘은 화자의 제안에 사하라사막으로 향하고, 운전수 겸 가이드 한 명과 동행하는 프라이빗 투어를 시작한다. 차 안에서의 상황은─모르는 여자가 이 차에 타게 되며 서스펜스가 극대화되기 전부터─미묘한 긴장감이 흐르도록 묘사된다(이 긴장감은 영어와 아랍어, 한국어 등 서로의 말을 알아들을 줄 아는 사람들의 경계가 시시각각 바뀌면서 고조된다). 화자는 아랍 남자인 가이드의 인종차별적이고 성적인 함의가 담긴 질문들을 받고, 이에 거짓말을 늘어놓다가 결국 바스마의 제지를 받는다. 대신 바스마는 "오만한 유럽인들이 아저씨를 무시하지 않"(p. 262)느냐며 부러 걱정하는 투로 그에게 차별의 말을 되돌려주기도 한다. 그러던 중 갑자기 한 아랍 여자가 차를 세우는데, 이 여자는 동생이 죽어가고 있다며 사막까지 자기를 태워달라고 명령한다. 바스마와 화자는 가이드의 반대를 무릅쓰고 이 여자와 동행하게 된다. 사막에 도착한 후 여자는 홀연히 떠나가는데, 이들은 그 여자가 경찰에게 쫓기는 도망자의 신분이었다는 사실을 알게 된다. 결국 화자와 바스마는 이 여자의 탈주를 도운 공범이 되어버린다.

이 여자가 실제로 어떤 이유로 도망치게 되었는지, 동생에 관한 사연은 정말 사실인지 결국 밝혀지지 않는다. 그런데 여자가 도망자의 처지에 있다는 사실을 알게 되기 전부터 화자는 이미 여자와 "공범이"(p. 274)라는 의식을 가지고 있었다. 동행 중 화자는 가이드의 무례한 말을 듣고 있던 여자가 총을 꺼낸 듯한 환상을 보게 되는데, 이 장면 직후 화자는 다음과 같이 말한다. "내 증오는 저 먼

곳에서 [……] 내가 태어나고 자란 땅에서 시작된 것이었고, 누군가 총을 쥐는 일이 벌어져야만 한다면 그건 그 땅에서 이루어져야만 했다"(p. 273). "이제 우리는 공범이고, 언제 어디선가 사람을 죽인 죄로부터 멀리멀리 도망칠 것이다. 우리의 목적은 사람을 죽이는 것이 아니라 사막으로 가는 것이니까"(p. 274). 즉 이 소설에서 실제로 이 여자들이 범죄를 저질렀는지는 중요한 문제가 아니다. 약한 자들, 여자들과 아이들과 동물들과 자연을 멸시하고 파괴하며 전쟁을 일삼아온 세계, '나'가 태어나고 자란 그 구체적인 장소에서 시작되어 어릴 적부터 수치와 증오와 분노와 슬픔을 느끼게 만들어온 그 세계, 이서아 소설 속 여자(아이)들의 총구는 바로 그 세계를 겨누고 있으며 그 세계로부터 탈주하고자 한다. 겨우 "사람을 죽이는 것이" 목적이 아니다. 「악단」의 불타는 산이 단말마의 비명 같은 노래를 부르듯 "죽은 자들이 활활 살아서 춤추는"(p. 291) 「사하라의 DMZ」의 화자는 환상 속에서 죽음의 춤을 추며 죽은 자들과 도망자들의 고통과 슬픔을 증언한다. 이 세계에 뿌리내리지 못한 자라면, 파괴되어본 적이 있는 자라면, 자기 자신으로 살아남기 위해 멀리 떠나야 했던 자라면, 어쩌면 모두 이 여자들과 '공범'인 셈이다.

400

유희의 기술

　소설 「검은 말」과 「서울 장미 배달」에는 동일 인물로 추정되는 화자가 등장한다. 이 화자는 여자아이로, 어릴 때부터 상상력이 풍부하고 현실과 환상을 잘 구분하지 못하며 유난스럽고 특이한 아이로 여겨졌다. 소설 「검은 말」에서 화자에게 처음 세계의 규칙을 가르쳐주는 존재는 부모다. 규칙의 코드는 위계, 억압, 순응이다. 예를 들어 소설에는 화자가 부모와 함께 여행 간 홍콩의 한 새 시장에서 홀린 듯 새를 사게 되었던 일화가 그려진다. 거기서 라오스의 숲에서 애완 원숭이를 이용해 새를 잡아 온다는 상인의 말을 듣고 화자는 잠시 라오스 숲속에 있는 듯한 환상에 빠지기도 하고, 원숭이를 팔지 않는 이 시장에서 원숭이를 보기도 한다. 부모에게 이런 화자는 통제하기 어려운 골칫덩이이자 "미친 아이"(p. 41)로 여겨진다. 아버지의 제1명령은 조용히, "가만히 있으라"(p. 23)는 것이다. 엉뚱한 질문을 던지지 말고, 상상과 현실을 구분하고, 혼자 다른 길로 빠지지 말고, 새장 속의 새처럼 침묵하라. 그렇지 않으면 버려질 것이다. 「서울 장미 배달」의 화자에게는 그의 유일한 친구였던 리혜와 "놀지 마라"(p. 77)라는 아버지의 명령이 내려진다. '여자아이'답지 않은, 부모에게 사랑받을 수 있는 딸이 되지 못한 화자는 스스로를 "괴물 같"(p. 86)다고 느끼며 살아왔다.

과연 이러한 세상에서 어떻게 살아남을 수 있을까? 여자아이들의 첫번째 생존 전략은 유희의 기술을 터득하는 것이다. 「서울 장미 배달」속 화자가 음악 소리에 이끌려 들어간 발레 학원에서 만나게 된 친구 리혜는 "'너'라고 불러도 화를 내지 않은 유일한 첫 인간이"(p. 63)다. 둘은 여자아이라는 사실 때문에(화자의 경우 여자아이답지 않은 여자아이라는 사실 때문에) 가족들로부터 환영받지 못한 존재라는 공통점이 있다. 하루는 화자가 리혜를 찾아가고, 마침 리혜의 부모가 집을 비운 터라 리혜는 화자, 그리고 평소에 집 안에서 키우는 것이 금지되었던 마당의 개를 집으로 들인다. 이들은 비밀을 공유하고, 서로 화장을 시켜주고, 독특한 옷을 꺼내 입고 함께 정신없이 놀고 웃는다. 이들의 놀이는 결국 화자의 아버지의 명령에 중단되고 말지만, 화자는 이미 누구와 무엇을 해야 즐거운지, 어떻게 놀아야 하는지 터득한 뒤다. 화자는 어른들이 없을 때 립스틱을 바르고 원피스를 꺼내 입고 상상 속의 친구 원숭이 망고와 춤을 춘다. 또한 집에서 "숭고하고 진지한 토론을"(p. 87) 벌이던 할아버지들이 할머니가 차려주는 음식을 먹으며 바둑 경기 하는 모습을 지켜보던 화자는 "정체 모를 질투심에 사로잡"혀 이렇게 생각한다. "그들의 바둑판에 우뚝 선 채 춤을 추고 싶었다. 현란한 발놀림으로 그들이 정교하게 쌓아놓은 아름다운 판을 산산이 망가뜨리고 바둑돌을 여기저기 내팽개치고 싶었다"(p. 88). 할아버지들이 두는 바둑 게임이 여자들을 배제하거나 멸시함으로써 그 우아함을 유지하는 남성 중심적인 세계의 상징적 장면으로 느껴졌기 때문이다. 화자는 바둑돌을 뚫어져라 쳐다보며, 상상 속에서 돌에 웃는 얼굴을 그려 넣고 어른들을 골려주거나 온갖 놀이를 하는 상상을 이어나간다. 바둑으로 상징되는 남성중심적인 게임의 엄숙주의를 허물고 이 자체를 놀잇감으로 만들면서 말이다.

『어린 심장 훈련』에는 각종 그림을 비롯해 일종의 퀴즈 혹은 (선택에 따라 서사가 달라지는) 시뮬레이션 게임 속의 문제와 유사한 '문제 선택지'가 여럿 제시된다. 이 자체가 작가의 시그니처이자 글쓰기에 도입하는 유희적 형식이라 할 수 있는데, 앞에서 살펴본 바와 같이 이러한 형식은 소설 속 여자아이들이 공유하는 세계관을 반영하는 것이라는 점을 눈여겨볼 필요가 있다. 즉 이서아 소설에서 유희는 세계를 감각하고 해석하는 형식이자 세계에 저항하는 형식이다. 「초록 땅의 수혜자들」에서 화자와 진희, 진원, 수정, 현우는 저마다의 사정으로 떠돌이가 되어 폐공장에 모여 사는 아이들이다. 이들은 서로를 성추행 및 폭행, 가난, 고독 등으로부터 구해주었거나 함께 도망쳐 나온 관계로 이어져 있다. 진희는 자신을 구해주었던 전 공장 사수 선영 선생의 불의의 죽음에 관한 진실을 밝히겠다며 선영의 시체가 든 관을 훔쳐 왔고, 이들은 이 관의 처리 방법과 폐공장에서 살아남는 방법을 함께 모색하게 된다. 들짐승들을 쫓기 위해 쏘는 총탄 소리가 마치 이들을 위협하듯 울리는 가운데 아이들은 창고에서 서로 소망하는 것들, 예컨대 "악착같이 요란하게" 놀 것을 다짐하며 시간을 보낸다. 화자는 "우리가 노래하고 춤추고 멍청이처럼 웃는 일을 사랑하는 사람이라는 것에 대해서"(p. 151) 골몰한다. 그리고 "언니들을 만난 후 나는 밧줄에 목매는 일을 더 이상 상상하지 않게"(p. 152) 되었다고 생각한다. 이들에게 유희는 말 그대로 생존을 위한 기술이자 절망과 불행 속에서도 최대치로 삶을 향유하는 방법이다.

그런데 이 아이들은 관의 처리 과정에서, 그리고 공장장과 협박성 편지(알몸에 칼집이 난 여자 둘이 그려진 그림)

를 보낸 예술가에게 직접 복수를 하려 나서는 과정에서 두 차례 갈등을 겪게 된다. 진희는 칼을 들고 무모하게 나선 화자가 위험에 빠질까 그를 말리고, 관을 빼내 온 자신의 결정 때문에 다른 아이들이 위험해질지도 모른다는 부담을 이기지 못한 채 경찰에게 관을 훔친 일을 자백하고 감옥에 가게 된다. 이에 이들이 폐공장을 떠나 진희가 머무는 교도소로 향하려 길을 막 떠나던 차 공장장이 이들을 찾아오고, 이 소설에서 가장 기괴하고 통쾌한 복수 장면이 펼쳐진다. 공장장의 등장은 "**공장장NPC 님이 접속하셨습니다**"(p. 169)라는 구절로 서술되고, 수정이 트럭을 운전해 공장장을 몰아가는 동안 화자는 "총 게임의 참여자"(p. 170)로서 장난감 총을 그를 향해 쏘는데, 이러한 공격 과정은 전반적으로 게임 속 장면으로 묘사된다. 공장장이 겁을 먹고 도망가다 결국 언 강에 머리를 박게 되기까지의 모습은 우스꽝스럽기 그지없다. 또 다른 NPC로서 아이들에게 추잡스러운 말과 행동을 해온 예술가도 트럭에 끔찍하게 깔아뭉개져 죽는데, 그의 죽음 역시 우스꽝스럽게 그려진다. 아이들의 목숨과 존엄을 짓밟던 자들의 권위는 몰락하고 무참하게 응징당한다. 이 복수 게임에서 승리한 아이들은, 말 그대로 살아남는다.

하지만 이러한 복수가 성공적으로 끝났다고 해서 이들이 아직 '삶'이라는 게임에서 승리한 것은 아니다. 이동하는 트럭 안에서 화자는—자살 혹은 폭행, 사고를 이유로—죽을 뻔했던 자신의 과거를 떠올리고, 죽은 '나'를 환상 속에서 마주하며 절망에 빠져 묻는다. "왜 너는 죽고 나는 살아야만 했는가. 왜 네가 죽는 동안 나는 수혜자가 되어야만 했는가. 신이 우리를 가지고 랜덤 게임을 즐기는지도 모르겠다"(p. 184). 이서아 소설에서 유희는 저항의 형식이고 생존을 유리하게 하는 기술이지만, 삶은 우리를 매번 시험에 빠지게 만들고 불가해한 고통과 절망은 끊임없이 이어지기 때문이다.

「빨간 캐리어」에도 이러한 인식이 잘 드러난다. 이 소설은 게임의 코드들이 소설 속 세계관으로 활용된 작품이다. 소설은 엄격한 복장 규율이 요구되고 차별, 추행이 버젓이 일어나는 골프장에서 캐디로 일하던 화자가 707호 캐디라 불리는 인물과 친구가 되며 일탈을 감행하면서 벌어지는 일을 그린다. 이들은 숙소를 탈출해 카지노로 몰래 들어서게 되는데, 화자는 카지노의 끔찍함에 절망해 707호 캐디를 뿌리치고 일어나려던 상황에서 그를 다치게 만든다. 황급히 달려가던 화자는 거대한 모니터 한 대가 놓인 공간에 들어서게 되고, 이 모니터 속에 자기 자신이 있음을 발견한다. 두 명의 '나'—각각 가상과 현실의 '나'라 볼 수도 있겠지만, 가상과 현실의 구분이 자명하지 않은 것이 이서아의 작품 세계에서 주요한 특징이라는 점을 고려하면 그렇게 구분하지 않는 편이 나을 테다—사이 부조리한 대화가 오가는 가운데, 화자는 이 이해할 수 없는 게임판에 들어서게 되었다는 사실에 절망하며 운다. 이 공간을 떠난 후 화자는 707호 캐디가 응급실로 실려 갔음을 알게 되고, 이에 괴로워하던 화자는 창문에서 뛰어내려 죽음을 택한다. 하지만 그는 게임이 리셋된 듯 다시 살아나고, 끝나지 않는 절망과 죽음의 무한 루프에 빠졌음을 알게 된다. 화자는 다시 모니터 속 '나'를 찾아가 어떻게 이곳으로부터 탈출할 수 있는지 묻지만 답은 주어지지 않는다. 여기서 일종의 자살이자 재생의 제의를 치르고 난 뒤 정신을 잃고 깨어난 '나'는 화면 속 죽은 '나'를 캐리어에 넣고 골프장을 떠난다. 이 소설에서 화자가 처하게 된 상황, 즉 "어떤 오류거나 치밀하게 계산된 게임의 트릭 [……] 혹은 그 어떤 이성적인 구조와도 무관한 농담"(p. 226)인 것은 기실 고통과 절망이 반복되는 세계 자체를 빗댄 표현일 것이다. 도망치려 해도 이 세계의 탈출

구란 없으며 게임의 유일한 결말은 내가 패배하고 마는 것이 아닌가?

살리는 여자들

아직 단언하지 말자. 이 여자아이들에게는 두번째 생존 전략이 있다. 이는 나보다 경험치를 쌓은 플레이어들에게 한 수 배우는 것이다. 요컨대 제2전략은 다음과 같다. 여자 어른들로부터 살아남는 데 필요한 규칙을 배울 것.「검은 말」에서 그 역할을 하는 것은 고모다. 미국 사우스다코타에 사는 고모는 부모와 달리 화자에게 "묘한 친밀감을"(p. 10) 주는 존재이며, 무엇보다 화자의 상상을 자극하는 아름다운 총의 소유자다. 홍콩에서 고모부의 부고를 접한 화자는 총을 들고 밀밭 위에 서 있는 고모를, 그 총을 고모부에게 겨누고 있는 장면을 연상한다. 이 상징적인 장면은 화자 자신이 가지고 있는, 명령과 규칙에 순응하지 않는 공격성과 욕망을 고모에게 투사한 장면으로 읽힌다. 세계의 규칙을 따르지 않는다면 자신은 죽고 말 것이다. 그런데 내가 죽을 수 없다면 내가 세계의 규칙을 겨냥해 죽일 수밖에 없다. 이러한 교훈은 다음의 장면에서 변주되어 다시 등장한다. 소설의 후반부에서 화자가 서울로 돌아가는 비행기 게이트 탑승을 위한 줄에서 이탈해 달려가자 결국 비행기를 타지 못하게 되고 부모가 분노에 휩싸이는 장면이 그려진다. 이는 아버지가 화자에게 발로 배를 걷어차며 폭력을 행사하는 장면에 대한 연상으로 이어지고, 이 상상 속에서 고모는 총을 들고 아버지를 죽인다. 이때 화자가 고모로부터 학습하는 규칙의 코드는 다음과 같다. 나를 죽이려는 자가 있거든 순순히 죽지 말고 그를 겨냥하라.

그런데 이는 상상 속의 일이다. 어떻게 살아남을 수 있을까에 대한 '현실적'인 답이 될 수 없다(그러니 위의 연상은 화자에게 어떤 쾌감도 주지 않는다). 고모가 화자에게 가르쳐준 것이 정말 무엇인지 알기 위해서는 화자가 미국에 머무는 동안 고모와 했던 두 번의 외출 장면을 살펴볼 필요가 있다. 첫 외출에서는 고모가 화자에게 자신이 어릴 적 소년원에 가서 묵었던 방의 도면을 그려준다―고모는 나중에 자기의 이야기가 모두 거짓말이라 말하지만 화자에게 이는 중요치 않다. 화자에게 상상은 현실의 연장이고 현실의 일부다―. 이 도면에는 바코드를 닮은 기호가 그려져 있었는데, 이는 감독관들의 감시와 통제가 이루어지는 창이자 모든 비밀이 누설되는 구멍으로, 화자는 이를 정확한, 유일한, 유용한 것이 되지 못해 "틀린 기호이"자 "실패한 기호"(p. 33)라 부른다. 이 도면은 화자가 경험하는 세계의 축도이자 알레고리로서, 그에게 슬픔을 안겨준다. 그런데 고모는 이 도면을 보여주며 자기가 왜 소년원에 가게 되었을지 맞혀 보라며 연이은 질문과 선택지를 제시한다. 고모와 화자는 이 게임을 이어나간다. 이 게임에는 정답이 없기 때문에(애초에 고모가 소년원을 갔다는 것도 거짓말일 수 있기 때문에), 틀린 선택지를 골라도 다시 기회를 얻고, 상상의 내용이 진실이 되기도 하며, 기존의 선택지가 철회되거나 생성되는 것이 자유롭게 이루어진다. 고모의 규칙은 다음과 같이 정리해볼 수 있다. 오답과 실패를 가지고 놀 것. 세계의 규칙이 마음에 들지 않는다면 새로운 규칙을 만들 것.

두번째 외출은 비행기 사건 이후 어쩔 수 없이 고모네서 며칠 더 묵게 된 상황에서 일어난다. 고모는 화자를 데리고 밀밭에 간다. 고모는 권총을 쥔 채 차에서 내린다. 화자는 비행기 사건으로 고모 역시 자신을 죽이고 싶어졌을 것이라는 공포에 그 총이 자기를 겨누고 있다고 느낀다.

고모는 자기가 왜 소년원에 가게 되었을지 맞혀보라는 질문을 한 번 더 던지며, 새를 향해 총을 조준하고 화자를 극단적인 상황으로 내몰며 압박한다. 두려움과 공포에 울고 있는 화자를 향해 고모는 외친다. "공항에서 달리면 안 돼. **그런 곳**에서는 절대 루트를 이탈하거나 제멋대로 달리면 안 돼"(p. 49). 이 극적인 장면에서 고모는 화자를 말 그대로 굴복시키고 압도하며 초자아로 군림한다. 이 명령의 내용은 표면적으로는 부모의 그것과 동일하지만, 고모의 명령은 아이러니하게도 화자를 살리기 위한 절박한 명령으로 읽힌다. 바코드로 상징되는 오답과 실패의 삶을 절실히 이해하는 고모이기에, 어쩌면 고모 그 자신이 바로 그 오답과 실패의 삶을 살아왔기에, 화자가 어떤 규칙들을 반드시 따르기를 바라고 그럼으로써 살아남기를 바란다. '나의 말을 따르지 않으면 죽게 될 것이다'라는 고모의 명령은 다르게 말해 자기 말을 따라야만 살 수 있다는, 화자를 살리기 위한 생존 규칙이다. 한편 시간이 지나 서울로 돌아간 이후 화자는 고모의 편지를 받게 된다. 봉투에는 불태워버렸다던 고모의 도면과 함께 이와 관련된 문제 하나, 화자의 답장을 바란다는 글이 적힌 종이가 담겨 있다. 세계의 축도였던 도면은 새로운 게임 판으로 리셋

된다. 문제의 출제자는 고모이고, 플레이어는 화자다. 여기서 추가되는 규칙 하나는 다음과 같다. 답장을 쓰되 "단, **지루하면 안 된다**"(p. 55)는 것. 화자는 잔뜩 흥분해 이야기를 써 내려가기 시작한다.

작품 속 표현을 빌리자면, 고모가 가르쳐준 규칙은 "경이로운 규칙"에 해당한다. 이서아는 이렇게 쓴다. "세상의 어떤 규칙은 경이롭고, 어떤 규칙은 경이롭지 않다. 경이롭지 않은 규칙은 사람들의 숨을 막히게 만든다. 경이로운 규칙은 사람들의 숨을 트이게 만든다"(「푸른 생을 위한 경이로운 규칙들」, p. 299). 「검은 말」에서 "가만히 있으라"(p. 23)와 같은 명령이 경이롭지 않은 규칙이라면, 고모가 가르쳐준 규칙은 경이로운 규칙이다. 왜냐하면 고모의 규칙은 숨통을 트이게, 즉 살아갈 수 있게 만드는 규칙이기 때문이다(덧붙이자면, 그것은 지루하지 않게 살아갈 수 있게 하는 규칙이기도 하다).

「푸른 생을 위한 경이로운 규칙들」에서도 주인공에게 삶은 여러 규칙을 배워나가는 과정이다. 소설은 필리핀에서 리브어보드 다이빙을 하는 현재 시점과 필리핀에 오기 전 한국이나 스페인에서 생활할 때의 과거 시점 등 여러 시간대의 사건들이 교차하며 진행된다. 한국에서 생활할 때 화자가 마주한 경이롭지 않은 규칙 하나는 자신의 가출에 대한 엄마의 "안 돼"(p. 306)라는 명령이다. 이 소설에서 엄마는 "웬만해서는—그곳이 어떤 곳이든, 얼마나 아름답든—뛰어들지 않는 게 낫다고"(p. 350) 가르쳐왔다. 엄마의 명령은 화자의 안전을 바라는 마음에서 비롯된 것이라는 점에서 양가적인 면이 있지만, 이외에 명백히 경이롭지 않은 규칙은 다음과 같은 것이 있다. 화자가 한국의 싸구려 호텔에서 숙식 아르바이트를 했을 때, 그곳의 매니저는 상명하복을 규칙으로 내세우며 이를 따르지 않는 직원들에게 폭행을 거듭했다. 이처럼 순응 혹은 굴종을 요구하는 억압적인 명령들과 달리 이곳에서 화자에게 살아남는 규칙을 가르쳐준 것은 함께 생활한 언니들이다. 그들은 옷을 편안하고 멋지게 입는 법을, 우울할 때 이겨내는 법을, 친해지고 싶은 친구와 대화하는 법을, 설거지할 때 실수하지 않을 수 있게 집중하는 법을 가르쳐주었다. 이 설거지 훈련법을 가르쳐준 언니의 또 다른 명령은 이런 것이다. "웃어./웃으며 살아라"(p. 315). 「검은 말」의 고모처럼, 소설 속 여자 어른들은 규칙에 규칙으로 맞서는 법을, 지옥 같은 세계에서 '웃으며' 응수하며 살아남는 법을 가르쳐준다.

한편 호텔이 문을 닫은 후 화자가 떠돌이 여자들이 묵는 민간 보호소에 머물게 되며 만나게 된 여자 어른들이 가르쳐준 규칙도 있다. 이곳의 여자들은 주로 "불쌍해 보이는 여자들"이거나 "우울한 생의 여자들"이었지만 "아주 밝고 명랑"(p. 319)한 사람들이다. 그중 J는 전남편에게 폭행을 당해 그를 신고했다가 쫓겨난 뒤 이곳에 오게 되었고, 여러 일자리를 전전해왔다. J가 화자에게 함께 수영하러 다니자고 제안한 뒤 둘은 부쩍 가까워져 같이 밥을 먹고, 많은 이야기와 농담을 나누고, 장난을 치고, 서로를 돌보는 가까운 사이가 된다. J는 다이빙을 배우고 싶다는 꿈이 있지만 나이가 들어 하지 못한다고 말하며 화자에게 다이빙을 해보라고 제안한 적이 있다. 그런데 화자가 그곳을 나오게 되며 둘의 연락이 끊기게 되고, 추후 J가 홍수로 반지하방에 물이 가득 들어차 죽게 되었다는 소식을 듣는다. 이 소식을 접한 화자는 그를 죽게 한 이를 죽이고 싶다가도, 그가 죽어가는 동안 안온한 방에 머문 자신을 자책하기도 하고, 어린 동물처럼 비명을 지르며 운다. 화자가 떠올리게 되는 것은 J가 남긴 명령들이다. 다이빙을 해보라, 예쁜 인생을 살아라, 달리는 열차도 막아 세울 기세로 이 지옥 같은 삶을 벗어나야 한다, 넓은 곳으로 가라…… 그리고 화자는 다음과 같은 결론에 이른다. "삶을 모욕의 구렁텅이에 빠뜨리는 수가 있더라도 일단 살아남으라. [……] 살아남는 것은 불변의 원칙"(pp. 334~35)이다. 화자는 자기가 구하지 못한 J의 죽음과 그가 남긴 명령들을 떠올리며, 그것들이 바로 화자가 삶을 살아가게끔 하는 명령이었음을 이해하며 위와 같은 결론에 도달한다. 살아남는 것은 J의 명령을 지키기 위한 것이며 그의 죽음을 애도하는 방법이다.

J가 말한 다이빙은 J 자신은 살지 못했던 "예쁜 인생"에 해당하는 것일 수 있지만, 화자는 이를 "예쁜 인생"(p. 328)으로 해석하기보다는 위험천만한, "세상의 이곳저곳을 망아지처럼 돌아다니면서 실컷 상처받고, 진창을 뒹굴고, 기분 나쁜 멸시를 당"(p. 352)할지언정 어떠한 의미에서는 바로 그러한 상처를 감수하면서 누릴 수 있는 경이로움을 만끽하며 삶을 사랑하는 방법이라고 생각한다. 화자는 J가 못다 누린 것들을 자신의 삶을 통해 '함께' 즐기며, 그러한 방식으로 구하지 못했던 J를 구한다. J는 지옥 같은 삶을 벗어나라고 명령했다. 숨통을 막는 지루한 규칙과 명령으로 짜인 지옥 같은 세계로부터 도망치는 일은, 사실 그 세계가 우리에게 주어진 유일한 세계라면 곧

죽음이나 다름없다. 하지만 탈주의 결말이 죽음이라 할지라도, 탈주의 목적이 죽기 위한 것이라고 말할 수는 없다. "우리는 죽기 위해 물에 뛰어드는 게 아니"(「초록 땅의 수혜자들」, p. 139)며, "나는 자살하지 않을 것이"(「푸른 생을 위한 경이로운 규칙들」, p. 369)기 때문이다. 이 여자들은 제대로 살기 위해 도망치고 바다에 빠진다. 그리고 무엇보다 함께 놀고 웃기 위해……

이 모든 이야기들을 이렇게 정리해볼 수 있을까. 이서아가 설계한 게임의 규칙은 다음과 같다. 죽이는 자가 아니라 살아남는 자가 이기고, 나아가 살리는 자가 이긴다. 나는 『어린 심장 훈련』을 구원에 관한 서사라고 읽고 싶다. 이 구원은 타락한 세계를 구원하는 형이상학적 초월과는 아무런 상관이 없다. 대신 이서아의 소설에는 다음과 같은 것들이 있다. 살아남기 위해 도망치는 여자, 살아남기 위해 죽이는 여자, 살아남으려다 죽는 여자, 자기를 살려준 여자들을 살리기 위해 분투하는 여자, 자기를 살린 여자들을 살리지 못해 동물처럼 우는 여자. 그러니 구원은 어디에도 없고 우리는 언제나 패배하고 마는 게임을 시작했는지도 모르겠다. 하지만 어쩌겠는가. 이서아라면 이렇게 말해줄 것만 같다. 리셋, 그리고 리플레이. "다이빙의 최대 목적은 출수다./안전하게 돌아오라"(「푸른 생을 위한 경이로운 규칙들」, p. 390). 이는 반드시 지켜져야 하는 명령이다.

작가의 말

가장 최근에 다이빙을 다녀온 바다는 동해다.

언젠가 코론 바다에 다시 가고 싶다.

그 아름다운 바다에.

떠돌아다니는 건 좋다. 기록하는 것도.

안산과 서울과 발렌시아에 거주했을 때

그 도시의 타투이스트들에게 문신을 받아 왔다.

그중 왼쪽 손목의 문신은 흉터 커버업이다.

흉터를 새긴 건 이제 꽤나 오래된 일이고

그동안 내 인생에는 나름대로 많은 일이 있었다.

죄다 무의미하고 별 볼 일 없는 일이었던 것 같다가도

돌아보면 하나하나 다 대단했다는 생각이 들기도 한다.

그 섬은 대단했다.

그 바다는 대단했다.

그 밤바람은 대단했다.

그 사랑은 대단……까진 아니고 뭐 나쁘지 않았다.

그 우정이 정말로 대단했지.
여전히 대단하고. 영원히 사랑하고.

나는 나의 동료들을 위해 쓰고 싶다.
혹은 나보다 더 어린 존재들을 위해.
혹은 슬픔 때문에
어린 존재들보다 더 어려진
어떤 지친 이들을 위해.

내가 대단히 다정한 사람이라는 말을 하고 싶은 것은 아니다.
내 사랑의 총량은 매우 미미하고
나는 황폐한 내면과 매일 싸운다.
속절없이 소심해지거나
사람들에게 벽을 치는 날도 많다.
그럴 때면 내 곁에는 책과 고양이♡밖에 없다.

그럼에도 불구하고 내 글을 읽어준 모든 분께는
진심으로 감사하다는 말씀을 올리고 싶다.

작가의 말

그중에서도 특히

이주이 편집자께

김보경 평론가께

마음 깊이 감사드린다.

내 소설들이 읽히고, 조율되고, 비행하고, 관측되던 몇 달의 시간은

내가 아주 어릴 때부터 평생 동안 간절히 꿈꿔온 순간이었다.

책이 출간된 후에도 두 선생님의 정비와 트래킹은

고모의 편지가 되어

A의 훈련이 되어

나를 수영장 물에 빠뜨리고

드넓은 밀밭을 정신없이 달리도록 만들 것이다.

지금으로선 측정할 수 없을 만큼

아주 오랜 시간 동안.

아무도 찾아주지 않는 날에도 나는 쓰고 있을 것이다.

어차피 지금까지 늘 그렇게 살아왔다.

이 생이 단지 무의미하다는 사실을 안다면
매일 멍청이처럼 웃을 수도 있겠지.
믿기지 않는 슬픔도 무작위의 불안도 잘 어르고 달래서
자부할 만큼 고요히 단단히 살아갈 수도 있겠지.
이 땅에 내 의지로 태어난 건 아니라고 하더라도
나는 그 어린 것에게 가능한 한 천진한 미래를 주고 싶다.

낙관의 끝이 비관이듯
비관의 끝은 낙관.
(무한 반복!)
이것이 내가 붙들고 사는 생의 진실이다.

2024년 봄

이서아

수록 작품 발표 지면

검은 말 『문학들』 2021년 가을호

서울 장미 배달   미발표작

악단 『문학과사회』 2021년 여름호

초록 땅의 수혜자들   『릿터』 2023년 8/9월호

빨간 캐리어 〈문장웹진_콤마〉 2022년 9월

사하라의 DMZ 『문학과사회』 2021년 겨울호

푸른 생을 위한 경이로운 규칙들   미발표작